운수
대통령

운수 대통령 4

초판 1쇄 인쇄일 2016년 2월 20일 **ㅣ 초판 1쇄 발행일** 2016년 2월 24일

지은이 송근태 **ㅣ 펴낸이** 곽중열 **ㅣ 담당편집 팀장** 이범수
편집부 신연제 이윤아 김은경 홍현주

펴낸곳 (주)조은세상 **ㅣ** 출판등록 제2002-23호
주소 경기도 연천군 미산면 청정로 1355
TEL 편집부 02)587-2966 ㅣ FAX 02)587-2922
e-mail bukdu@comics21c.co.kr

ⓒ송근태 2015
ISBN 979-11-5832-466-7 ㅣ ISBN 979-11-5832-394-3(set) ㅣ 값 8,000원

100%

운수 대통령

송근태 현대 판타지 장편소설

NEO MODERN FANTASY STORY

4

북두
(주)좋은세상

NEO MODERN FANTASY STORY

송근태 현대 판타지 장편소설

첫 번째 이야기
앤젤 쇼핑몰

운수 대통령

운수 대통령

첫 번째 이야기
앤젤 쇼핑몰

   과연 첫 사업부터 대박신화를 만드는 곳이 존재할까? 물론 사업 수완이 훌륭하고, 기회를 잘 잡을 정도의 운만 있다면 누구나 성공은 할 수 있다.

   하지만 그건 어디까지나 사업이 어느 정도 안정적인 궤도에 올랐을 때의 일!

   대부분은 그때까지 영세한 사업이라도 빚더미에 앉지 않으려고 안간 힘을 다 해 발품을 판다.

   언제 올지 모르는 위기에 대비하기 위해서, 언제 올지 모르는 기회를 잡기 위해서.

   전국에 사업가들은 오늘도 최선을 다 해 하루를 보낸다.

그들의 눈에 최창수가 대단해 보이는 건 당연한 결과였
다.

"긍정적인 대답 기다리고 있겠습니다. 하하하!"

호쾌하게 웃은 젊은 사업가가 카페에서 나갔다. 조금이
라도 잘 보일 생각인지 얼마 하지도 않는 커피 값을 계산하
고 말이다.

혼자 남은 최창수는 테이블에 놓인 계획서를 바라봤다.

'홈페이지에서 사업자 연락처를 지울 수도 없고……'

앤젤 쇼핑몰이 오픈되고 벌써 3개월이 흘렀다.

고작 3개월.

먼 미래까지 내다보는 사업가에게는 짧은 기간은 그 3개
월 동안 앤젤 쇼핑몰은 미래의 대기업이란 호칭을, 최창수
는 사업계의 유망주라는 별명을 얻게 됐다.

첫 달 매출은 상상을 초월했다.

무려 10만 건의 주문.

무려 40억에 가까운 매출을 올렸다.

어지간한 중소기업도 함부로 따라할 수 없는 기록을 최
창수는 고작 한 달 만에 만들어냈다.

몇 달 동안 쌓였던 주문을 한 번에 처리한 거라 둘째 달
과 셋째 달은 첫 달에 비하면 한참 모자랐지만, 어디까지나
상대적인 것 뿐.

다른 사업가가 보면 부러움에 질투심마저 들 정도였
다.

운즈
대통령

상황이 이러다보니 업계에는 순식간에 최창수의 관한 얘기가 오가기 시작했다.

"그 젊은 사업가 얘기 들었어? 아무래도 거물 한 명이 등장한 거 같아."

"들어보니까 성공할 만한 조건을 잘 충족하고 이 바닥에 뛰어들었더라. 대박이야, 대박. 최창수, 이 석자를 기억해 둬야 할 거 같아."

"우리처럼 영세한 기업이 살려면 방법은 두 개야. 하나는 경쟁자를 처치하거나, 하나는 그 경쟁자에게 달라붙는 거지. 난 후자를 고르겠어."

만약 이런 식으로 얘기만 오가는 거였다면 최창수는 신경 쓰지 않았을 거다.

자신의 칭찬을 하지 말라고 화낼 사람은 절대 없으니까.

문제는 오늘처럼 개인적으로 연락해 얘기를 나눠보고 싶다는 사람이 늘어나고 있다는 거다.

"계약이 맺고 싶으면 확실한 물증을 갖고 오던가. 사업가 중 절반은 사기꾼이라던데 점점 사실 같네."

아까 전 사업가가 남기고 간 계획서를 읽어봤다.

내용은 간단했다.

5년 차인 자신의 쇼핑몰과 회사를 하나로 합치자. 그게 아니라면 합동 이벤트라도 열어서 서로 원원하자는 내용이었다.

첫 번째로 최창수는 누군가와 경합할 생각이 없었다. 두 번째는 제품의 상태, 회사 이미지를 보고서 정할 생각이었다.

사업 준비 때 얘기를 나눴던 이재호의 파란 쇼핑몰은 충분히 믿음직한 곳이라서 현재 이런저런 얘기를 주고 받고 있다.

하지만 아까 전 사업가가 운영하는 쇼핑몰은 거들떠 볼 가치조차 없었다. 게시판에는 고객들의 불만이 폭주하고, 옷 또한 그저 그랬으며 잘 나가는 제품을 비슷하게 베낀 것도 상당수였다.

'이런 곳과 손을 잡아봤자 나만 손해지.'

사업계획서는 회사 한 곳에 내버려두기로 했다. 버리는 건 상대방의 성의를 무시하는 거니까.

동료에게는 한없이 다정하고.

외부인에게는 인간으로서의 예의를 최대한 지키고.

적에게는 피도 눈물도 없이 전력을 다 하는 사내.

그게 바로 최창수였다.

"자, 그럼 슬슬 출근해볼까."

뜻밖에 손님을 만나느라 학생 때도 안 하던 지각을 해버리고 말았다. 최창수는 바로 회사로 향했다.

"으어…… 오늘도 있네."

회사 근처에 도착한 최창수는 고개를 숙여 앤젤 쇼핑몰 정문을 바라봤다.

운
대통령

그곳에 있는 서른 명의 여성.

앤젤 쇼핑몰에 불만을 제기하러 온 사람들? 전혀 아니다.

바로 최창수의 팬클럽 회원들이었다.

유명 BJ라면 누구나 팬클럽을 갖고 있고, 그들로부터 많은 걸 받는다. 그리고 연락처나 주소가 밝혀지면 한 번 만나보려고 찾아오는 사람도 발생한다.

'돌아가야지.'

처음에는 자신을 찾아와준 게 고마워서 당당히 정문으로 들어갔다. 하지만 점점 찾아오는 사람이 많아지고, 그들을 일일이 상대하다 보니 업무에 지장이 생겼다.

오지 말라고 개인방송에서 얘기를 해도 들어먹지를 않으니, 최창수는 늘 도둑놈처럼 후문으로 출근을 해야 했다.

"엇! 사장님 출근하셨습니까!"

언제나처럼 최창수가 후문으로 들어오자 직원들이 맞춘 것처럼 동시에 일어서 허리를 숙였다.

"지각해서 미안해요. 그리고…… 맞춘 것처럼 인사 안 해도 괜찮다니까요? 누가 보면 건달 보스인 줄 알겠어요."

"하지만 다른 사장님도 아니고, 최창수 사장님이잖아요! 저희가 좋아서 하는 거니까 기분 좋게 받아주세요."

"하하, 거 참……."

앤젤 쇼핑몰 첫 달에는 다들 목례만 했지, 이 정도로 거창한 인사를 받지 않았다. 하지만 최창수가 첫 달 35억이란 매출신화를 이루고, 그 보너스로 직원들에게 기본급에서 150만원을 더 한 300만원을 첫 월급으로 주자 직원들의 태도가 확 바뀌었다.

그동안 만나왔던 사장은 한 푼이라도 월급을 줄여 자신의 배만 채우려는 돼지였다.

하지만 최창수는 아니었다.

자신이 버는 만큼 직원에게 베풀었다. 첫 달에는 150만원이었던 기본급이 저번 달에는 160만원으로, 이번 달에는 170만원으로 인상될 예정이었다.

회사가 성장함에 따라 인상되는 월급.

타 직장에서는 몇 년을 썩고, 개고생을 해서 겨우 직급을 올려야 오르는 월급이 이곳에서는 고작 두 달 만에 상승했다.

직원들 입장에서 최창수는 평생 믿고 따라야 할 최고의 사장이었다.

"오늘 주문량은 어때요?"

"현재까지 200건 정도 새 주문이 들어왔습니다. 전부 재고가 있는 제품이라서 바로 배송준비 들어갔고요."

"10시인데 200건이면, 오늘은 1500건 이상 들어오겠네요."

앤젤 쇼핑몰의 하루 평균 주문량은 1300건.

한 달이면 무려 4만 건이 넘는 주문이 발생한다. 덕분에 세달 째 매출이 15억을 우습게 넘고 있다.

운
대통령

이게 가능한 이유는 상당히 많다.

우선 첫 번째로 최창수의 인지도.

앤젤 쇼핑몰을 운영하면서도 최창수는 하루도 빠지지 않고 개인방송을 하고 있다.

물론 쇼핑몰에 비하면 개인방송 수익은 용돈에 불과할 정도지만, 공짜로 홍보를 하는 거나 다름없어 그만두지 않았다.

두 번째로는 제품의 퀄리티.

서유라는 기대 이상으로 소비자들의 니즈를 자극하는 의류를 잘 디자인했고, 계약을 맺은 제작업체는 돈값 이상으로 일처리가 깔끔했다.

게다가 마일리지 적립 이벤트도 자주 열고, 직원들의 고객 응대도 좋은 편이다 보니 입소문이 엄청난 속도로 퍼져 나갔다.

무서운 속도로 성장할 수밖에 없는 조건을 갖춘 곳이 바로 최창수가 운영하는 앤젤 쇼핑몰이었다.

"잘 되가?"

사장실에서 양복 재킷을 벗어둔 최창수가 한 방문을 열었다.

다름 아닌 디자이너 전용 사무실.

출근해서 퇴근 때까지 신제품을 디자인 하는 디자이너, 최대한 편의를 주기 위해서 업자를 불러 개인 사무실 공간을 만들었다.

"아, 창수구나. 으음…… 애들 옷은 처음이라 많이 헤매고 있어."

"많이 힘드냐? 디자이너 한 명 더 구할까?"

현재 앤젤 쇼핑몰의 디자이너는 총 두 명이다. 두 명이서 한 달에 두 개 이상의 신제품 도안을 만든다. 그리고 다음 달에 바로 그 제품을 출시한다.

덕분에 초기에는 스무 벌이었던 제품이 현재는 스물여섯 벌이다.

최대한 다양한 제품으로 고객의 지갑을 여는 게 앤젤 쇼핑몰의 판매전략 중 하나였다.

물론 그만큼 디자이너는 죽어나지만……. 그 부분을 보다 많은 월급과 좋은 작업환경으로 대체해주고 있다.

"추가로 영입한 디자이너한테도 월 300씩 주면 회사 망할 걸?"

"망하긴 뭘 망해. 개인방송 수익으로 직원 월급 전부 부담하고 있는데."

"그럼 회사 순수익이 전부 창수 네 통장에……."

대체 얼마나 많은 돈을 갖고 있는 걸까?

상상조차 안 됐다.

"궁금하냐? 나중에 보여줄까?"

"…… 아냐, 됐어."

사회생활을 하면서 나름 돈을 많이 모았다고 생각했다. 그 상황에서 최창수의 통장을 보면 괜히 패배했다는 감정에

운
대통령

취할 거 같았다.

"싫음 됐고. 참고가 될 만한 자료도 사왔으니까 잘 부탁할게."

최창수가 유아용 패션잡지 몇 권을 책상에 올려뒀다.

20대부터 30대 초반까지의 여성을 고객으로 삼은 앤젤 쇼핑몰. 빠르면 두 달, 늦어도 세 달 안에 유아용 의류도 상품화 할 생각이었다.

비록 출산율은 떨어지고 있지만, 자식을 향한 애정은 예나 지금이나 조금도 다를 게 없다.

괜히 애기들 물건이 비싼 게 아니고, 최창수는 그 점을 이용해 슬슬 가격대가 높은 제품도 출시해보기로 했다.

'언제까지고 저가 상품만 판매할 수는 없지. 기업화 하려면 명품 판매는 필수불가결이야!'

그 첫 스타트를 애기 의류로 끊을 생각이었다. 최대 4만 원이었던 가격대가 갑자기 십 만 원 이상으로 확 뛰면 고객들이 불편할 수도 있으니까.

사장실로 돌아간 최창수는 어머니의 주민번호로 가입한 아이디로 애기 엄마들이 활동하는 커뮤니티에 회원등록을 했다.

'아이고, 누가 애기 엄마들 아니랄까봐 다들 지극정성이네. 좀 있는 집 어머님들이라 그런지 벌써부터 애기들 학원 얘기도 하고……'

이 커뮤니티 사이트 회원의 자식 중, 과연 몇 명이나

최강대 학생들처럼 공부를 인생의 전부라 생각하며 살게 될까?

'부잣집에서 태어난 것도 마냥 좋은 것만은 아닌 거 같아.'

최창수는 해당 커뮤니티에서 얻은 정보를 전부 인쇄해 디자이너 실에 가져다줬다.

그리고 차를 끌고 동대문으로 향했다.

바쁜 시간을 쪼개 그곳으로 향하는 이유는 하나.

'위조품이 있나 없나 찾아봐야지.'

최근에 최창수는 고객으로부터 한 통의 메일을 받았다. 그건 바로 앤젤 쇼핑몰의 제품과 비슷하게 생긴 의류가 요즘 따라 동대문이나 홍대에서 자주 보인다는 내용이었다.

함께 첨부된 증거사진과 자사 제품을 비교하니 이건 뭐, 중국 제품과 다를 게 없을 정도로 판박이였다.

잠시 후.

동대문에 도착한 최창수는 바로 패션거리로 향했다.

거리를 가득 매운 젊은이, 거리를 가득 매운 의류점. 제 각기 자신의 패션을 선보이고, 자신이 만든 패션을 판매하고 있었다.

'유라랑 미혜 씨도 데려올 걸 그랬나?'

제법 잦은 빈도로 앤젤 쇼핑몰에서 판매하는 의류를 입은 행인도 보였다.

기쁜 마음에 그 옷 어디서 샀냐고 물어보기도 했고, 이틈을 타서 앤젤 쇼핑몰이 어떤 이미지인지도 물어봤다.

다행히도 대답은 긍정적이었다.

'언젠가는 앤젤 쇼핑몰이 대한민국 패션을 주름잡는 날이 오겠지'

그러기 위해서는 짝퉁을 전부 없애야 한다!

최창수가 가장 먼저 눈에 들어온 의류점으로 들어오려고 했다.

그리고 그 순간.

"거기 잘생긴 형 씨!"

누군가가 자신의 손목을 덥석 잡았다.

고개를 돌리니 민소매 티셔츠를 입은 건장한 체격의 사내가 자신을 바라보며 활짝 웃고 있었다.

"딱 봐도 옷 사러 온 거 같은데! 우리 가게 한 번 둘러봐?"

그 말을 듣는 순간, 최창수는 직감했다.

'똥팔이냐!'

· · · ◆ · · · ·

용산에는 용팔이가 있다.

흔히 컴퓨터나 가전제품을 잘 모르는 초심자를 상대로 제품의 가격을 몇 배 씩 올려 후려치는 놈들을 가리킨다.

멀쩡한 컴퓨터에 온갖 말도 안 되는 증상을 붙여 이상 없는 제품을 공짜로 가져가고, 그 대신 정말 예전 제품을 최신 제품이라 속여 비싼 값에 파는 놈도 허다하다.

심지어 AS를 맡겼더니 컴퓨터 사양이 낮춰져 오는 경우도 있다!

그러다 보니 용산 컴퓨터 매장은 지식이란 방어구를 입고 가지 않으면 고 레벨 몬스터에게 무차별 학살을 당하는 곳이다.

빼앗기는 건 당연히 돈!

하지만 용팔이보다 더 악명 높은 게 있으니.

그게 바로 동대문에 서식하는 똥팔이였다.

"딱 봐도 옷빨 좀 받을 거 같은데 내가 형 씨를 위해 좋은 옷을 골라줄게."

"아뇨. 저는 옷 사러온 게……."

"구경만 해도 좋아! 우선 한 번 보고 말하라니까?"

똥팔이가 후다닥 가게 뒤편 창고로 달려가더니 옷 한 벌을 갖고 왔다.

호피 무늬 나시티. 딱 봐도 안 팔릴 게 분명한 디자인이었고, 하도 안 팔려서 창고에 오랫동안 썩어있었는지 군데군데 먼지가 붙어 있었다.

"크! 이거 딱 사이즈가 나오네! 이 좋은 옷이 지금껏 왜 안 팔리나 했더니 전부 형 씨를 기다린 거였네!"

"안삽니다."

똥팔이를 무시하고 가게 내부로 들어갔다. 그리고 짝퉁 옷이 존재하는지 세세하게 살펴봤다.

'여기 있네.'

드디어 짝퉁 옷을 발견했다.

총 열 벌.

앤젤 쇼핑몰의 로고인 'Angel'에서 e를 a로 바꾸거나, 총 다섯 개인 천사 날개의 깃털을 네 개나 여섯 개로 줄이는 등.

그것만 제외하면 앤젤 쇼핑몰에서 판매하는 제품과 똑같았다.

"아, 그 옷? 크, 형 씨. 호피 무늬 나시를 무시해서 패션에 무지한 줄 알았는데 그게 아니었네. 그 옷 요즘 되게 잘나가가!"

짝퉁이지만 앤젤 쇼핑몰의 제품과 동일한 디자인.

자사 제품이 잘 나간다니 기분은 좋았다.

"가격도 한 벌에 10만원 밖에 안 해. 어때? 지금이라면 특별히 만 원 할인된 가격에 줄게."

"10만원이라고요?"

자사보다 2.5배는 뻥튀기한 그 가격.

'어서 빨리 하나라도 더 많이 회수해야겠어. 다시는 판매하지 못하게 뿌리도 뽑고.'

소비자들은 생각보다 옷 디자인에만 신경 쓰지, 로고는 유심히 확인하지 않는다. 덕분에 짝퉁 업체가 돈은 없지만 명품은 갖고 싶은 소비자 이외에게도 제품을 판매할 수 있다.

인터넷에서는 3~4만원인 제품이 오프라인에서는 10만원에 판매된다.

아무리 짝퉁이더라도 차후 문제점으로 거론될 게 분명했다.

"이 옷 어디서 매입하신 거죠?"

"그건 알려줄 수 없지. 내 밥줄이 달린 문제인데."

"이 옷을 판매하면 제 밥줄에 문제가 생겨요."

"뭔 소리야?"

최창수가 대답 대신 명함을 보여줬다. 그러자 똥팔이의 두 눈이 휘둥그레졌다.

'쇼핑몰 사장이었어?'

동대문에 쇼핑몰 사장이 오는 건 드문 일이 아니었다.

간혹 자사 제품을 팔아달라거나, 손님들에게 입소문 좀 퍼트려 달라고 부탁하는 사장이 있으니까.

물론 그때마다 어느 정도 돈을 받아 짭짤한 부 수익을 챙긴다.

'그러려고 온 건가? 정장이 제법 비싸 보이는데…… 잘하면 거하게 뜯어낼 수 있겠어.'

똥팔이가 속으로 음흉하게 웃었다.

최창수가 어떤 인간인지, 앤젤 쇼핑몰이 어떤 곳인지.

아직까지는 관련 업계에서만 유명하지, 동대문 패션거리

까지 쫙 퍼진 건 아니었으니까.

"얼마나 주실 건지 들어나 보자!"

똥팔이가 의기양양한 미소로 손가락을 동그랗게 모았다.

"무슨 뜻이죠?"

"음? 옷 좀 대신 팔아달라거나, 손님들한테 쇼핑몰 홍보 좀 해달라고 온 거 아니야? 어디 보자, 요즘 우리도 경기가 흉흉해서 한두 푼으로는 안 돼. 쇼핑몰의 인기에 따라 더 달라지거든? 인기가 없으면 그만큼 우리가 고생해야 하니까 많이 받고, 많으면 잘 나가니까 영세업자들 살리는 셈 치고 많이 받아야지. 근데 이것도 인연이니까 달에 150만 원만 받을게. 다른 곳 가면 200불러. 완전 도둑놈이라니까?"

"뭔가 오해하고 계신 듯 한데, 제가 오늘 동대문에 온 건 짝퉁 옷을 전부 회수하려고 온 겁니다."

최창수가 짝퉁 옷을 전부 챙겼다.

"앤젤 쇼핑몰 대표로서 이 옷을 전부 회수하겠습니다. 원금 불러주세요. 원금 정도는 드리겠습니다."

"뭐? 회수?!"

똥팔이가 기겁을 했다.

"무, 무슨 헛소리야! 이 옷은 우리 가게 제품이라고! 당신이 뭔데 회수하니 마니야? 납품한 공장에서 와도 안 줄 판인데!"

"그러니까 손해 안 보게 원금은 드린다고요."

"아니, 원금이고 뭐고 됐으니까 나가기나 해! 젠장, 봉 잡은 줄 알았는데 어처구니가 없어서."

똥팔이가 억지로 최창수를 가게 밖으로 밀어내려고 했다. 했지만…….

'뭔 힘이 이렇게 쎄?'

자신도 어디가서 체격으로는 지지 않는다. 사실 동대문 옷 가게 사장 중 남자들은 하나 같이 몸이 좋거나, 아니면 왕년에 제법 놀았을 것처럼 생겼다.

그래야 가격에 놀라 도망가는 손님을 협박해서라도 옷을 팔아먹을 수 있으니까.

하지만 얼굴이 붉어질 만큼 힘을 줘도 최창수는 꿈쩍도 하지 않았다. 그의 굳건한 두 다리에서는 회수하기 전까지는 움직이지 않겠다는 의지마저 보인다.

"회수하기 전까지는 안 나갑니다. 짝퉁 옷이 존재하면 저희 쇼핑몰 이미지가 실추되거든요. 양해 부탁드릴게요."

"아니, 이런 똥고집을 봤나. 에이 씨, 좋아! 원금만 받고 줄 테니까, 대신 이거 사!"

똥팔이가 매장에 전시된 옷 수십 벌을 갖고 왔다.

"이걸 제가 왜 사요?"

"왜 사긴. 형 씨 손 때 묻은 옷을 손님한테 팔 수는 없잖아? 만졌으면 사야지."

"네?"

무슨 이런 억지가 다 있나 싶었다.

"자, 여기 봐. 이 티셔츠 소매 부분, 검은 자국 안 보여?"

"안 보이는데요?"

"당연히 안 보이겠지! 당신처럼 영세업자 죽이려는 못된 놈들 눈에는!"

그 말에 최창수는 곰곰이 생각해봤다.

과연 이 행동이 영세업자의 목을 조르는 행위인가?

답은 아니었다.

자신은 회사로서 정당한 권리를 되찾으려는 거고, 상대는 말도 안 되는 논리를 밀어붙이며 부당한 권리를 정당한 것처럼 포장하고 있다.

"회수하는 게 미안해서 원금은 드린다고 하잖아요?"

"아, 됐어 됐어! 다 필요 없어. 형 씨 손 때 묻은 옷은 헐값에 처분할 테니까 나가기나 해!"

화를 씩씩 낸 똥팔이가 휴대폰을 꺼냈다. 그리고 인근 사장들에게 전화를 걸었다.

"어, 장 씨. 난데, 지금 앤젤 쇼핑몰 대표니 뭐니가 자사 짝퉁 옷 회수한다고 찾아왔거든? 내가 책임지고 내 쫓기는 할 건데 혹시 모르니까 옷 입으면 다 숨겨 놔!"

똥팔이가 전화를 확 끊었다.

"들었어? 이제 곧 애들이 근처 가게에 전화 쫙 돌릴 거니까 헛걸음 하지 말고 가."

"그럼 이곳이라도 회수하죠."

"거 시발! 더럽게 말 못 알아먹는 형 씨네! 이봐, 형 씨. 내가 우스워 보여? 당신 같은 놈한테 호락호락 당해줄 만큼 이곳에서 조금 있지 않았어. 한 대 얻어맞기 싫으면 어서 꺼져!"

"말이 안 통하면 어쩔 수 없죠."

최창수가 지갑에서 돈을 꺼냈다.

총 30만 원.

그걸 테이블에 올려두고 짝퉁 옷을 챙겼다.

"보나 마나 이 옷 한 벌에 1~2만원 하겠죠. 짝퉁이고, 만져보니까 재질도 엄청 안 좋네요. 원금보다 더 많이 챙겨드렸으니까 이만 포기하세요."

"아니, 근데! 야 이 시발 놈아! 이깟 돈 몇 푼으로 지금 장난 치냐?!"

퍽!

더 이상 못 참을 만큼 열이 받은 똥팔이가 최창수의 어깨를 강하게 후려쳤다.

어이가 없어진 최창수.

아무 말도 하지 않았고, 똥팔이는 엄청 겁먹었다고 생각했는지 계속 최창수의 어깨를 후려쳤다.

"야 내가 우습냐? 시발 놈이 어디 감히…… 아 안 되겠다. 야, 너 이리 따라…… 윽!"

똥팔이가 갑자기 이를 악 다물고 소리 질렀다.

손목을 통해 어깨까지 전해져 오는 짜릿한 고통!

금방이라도 손목이 부서질 거 같았다.

"그럼 넌."

최창수가 말했다.

똥팔이가 그를 쳐다봤다.

먹잇감을 사냥하는 듯한 맹수의 표정.

자신을 바라보는 눈빛에서는 짙은 살기마저 느껴진다.

"그럼 넌 내가 우습냐?"

"뭐, 뭐……?"

"사람이 좋게 말하면 그런가보다 하고 좀 들어먹자. 그리고 우리가 언제 어디서 봤다고 다짜고짜 반말에 욕이야?"

"으아아악!"

최창수가 똥팔이의 손목을 반 바퀴 비틀었다.

"그냥 가져가는 게 미안해서 원금 줬잖아. 내가 언제 맨입으로 가져간다고 했어?"

"자, 잠깐! 알겠으니까 우선 손목부터 놔주…… 으악!"

"제대로 말해. 나한테 원금이라도 받고 저 짝퉁 옷 줄래. 아니면 공짜로 저 옷 줄래?"

"주, 줄게! 줄 테니까 제발 손목 좀!"

"번복 없다."

그제야 최창수가 손에서 힘을 풀었다.

자유로워진 손목.

똥팔이는 살아생전 이토록 안도감을 느낀 적이 없었다.

"이 옷 가져가기 전에, 한 가지만 물읍시다."

"뭐, 뭔데?"

"저 존칭 쓰고 있습니다."

"뭐, 뭡니까?"

"이 옷 원금이 얼마인지, 납품받은 업체가 어디인지 알려주세요."

"그, 그건······."

"우리 악수나 한 번 더 할까요?"

"마, 말할게요! 그러니까······."

똥팔이가 성심성의껏 질문에 대답했다.

그 결과 짝퉁 옷의 원가는 고작 1~2만 원 사이.

납품업체는 자신도 알고 있는 곳이란 걸 알게 됐다.

"1~2만 원짜리 옷을 10만원에 판다니, 양심은 있으세요?"

"그, 그게······ 대표님네 짝퉁이 제법 잘 팔려서요······."

"허······."

이걸 좋아해야 하나 말아야 하나 아리송했다.

"다음에 또 찾아올 겁니다. 그때도 저랑 실랑이하고 싶지 않으면 앞으로 이 제품을 받지 마세요. 그리고 아까 전화했던 사람들한테 말하세요. 앤젤 쇼핑몰 짝퉁 제품, 전부 꺼내놓으라고."

"네, 네······."

"그럼 이만. 수고하세요."

최창수가 가게 밖으로 나갔다.

그리고 동대문 옷 가게를 한 곳도 빠짐없이 돌아다니며 짝퉁 옷을 회수했다.

실랑이도 많았지만 날이 세기 전에는 어떻게든 전부 회수하는 게 가능했다.

'많기도 하네.'

차 뒷좌석을 바라봤다.

약 천 벌에 가까운 옷. 전부 짝퉁이었고, 천만 원 가까운 돈을 잡아먹은 벌레였다.

'어떤 건 10만원이고, 어떤 건 몇 만원이고.'

손님의 얼굴에 따라 가격이 달라지는 동대문 옷. 같은 제품이어도 호구나 패션에 문외한처럼 생겼으면 우습게 10만 원을 넘고, 반대면 몇 만원에 팔아먹는다.

'사기꾼 놈들이 따로 없군.'

최창수가 네비게이션으로 회사 위치를 찍었다.

'동대문에만 존재하는 게 아니겠지. 원금 지불하면서 일일이 사들이다가는 내 돈이 남아나질 않겠어.'

부르릉.

최창수가 우선은 사무실로 향했다.

잠시 후.

사무실에 도착한 최창수가 불을 켰다. 시간이 시간이니만큼 당연히 남아있는 직원은 없었다.

그곳에서.

딱 한 곳, 아직까지 불이 켜져 있는 곳이 있었다.

"시간이 몇 시인데 퇴근 안 하고 뭐해?"

책상 옆에 핫식스를 잔뜩 둔 서유라를 향해 말했다. 최창수를 본 그녀의 눈이 휘둥그레졌다.

"너야 말로 왜 이 시간에 출근해?"

"출근한 게 아니라 이것 좀 갖다 놓으려고 잠깐 들렸다."

최창수가 상자를 바닥에 내려뒀다.

내용물은 확인한 서유라는 고개를 갸우뚱거렸다.

"우리 회사 제품이잖아?"

"바보야. 네가 디자이너면서 짝퉁도 못 알아보냐?"

"짝퉁?"

서유라가 옷을 하나씩 살펴봤다.

"헉!"

신경 써서 보지 않으면 짝퉁인 걸 알기도 힘들만큼 정교한 옷. 서유라가 어디서 가져왔냐는 듯 최창수를 바라봤다.

"동대문에 짝퉁이 존재한다고 고객이 알려주더라. 오늘 전부 회수해왔어."

"그래서 하루 종일 사무실에 없었구나……."

"동대문 그 놈들. 생각보다 더 악질이더라. 우리 회사보다 몇 배는 비싸게 팔아먹는데, 덕분에 고생 좀 했지."

"수고 많았어…… 난 이런 게 존재하는지도 몰랐네."

"수고는 했지만 아직 끝난 건 아니지."

"응?"

"내일 나랑 같이 짝퉁 제작업체 좀 가자."

· · · ◈ · · ·

푸른 하늘 제작업체.

푸른 하늘처럼 부정 없는 깨끗한 공정과 계약을 하겠다
는 문구를 달고 있는 제작업체지만 실상은 그러하지 않았
다.

중소기업에서 흔히 발생하는 원가보다 낮은 재질로 제품
을 만들어 이득을 챙기고, 제작을 의뢰한 곳이 보잘 것 없
는 곳이면 바로 도안을 빼돌려 몹쓸 짓을 하기로 유명한 곳
이었다.

'바로 건너뛰길 잘했다 생각했는데, 예상 못한 문제가
발생할 줄이야.'

푸른 하늘은 최창수가 가장 먼저 찾아봤던 제작업체 였
다.

문구를 보고 믿어도 좋겠다 싶었고, 그 실태를 파악한 뒤
에는 절대 이곳만큼은 계약을 맺으면 안 되겠다 싶었다.

"얼마나 더 가야해?"

조수석에 앉은 서유라가 물었다.

벌써 2시간이 넘는 주행.

네비게이션은 아직도 작동 중이었다.

"앞으로 30분 정도? 지루해도 참아, 디자이너인 네가 도 안을 갖고 가야 얘기가 더 잘 풀리니까."

"지루한 건 아닌데, 왠지…… 긴장돼서."

얼굴이 붉어진 서유라가 어깨를 비비 꼬았다.

"뭐가 긴장돼? 제작업체 사장 만나러 가는 거?"

"……그거 말고 바보야. 너랑 같이 차타는 거 말이야. 처, 처음이니까."

"음, 그러고 보니 네가 내 차에 탄 첫 손님이네."

차를 구매한 지는 제법 됐다. 하지만 출퇴근 길 이외에는 딱히 차를 이용할 일이 없었고, 자연스레 태울 사람도 사라 졌다.

"괜찮으면 아침마다 같이 출근할까? 교통비도 많이 들잖 아."

현재 서유라는 천안에서 강남까지 출퇴근을 하고 있다. 상당히 힘든 일이지만 당분간은 가족과 함께 있고 싶다는 마음 때문이었다.

물론 그건 최창수도 마찬가지였다.

타지에 살고, 사업이 확장될수록 부모님 얼굴을 볼 시간 이 점점 줄어든다. 하지만 부모님과 함께 생활하면 짧더라 도 같은 시간을 공유할 수 있다.

그 행복만 있다면 길어도 왕복 3시간이란 거리는 아무것 도 아니었다.

"정말?! 그, 그래도 돼?"

"친구 사이에 안 될 게 뭐 있냐? 너 한 명 탄다고 주유값이 더 나오는 것도 아니고, 그깟 주유값이 버거울 정도로 내 생활이 위태로운 것도 아닌데."

"헤헤. 그럼 아침마다 같이 출근할래! 내가 시간 맞춰서 너희 집 앞으로 갈게!"

"그래, 그럼 그러도록 하자. 아! 근데 회사 도착할 때는 어떡하지? 직원들 눈에 띄면."

"뭐, 어때?"

서유라가 운전 중인 최창수의 손을 살포시 잡았다.

"사귀지만 않는 사이인데."

"……그러네."

마침 신호가 푸르다.

액셀에서 발을 땐 최창수도 살포시 서유라의 손을 잡았다.

· · · ◈ · · ·

잠시 후.

드디어 푸른 하늘 제작업체에 도착했고, 최창수가 근처 주차장에 주차를 했다.

'멋있네……'

여자들이 좋아하는 자세가 하나 있다.

바로 한쪽 팔을 좌석에 올리고, 뒤를 보면서 한 손으로 주차하는 남자!

큰 호감을 안 느끼는 남자가 하더라도 멋있게 보이는 자세인데, 좋아하는 최창수가 자신의 욕구를 충족해주니 서유라는 심장이 뛰다 못해 터질 것만 같았다.

"야."

앞으로 같이 출근하면 저 모습을 매일 볼 수 있는 걸까? 그때마다 어떻게 표정관리를 하면 좋을까?

"서유라."

괜히 너를 따라잡으면 정식으로 다시 고백하겠다고 말했나? 지금이라도 늦지 않았으니까, 그냥……."

"야, 안 내려?"

"어?!"

이런저런 생각을 하고 있자 차 문이 열렸다. 최창수의 얼굴이 무척이나 가까웠고, 그제야 자신이 무슨 생각을 했는지 깨닫게 됐다.

"설마 안전벨트 풀 줄 모르는 건 아니지?"

"아, 아니거든!"

"아니면 아닌 거지, 언성은 왜 높여?"

"나도 몰라!"

쪽팔린 나머지 저도 모르게 화를 내고 말았다.

차에서 내린 두 사람은 정면을 바라봤다.

제법 큰 규모의 공장.

환기를 위해서 열어둔 문 너머로 열심히 미싱 중인 직원들이 보였다.

"연락하고 온 거지?"

"당연하지. 명목은 계약, 내용물은 아니지만."

최창수가 양복 주머니에서 휴대폰을 꺼냈다.

총 두 대.

그 중 최신기종으로 제작업체 사장에게 전화를 걸었다.

"사무실로 오라네. 기다리고 있겠대."

"응. 근데…… 휴대폰이 왜 두 대야? 그것도 한 대는 엄청 옛날 건데. 예전에 쓰던 거 맞지?"

"아, 이거……."

최창수가 자신의 최고 재산인 그 휴대폰을 바라봤다.

바로 운수 대통령 어플이 있는 휴대폰이었다.

운수 대통령 어플은 있지만, 휴대폰 자체는 점점 수명이 짧아지면서 도저히 쓸 만한 상태가 아니다.

그래서 신 기종으로 유심 칩을 옮겨 운수 대통령이 고스란히 이식되는 지 확인을 해봤다.

결과는 꽝.

운수 대통령 어플은 오직 이 휴대폰에서만 존재했다.

결국 구형은 운수 대통령 어플 사용용으로, 신 기종은 연락수단으로 사용하는 중이다.

"정이 들어서, 못 버리겠더라고."

활짝 웃으면서 오랜만에 운수 대통령을 실행했다.

요 근래, 일이 바쁘기도 하고 운수 대통령 없이도 어느 정도 성공을 이룰 수 있다 보니 많이 소홀했다.

'트로피 획득 안 한지도 제법 됐네.'

생각난 김에 운수 대통령을 실행했다.

다른 건 전부 느리게 실행되지만, 오직 운수 대통령만큼은 처음 구매했을 그 당시의 속도를 유지하고 있다.

밀린 트로피를 전부 획득하고 현 상태를 확인했다.

〈운수 대통령 잔여 시간 : 5289시간 8분〉

〈획득한 개수 : 510개〉

〈잔여 인생 포인트 : 976개〉

〈운수 대통령 정식 판까지 앞으로 51%〉

'인생 포인트 엄청나게 쌓였네.'

예전에는 인생 포인트 하나를 얻기 위해서 개고생을 했다. 하지만 트로피 달성제로 바뀐 후로는 인생 포인트 걱정을 할 필요가 없어졌다.

자신의 인생에 큰 영향을 미치는 책을 구매할 때마다, 필요한 인생 포인트가 늘어나는 게 신경도 안 쓰일 정도로.

'976개면 뭐…… 세계정복도 가능하겠네.'

마음만 먹으면 뭐든지 도전할 수 있다.

단순히 도전만 가능한 게 아니다.

그 모든 걸 성공시킬 수 있는 강대한 능력이 최창수에게는 있었다.

'그나저나 5년 동안 49%가 채워졌으면, 앞으로 5년은

더 트로피를 모아야 정식판으로 업그레이드되는 건가?'

잠시 든 생각.

이내 고개를 저었다.

'아니지. 초반에는 뭐든지 다 추억거리라서 쉽게 모았지만, 요즘은 추억이라 느껴지는 게 별로 없어.'

최창수가 하늘을 바라봤다.

'이게 어른이 되어간다는 걸까?'

어릴 적에는 모든 게 신기하고 세상사는 게 전부 즐거웠다.

하지만 나이를 먹어갈수록 신기했던 것에 익숙해지고, 세상을 즐기기 보다는 보다 나은 삶이 되도록 노력하게 됐다.

'난, 행복한 걸까?'

문득 그런 생각이 들었다.

자신의 인생은 성공가도를 달리고 있다. 친구들한테 인기도 많고, 부모님에게 효도고 계속 해드리고 있다.

'아냐, 난 행복해!'

무엇 하나 모자란 게 없는 삶.

앞으로도 모자랄 게 생기지 않을 삶이다.

이런 인생이 행복하지 않으면 대체 어떤 인생이 행복하단 말인가?

무엇보다 자신에게는 사랑하는 사람이 있다.

"가, 갑자기 왜 그래?"

최창수가 서유라의 어깨에 팔을 둘렀다.

"네 어깨가 참 팔 두르게 좋게 생겨서."

"뭐래."

"싫어? 치울까?"

"싫단 말도 치우란 말도 안 했거든요~."

서유라가 입가에 은은한 미소를 품었다.

이윽고 두 사람은 사무실에 도착했다. 네 명의 직원, 그리고 한 명의 사장이 있었다.

"전화 드린 임재환 사장입니다."

"아! 기다리고 있었습니다. 이봐, 이 경리! 뭐해, 어서 커피 안 내오고."

"네에~."

귀찮다는 듯 경리가 믹스커피를 타기 시작했다.

두 사람은 소파에 앉아 사장을 바라봤다.

"별로 나쁜 사람처럼은 안 보이는데? 동대문 그 사람이 거짓말한 거 아닐까?"

"그건 지금부터 확인할 일이지."

최창수가 사장과 얘기를 나누기 시작했다.

우선 처음은 정말로 계약을 할 것처럼 말했고, 얘기의 농도가 짙어질수록 푸른 하늘 제작업체와 관련된 안 좋은 소문이 사실이냐고 물었다.

"허허, 그런 얘기는 또 어디서……."

"계약은 신중해야 하잖아요? 아니면 아니라고 말해주세요."

"아닙니다. 경영이 힘들 때는 저도 모르게 도안을 빼돌리거나 짝퉁 옷을 납품했지만 이제는 아닙니다. 경영이 많이 좋아졌거든요. 도안을 빼돌린 곳에 손해배상도 해줬고, 짝퉁은 가능한 만큼 회수했습니다."

"그 뜻은 즉. 경영이 힘들어지면 언제든 다시 되풀이할 수 있다는 건가요?"

"그게 그렇게 들리셨나요?"

"저희 쪽에서 가져온 게 있다 보니까."

최창수가 가져온 상자를 테이블 위에 올려뒀다. 그리고 그 안에서 짝퉁 옷과 자사 제품을 꺼냈고, 서유라는 도안을 꺼냈다.

"이 옷. 이곳에서 제작했다고 들었는데 사실인가요?"

"이건……."

사장의 안색이 급격하게 안 좋아졌다. 상황을 지켜보던 직원들 역시…….

최창수와 눈이 마주치자 급히 업무로 돌아가는 척 했다.

"정식으로 인사드리겠습니다. 앤젤 쇼핑몰 대표 최창수입니다. 동대문에서 짝퉁 옷을 회수했고, 가게 사장들로부터 어느 업체에서 납품 받았는지 전부 들었습니다."

최창수가 사장의 안색을 살폈다.

자신과 눈이 마주치자 당황한 기색이 더욱 심해졌고, 슬금슬금 시선을 피하기 시작했다.

"정말 이곳에서 제작해서 납품한 건가요?"

"하하, 그게……."

"사실대로 실토하면 전량 회수 후 폐기하는 걸로 넘어가 겠습니다. 만약 아니라면 사과드리고 계약도 진행할 게요. 대신, 차후 거짓인 게 밝혀진다면 법적대응도 불사할 겁니 다."

"자, 잠시 저희 회사 제품인지 살펴보겠습니다."

사장이 떨리는 손으로 제품을 확인했다. 자신의 회사에 서 만든 제품을 말이다.

'젠장, 봉 하나 더 잡았다 생각했는데 앤젤 쇼핑몰 대표 였다니. 이 위기를 어떻게 넘기지?'

중소 쇼핑몰을 상대로 사기를 치거나, 불공정한 일을 하 는 건 사실상 이제는 당연한 일이 되어가고 있다.

살기가 퍽퍽하니까.

그렇게라도 해야 먹고사는 게 가능했다.

게다가 어느 제품이건 짝퉁은 존재하는 지라 양심의 가 책도 없이 짝퉁을 납품해왔다. 타 쇼핑몰에서도 암묵적으 로 무시했고, 간혹 항의전화가 와도 모르쇠로 일관했다.

인정은 곧 수익손실로 이어지니까.

'그래, 당황하지 말고 지금까지처럼 시치미 떼면 돼. 우 리가 창고나 도안만 보여주지 않으면 절대 들킬 일 없으니 까.'

마음을 굳힌 사장이 활짝 웃으며 말했다.

"확인해본 결과 저희 쪽 제품이 아니군요."

운주
대통령

"확실한 거죠?"

"그야 물론이죠. 더 이상 나쁜 짓은 안 하기로 정했다니까요?"

"……알겠습니다. 괜한 의심해서 죄송하고, 약속대로 계약은 체결하겠습니다."

"네."

"그전에, 잠시 건물을 둘러볼 수 있을까요? 규모를 두 눈으로 보고 수량을 정하고 싶습니다만."

"아, 그건……."

자칫 최창수가 창고를 봤다가는 큰일이다. 하지만 안 된다고 말하면 겨우 없앤 의심만 다시 피어오르게 만드는 일.

"좋습니다. 이봐, 이 경리. 최창수 사장님 안내해드……."

"아뇨. 저랑 이 친구 둘이서 보겠습니다."

최창수가 서유라와 함께 소파에서 일어나 사무실 밖으로 나갔다.

"역시 그 사람이 거짓말 했나봐."

헛걸음 했다는 듯 서유라가 말했다.

하지만 최창수는 확신하고 있었다.

'거짓말이 참 서툰 양반이군. 얼굴과 말이 다르면 누가 믿겠어.'

이곳은 제작업체다.

즉, 어딘가에 짝퉁이 존재한다는 것.

"유라야. 잠시 혼자 구경 좀 하고 있을래?"

"왜?"

"찾아볼 게 있거든. 혼자 있기 싫으면 차에 가서 쉬고 있어."

최창수가 서유라에게 차 열쇠를 건넸다.

그리고 근처 화장실에 들어가 휴대폰을 꺼냈다.

"운수 대통령. 오랜만에 우리의 행운이 활약할 때가 왔다."

· · · ◆ · · ·

운수 대통령을 실행했다.

〈행운의 아이템 : 날개 문양이 달린 티셔츠〉

〈행운의 색깔 : 노란색〉

〈행운의 장소 : 차가 스무 대 미만 주차된 공간〉

"뭐 하나 갖춰진 게 없네."

예전과는 너무나도 다른 상황.

최창수는 운수 대통령에게 소홀했던 몇 년이 미안해졌다.

'우선 하나 하나 맞추자.'

최창수가 바로 공장으로 향했다. 시끄럽게 귀를 울리는

미싱 소리. 수백 명이 두 눈에 불을 켜고 미싱에 집중했고, 간혹 손가락을 다쳐 잠시 쉬는 직원도 보였다.

'다들 돈을 얼마 받고 일하는 걸까?'

차후 여건이 된다면 저 임금 노동자들을 구하고 싶었다. 비록 모든 분야에서는 무리겠지만, 자신이 몸담은 분야에서만큼은 부당한 권리를 받는 사람이 없었으면 싶었으니까.

'노력하면 가능할 거야.'

그보다 우선은 조건을 달성하는 게 우선이다.

최창수는 근처 여직원에게 다가갔다.

"저기, 바쁘신 와중에 죄송한데 부탁 하나만 할 수 있을까요?"

"네?"

여직원이 고개를 돌렸다.

많이 피곤해 보이는 얼굴.

하지만 최창수와 눈이 마주치자마자 피곤함보다 당황이 더 많이 보이게 됐다.

"자, 잘 생겼다……."

"네?"

"아, 아뇨! 그보다 누구시고 무슨 부탁을 하시려고요?"

"거래처 사장입니다. 다름 아니라 이 옷에."

최창수가 정장 재킷과 속에 걸친 티셔츠를 벗었다. 여직원은 모르는 남자가 갑자기 옷을 벗어서 황급히 눈을 가렸지만, 눈을 떴을 때 최창수의 상체가 아닌 흰 소매티가 보였다.

"죄송한데 노란색 실로 날개 문양 좀 빠르게 박아주실 수 있나요?"

"바, 박다니…… 너무 야한……."

"네?"

"아, 아뇨! 그 뜻이 아니구나……. 거래처 사장님이라 시니까 해드려야겠네요."

아쉬움 반, 자괴감 반에 휩싸이며 여직원이 능숙하게 미싱을 시작했다.

고작 5분.

5분 만에 깔끔한 날개 문양이 완성됐다.

"와우……. 엄청 빠르시네요?"

"저보다 더 빠른 분들도 많아요. 공장에서는 속도가 최우선이거든요."

"이 정도 속도면 나름 경력이 있으실 거 같은데."

"7년 정도 근무했어요."

"7년……. 죄송하지만 한 달 노동 시간이랑 임금이?"

"하루 10시간 근무, 임금은 130만원이요. 근무 일수는 25일 정도?"

대답을 들은 최창수가 빠르게 시급을 계산했다.

1시간에 5500원도 안 되는 시급. 나라에서 지정한 시급보다 낮았으며, 도저히 7년 경력자가 받을 만한 월급은 아니었다.

'아르바이트 수준이잖아……'

일반 회사에서 7년 경력이면 직급과 월급이 오른다. 130만원하고는 비교도 안 되는 금액으로 말이다.

"놀라실 필요 없어요. 원래 이 업계 임금이 적거든요. 기술을 알려줄 테니까 돈은 조금만 받아라. 싫으면 다른 곳으로 가라는 마인드인 선배들이 많아요. 자기들도 다 그렇게 배웠다고."

그러고 보니 서유라도 그런 말을 했었다.

패션 업계 임금이 워낙 기형적이라고.

'이건 뭐, 아버지 시절 기술자들하고 다를 게 없네.'

사실 대한민국 노동시장 자체가 이상하다.

신입은 일을 배워야 하고, 그러면 효율이 떨어진다면서 임금을 적게 준다.

경력자는 조금이라도 싸게 효율적으로 부려먹으려고 임금을 낮게 측정한다.

그 상황에 불만을 토하는 자는 많지만 바뀌는 건 없다. 시급이 지금과 같으면 아르바이트로 생활하는 근로자의 삶이 힘들지만, 그렇다고 또 한 번에 확 오르면 자영업자들이 힘들어지기 때문이다.

둘 다 윈윈할 수 있는 방법을 찾아내고 현실화 시켜야 하건만.

정부에서는 근로자보다는 자영업자들의 손을 더 들어

주고 있는 실정이다.

오죽하면 노동조합 직원이 그러면 자영업 사장이 반드시 최저시급을 맞추고 근로계약서도 작성하게라도 만들자고 하니, 한 의원이 그러면 범법자가 늘어서 안 된다며 기각한 사례도 있다.

의원도 자영업자처럼 갑의 위치에 서 있으니…….

서로가 서로를 감싸주는 꼴 밖에 안 된다. 그들 품에 들어가지 못한 근로자는 자신의 노동을 값싸게 파는 것만으로도 감사하는 실정이 현재의 대한민국이다.

'권력이 올바르게 사용되면, 이 문제점도 언젠가는 바뀌겠지.'

그러기 위해서.

현재는 자신이 할 수 있는 일을 해야 한다.

완성된 옷으로 갈아입은 최창수가 공장부지 전체를 빠르게 훑었다.

'내 차까지 포함해서 정확히 스물 한 대가 주차되어 있네.'

바로 자신의 차에 올라탔다.

시동을 걸고 밖으로 나가 주차할 만한 곳을 찾기 시작했다. 마땅한 곳이 없어 결국 10분이나 달려 겨우 유료주차장에 주차를 할 수 있었다.

돌아올 때는 30분 넘게 전력 질주했다.

'자, 이제 시작이다.'

주머니에서 동전을 꺼냈다.

'앞면으로 왼쪽, 뒷면이면 오른쪽으로. 행운을 받은 이 동전이 짝퉁 옷이 있는 창고로 안내해줄 거야.'

팅!

바로 동전을 튕겼다.

그리고 동전이 알려주는 방향으로 걸음을 옮겼다.

이윽고 동전이 더 이상 앞면도 뒷면도 알려주지 않게 됐다.

'여기군'

정면을 바라봤다.

자물쇠로 굳게 잠긴 창고가 그를 반겼다.

"저기요."

때마침 근처에 창고 관리인으로 보이는 직원이 다른 창고 내부를 확인하고 있었다.

"죄송한데 저희 회사 제품이 이 창고에 있거든요. 수량 파악 좀 하려는데 창고 문 좀 열어주시겠어요?"

"아, 오늘 사장님 한 분 오신다더니 그분이신가 보군요. 근데 이 창고는 저희 회사 제품이 있는 창고인데요?"

"전 이 창고를 사용 중이라고 들었는데요?"

"음…… 뭐지. 뭐, 어차피 이 창고도 수량 검사할 참이었으니까 열어드릴게요. 아니면 말해주세요."

한 번에 넘어간 직원이 허리춤에 찬 열쇠꾸러미를 살폈다.

끼이익.

이윽고 창고 문이 열렸다.

직원이 먼저 들어가 수량을 파악했고, 최창수는 하나하나 주의 깊게 제품을 살폈다.

"찾았다."

창고 왼쪽.

자사의 짝퉁 제품이 한 가득 쌓여 있었다.

'이러고도 아니라고 발뺌하다니.'

더 이상 발뺌하지 못하도록 증거를 남기기로 했다. 최창수는 휴대폰을 꺼냈고, 사진으로 창고 내부를 몇 장.

마지막으로 동영상을 실행했다.

"앤젤 쇼핑몰 대표 최창수 사장입니다. 이곳은 푸른 하늘 제작업체 A창고 내부입니다. 이 제품, 보이십니까? 얼핏 보면 앤젤 쇼핑몰의 제품 같지만, 로고를 자세히 보면 짝퉁 제품이란 걸 알 수 있습니다."

동영상을 끊지 않고 직원에게 다가갔다. 그리고 서로의 상체까지만 화면에 담아지도록 위치를 조정하고 물었다.

"이 제품 말인데요. 푸른 하늘에서 직접 제작한 옷인가요?"

"그 옷이요? 네, 저희 공장 자체 제작 제품이라 알고 있어요. 전 창고 관리인이라 자세한 건 잘 모르지만."

이것도 관계자의 증언까지 받아냈다.

최창수는 짝퉁 몇 벌을 갖고 사장실로 돌아갔다. 마침

근처에 서유라가 있었고, 그녀에게 증거 영상을 보여줬다.

"진짜였네…… 어떻게 입에 침도 안 바르고 거짓말을 하지?"

"네가 순진해서 못 알아차린 거야. 자, 결판 지으러 가자."

최창수가 사장실로 들어갔다.

영락없이 계약을 맺으러 온 줄 알았던 사장. 활짝 웃으며 계약서를 갖고 왔다.

하지만 최창수는 도장 대신 휴대폰과 짝퉁 제품을 올려놨다.

창고에 있어야 할 물건이 바로 앞에 있다.

두 눈이 휘둥그레진 사장이 땀을 뻘뻘 흘리며 최창수를 바라봤다.

"사장님 말을 믿었습니다만. 속았군요."

"이, 이걸 어떻게……."

"제가 운이 좀 좋거든요. 어쩌다 보니 사장님이 절대로 없다 했던 짝퉁 제품을 발견하게 됐네요."

아까 촬영한 동영상을 실행했다.

불법현장이 생생하게 녹화되어 있고, 어떻게든 발뺌할 수 있는 최후의 수단마저 직원의 증언 때문에 물거품처럼 사라졌다.

"변명을. 들어볼까요?"

최창수가 사납게 말했다.

사장은 눈앞이 새하얘지는 걸 느꼈다. 사막도 아닌데 괜히 호흡이 힘들다.

'어, 어떡하지?'

최창수가 돌아오기 전까지 그는 앤젤 쇼핑몰에 대해서 조사를 했다. 그 결과 앤젤 쇼핑몰이 오픈기간에 비해 엄청난 성공을 거뒀다는 것도, 그 회사의 대표인 최창수가 결코 적으로 돌려서는 안 되는 인물이란 걸 알게 됐다.

"마지막 기회입니다. 사실을 인정하고, 전량 회수 및 폐기하면 없던 일로 해드릴게요."

"그, 그게…… 정말 죄송합니다."

사장이 절이라도 할 기세로 고개를 숙였다.

여기서 괜히 아니라고 발뺌하다가는 더 큰 일로 벌어질 가능성이 있다.

그때가 되면 지금보다 더 자신이 이길 가능성이 적어진다.

지금은 손해가 더 커지기 전에 발을 빼야한다.

"내, 내일 당장 납품한 가게에 방문해 전량 회수하겠습니다. 제품도 당연히 폐기할 테니 부디 선처를……."

"저도 일을 크게 벌리고 싶은 마음은 없습니다. 확실한 약속을 받는 걸로 끝내죠."

최창수가 A4용지와 펜을 건넸다.

그리고 다시는 이와 같은 일이 없을 거라는 각서를 쓰게 만들고, 혹시 몰라 동영상 촬영까지 끝냈다.

"다음에는 서로 좋은 일로 만나면 좋겠네요."

"아, 네에……."

"그리고 걱정돼서 하는 말인데, 창고 관리인을 해고하거나 꾸짖지 말아주세요. 그 분은 아무것도 모릅니다."

정당한 사람이 피해보는 것도 싫었지만.

그 이유가 자신 때문이란 건 더 싫었다.

· · · ◈ · · ·

다음 날.

푸른 하늘 제작업체 사장으로부터 현재 전 물량 회수 및 폐기 중이라는 전화를 받았다.

"이걸로 큰 일 하나 정리했네."

기분이 좋다.

이 기분을 모두와 공유하고 싶어져 근처 분식집으로 향해 직원들과 나눠먹을 간식을 사 왔다.

"크, 사장님 대단하십니다. 제가 쇼핑몰만 다섯 곳에서 일했는데 짝퉁 잡는 모습은 이번이 처음이네요."

"그러게요. 어지간한 대기업도 알면서 모르는 척 하는데."

"저희 브랜드 이미지는 제가 지켜야지 누가 지키겠어요. 첫 날 말씀드린 것처럼 타 업체와는 하나부터 열까지 다 르게 움직일 거예요."

"오오, 그만두고 싶지 않은 직장은 여기가 처음이네요."

"제 친구도 여기서 일하고 싶다는데 데려와도 될까요?"

"인원 확장을 하게 되면요. 그때까지 경력을 쌓고 있으라고 전해주세요."

"네!"

말만 가족 같은 분위기의 직장이 아닌.

정말 가족 같은 분위기의 직장이 바로 앤젤 쇼핑몰이었다.

간식타임이 끝나자 직원들이 바로 업무로 돌아갔다.

그리고 최창수는 오늘 업무를 처리하기 위해 약속장소로 향하려 했다.

그때.

"여, 여기는 어쩐 일로……?"

뜻밖에 손님과 마주하게 됐다.

"오랜만이네요. 최창수 씨. 그간 연락이 없어서 섭섭했는데, 분명히 바빠서 그러신 거겠죠?"

기품이 느껴지는 미소.

바로 기부천사.

한아름이었다.

그녀와 마지막으로 만난 게 쇼핑몰 오픈 전이었다. 친구들에게 입소문 좀 내달라고만 했지, 그 이상의 부탁은 하지 않았다.

"몸은 많이 괜찮아지셨나 보네요?"

그때까지만 해도 기부천사는 입원과 퇴원을 반복하고 있었다. 입원할 때는 종종 병문안을 갔고, 퇴원했을 때는 그녀의 몸에 무리가 되지 않도록 짧은 시간을 같이 보냈다.

억지로 퇴원했을 때는 최창수가 휠체어를 끌어주기도 했다.

지금은 멀쩡히 두 발로 서 있고, 안색도 많이 좋아졌다. 지금이라도 그녀가 그토록 가보고 싶어 했던 클럽도 가볼 수 있을 정도로.

"보시는 대로. 의사 말로는 당분간은 입원 걱정 안 해도 좋다 하더군요. 전부 창수 씨 덕분이에요."

"제가 뭘……."

"어서 나으라고 응원해주셨잖아요? 퇴원할 때마다 절 이곳저곳 데려가 많은 세상을 보여주고요. 제가 즐기지 못한 게 이리도 많다는 걸 알게 되니 어서 건강해지고 싶더라고요."

별 생각 없이 베푼 호의.

그 호의로 인해 누군가가 살 생각을 가졌다는 사실이 고맙고 가슴이 벅찼다.

"죄송한데 제가 급하게 가볼 곳이 있어서요. 힘들게 오신 분 돌려보낼 수도 없고, 괜찮다면 같이 가실래요? 재밌는 것도 보여드릴게요."

"어머, 저야 좋죠."

한아름이 쿡쿡 웃었다.

"좋은 소식에 대한 보답이라 받을게요."

"좋은 소식?"

최창수가 고개를 갸우뚱했다.

송근태 현대 판타지 장편소설

두 번째 이야기
좋은 소식이 뭐냐?

운수대통령

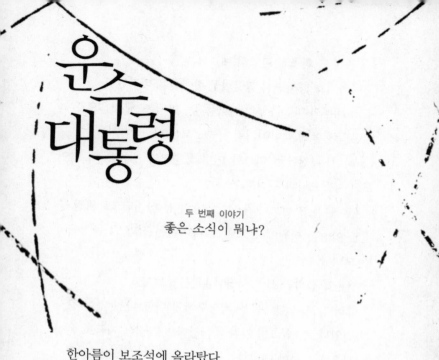

운수 대통령

두 번째 이야기
좋은 소식이 뭐냐?

한아름이 보조석에 올라탔다.

늘 뒷좌석에만 앉거나, 혹은 경호원이 안전벨트를 매줘는 것에 익숙해졌는지 스스로 안전벨트를 매려는 모습이 너무나도 어색했다.

"제가 해드릴게요."

"어머, 고마워요. 방송 시청자들이 보면 다들 부러움에 사무쳐 절 증오할 만한 장면이네요."

한아름이 쿡쿡 웃었다.

최창수의 방송 열혈팬이자 시청자들에게도 많은 지지를 받는 그녀. 이 장면이 방송된다 하더라도 큰 문제는 없을 게 분명했지만 어디에나 적은 존재하는 법이다.

'온실 속 화초가 따로 없네.'

목적지로 향하면서 힐끗힐끗 한아름을 바라봤다.

차 내부와 바깥을 신기하다는 듯, 마치 생애 처음으로 놀이공원에 놀러온 아이처럼 바라보고 있다.

'하긴, 나한테는 익숙한 이런 풍경보다 병원을 더 많이 보고 자랐으니까 무리도 아닌가.'

한아름은 자신보다 두 살 연상이다. 하지만 그 세월 중 절반 이상은 병원에서 보냈고, 나머지는 집과 그 근처에서만 보냈다.

서울에 살지만 시골 사람과 다를 게 없다.

그러다 보니 한아름은 최창수에게 더할 나위 없이 감사하고 있다. 만약 그를 만나지 않았다면 자신은 지금도 온실 속 화초에 불과할 테니까.

혼자서 어디 갈 생각도 못 하고, 온실 속에서 주인이 따라주는 물로만 삶을 연명하고 있을 게 분명했다.

"온다면 연락했다면 마중 나갔을 텐데, 경호원도 없이 왜 혼자 오셨어요? 요새 나쁜 놈들이 얼마나 많은데."

"후후, 제 걱정 해주시는 건가요? 따뜻한 마음씨네요. 근처까지는 경호원이 태워다줬으니 너무 걱정하지 않으셔도 돼요. 그리고, 갑작스런 제 방문에 놀란 창수 씨가 보고 싶었거든요."

"그야…… 놀라긴 했지만."

"고민은 많이 했어요. 바쁜데 찾아가는 건 아닌가, 찾아갔는데 아무도 없으면 어쩌나. 하지만 걱정만 하면 아무것도 시작할 수 없더라고요."

한아름이 창밖을 바라봤다.

점심시간.

걱정 가득한 얼굴로 점심식사를 하러 가는 직장인이 많이 보였다.

"창수 씨가 없더라도, 조금 길고 힘든 산책을 한다고 생각하고 나왔어요. 실제로 길었고요."

"길었다뇨?"

"이 건물이 저 건물 같고, 저 건물이 이 건물 같아서 길을 많이 헤맸어요. 오르막길도 많아서 중간에 앉아 쉬고, 길고양이가 다가와 애견가게에서 통조림도 사다 주고. 그러다 보니 3시간이나 걸리더라고요?"

한아름이 어디서 내렸는지는 모른다.

하지만 역에서 내렸더라도 회사까지는 30분도 걸리지 않는다.

'어마어마한 길치였네……'

길고양이가 다가온다고 통조림을 사다준 대목은 그녀의 순수함이 엿보였다.

'지켜주고 싶은 동생이지, 결코 누나처럼은 느껴지지 않네.'

실제로도 자신이 한아름을 지켜주는 입장이었다.

．．．．◆．．．．

잠시 후.

두 사람은 목적지에 도착했다.

"와아. 예쁜 건물이네요? 마치 동화 속 궁전 같아요."

"여성 모델이 많이 오는 곳이거든요. 그에 맞게 제작했다고 하네요."

최창수가 도착한 곳은 다름 아니라 분홍 스튜디오였다. 예전에 신소율과 함께 방문했던 그 스튜디오.

최창수는 1층 로비에서 신분을 밝히고 엘리베이터에 올랐다.

2층.

띵 하는 소리와 함께 엘리베이터 문이 열렸다.

그리고 누군가가 자신을 와락 껴안았다.

"쓰읍! 오늘도 좋은 향기네!"

자신을 껴안은 사람이 고개를 들었다.

마치 긴 출장 끝에 돌아온 주인을 만난 강아지를 연상시키는 얼굴, 초민아가 엄청나게 반갑다는 듯 최창수의 등을 문질렀다.

"야야, 엘리베이터에서 내린 다음에 인사하면 안 되냐?"

"안 돼! 내가 여기서 얼마나 기다린 줄 알아? 선생님이 1시에 도착한다 해서 12시부터 기다렸어! 선생님이라면 약속시간보다 훨씬 빨리 올 거 같았단 말이야! 근데 지각이나 하고!"

입에 바람을 가득 넣은 초민아가 뿌우 거리면서 최창수를 풀어줬다. 그제야 두 사람은 엘리베이터 밖으로 나올 수 있었다.

"그보다 나 어때? 짜잔! 이제 제법 모델 같지 않아?"

초민아가 근처 의자에 앉아 관능적인 포즈를 취했다. 섹시함을 콘셉트로 잡은 그녀에게 실로 잘 어울렸고, 가슴골과 허벅지가 훤히 드러나는 복장이 그 분위기를 더 살려줬다.

"글쎄, 아직은 잘 모르겠는데."

"헐. 완전 너무하다. 빈말이라도 모델 다 됐다고 해주면 덧나?"

"내가 한 달에 만나는 모델이 몇 명인데, 이제 반 년 밖에 안 배웠으면서 너무 많은 걸 바라는 거 아니냐?"

"에휴~ 선생님 보여주려고 이 포즈를 얼마나 오래 연습했는데~ 다 부질 없는 짓이었네."

"……그렇게 말하니까 또 미안하네. 다시 보니까 프로 다 됐네."

"엎드려 절 받아봤자 안 기쁘거든?"

"그거보다 더 기쁜 소식이 있을 텐데 당연하지."

최창수가 초민아에게 옷 한 벌을 건넸다.

"그 애가 만든 거야?"

"서유라 디자이너님이라고 불러라. 네 옷은 앞으로 유라가 담당할 테니까."

사실 초민아가 벌써부터 모델로 데뷔할 만한 실력자는 아니다. 자신감과 외모가 없던 재능까지 만들 정도지만, 아직은 경험이 너무 없다.

만약 초민아가 두 달 전쯤에 혼자 술에 취해 부모님이 너무 못 살게 군다고 징징거리지만 않았다면, 그녀가 좀 더 확실하게 실력을 기른 다음에 앤젤 쇼핑몰 모델로 채용했을 거다.

괜히 어쭙잖은 실력으로 나왔다가 모델이 주류인 커뮤니티에서 악플이라도 받으면 그녀가 상처 받을 테니까.

무엇보다 자신이 꼬셔놓고 언제까지 방치만 할 수 없었다.

"잘 들어. 이게 네 데뷔고, 네 얼굴을 알리는 첫 발판이야. 잘 해야 해."

"응!"

"만약 전문잡지였다면 넌 아직 이름을 올리기도 힘들어. 하지만 인터넷 쇼핑몰이니까 널 빨리 모델로 올리는 거야, 너무 우쭐해지지 말고 더 정진해."

"알겠다니까! 그런데 언제쯤이면 사이트에 올라가?"

"최대한 빨리 올리고 연락 줄게. 소속사 급료 말고 개인적으로 몇 푼 챙겨줄 테니까, 부모님한테 자랑스럽게 보여드려! 군이 대기업 직원이 아니더라도 부모님의 딸은 이렇게

62 운스
대통령

잘 살고 있다고!"

"응! 정말 고마워, 선생님!"

초민아가 최창수를 와락 껴안았다.

피하려다가, 이번만큼은 그녀의 어리광을 받아주기로 했다.

"선생님 없었으면 지금쯤 대머리에다가 배 불룩 나온 두꺼비 상사 비위나 맞추면서 일하고 있었을 게 분명해."

"예시가 너무 극단적인 거 아니냐……."

"예전에 아빠 회사 찾아간 적이 있는데 꼭 닮은 사람을 본 적이 있어."

"어머, 그런 사람이라면 저도 봤어요."

대학 동기이자 절친인 두 사람의 대화.

그 대화에 한아름이 끼어들었다.

최창수만 신경 쓰느라 누군가가 더 있다는 사실을 아예 인지 못 한 초민아가 고개를 빼꼼 내밀러 한아름을 바라봤다.

"모델?"

"아는 누나야."

"누나? 헤에~ 되게 청순하시다. 안녕하세요, 선생님 친구 초민아라고 해요. 혹시라도 선생님한테 관심 있다면 어서 잊길 바라요."

"야, 너……!"

"반가워요. 모델은 처음 보는데, 예쁘시네요."

한아름이 기품 있게 미소 지었다.

"……선생님."

"왜?"

"나…… 갑자기 양심의 가책이 느껴져. 저렇게나 순수하게 웃을 수 있는 사람한테 날 선 말이나 하고."

"알면 반성해라."

초민아의 머리를 가볍게 두들겼다.

그 미소만으로도 한아름이 마음에 들었는지 초민아가 언니 언니거리며 한아름을 따랐다.

그녀 역시 친구가 많지 않았고 외동딸이라서 초민아가 동생처럼 느껴졌다.

마침내 촬영이 시작될 스튜디오에 도착했다.

초민아는 바로 준비한 의상으로 갈아입고 무대에 올랐다. 그리고 카메라맨의 지시에 따라 자세를 취했다. 영 만족스럽지 않은지 카메라맨은 몇 번이고 수정을 요구했고, 그때마다 초민아는 밝게 웃으며 자세를 바꿨다.

"열심히 하려는 의지는 있는 거 같습니다."

누군가가 말을 걸어왔다.

고개를 돌리니 이형구가 보였다.

"아, 사장님. 오랜만이시네요. 바쁘실 텐데 왜 여기 계십니까?"

"민아로부터 최 사장님이 온다고 들어서 함께 왔습니다. 제가 먼저 회사로 찾아가서 인사를 드렸어야 했는데, 덕분에

요즘 많이 바빠져서 좀처럼 시간이 나질 않았군요."

"바쁜 건 좋은 거죠. 회사 개업할 때 오셨으니까 충분합니다."

"그리 생각해주신다니 마음이 조금은 편하군요. 허허, 최 사장님에게는 정말 어떻게 감사를 표하면 좋을 지 아직도 모르겠습니다."

한 때 큰 경영위기를 겪었던 CL프로덕션.

앤젤 쇼핑몰과 계약한 뒤로는 오랫동안 보이지 않았던 상승 곡선이 점점 보이게 됐다.

그 대표적인 이유가 지금 시작됐다.

"안녕하세요, 앤젤 쇼핑몰 고객 여러분. CL프로덕션 전속 모델 초민아라고 해요~."

힘겹게 실내 촬영을 마치고, 실외 촬영만 남은 그녀.

실외로 이동하기 전에 우선은 홍보영상을 찍기로 했다.

"이런 자리는 처음이라서 많이 긴장되네요. 하지만 옷 소개는 완벽하게 해드릴게요!"

초민아가 촬영에 사용한 옷을 들었다. 그리고 건네받은 대본 내용을 고스란히 전했고, 옷 소개가 끝난 뒤에는 어째서 모델이 됐는지, 향후 계획은 어떤 지 자신을 소개하는 자기PR 영상 촬영에 들어갔다.

"이게 생각보다 엄청난 파급력이 있더군요. 정말 놀랐습니다."

"유투브는 전 세계인이 보니까요."

최창수는 곰곰이 생각했다.

앤젤 쇼핑몰, 그리고 CL프로덕션이 함께 성공할 수 있는 방법이 뭐가 있을까?

그 결과 나온 게 바로 영상제작이었다.

개인방송으로 인해 유투브를 얼마나 많은 사람이 이용하고, 그것으로 얼마나 많은 수입을 얻고 얼마나 많은 홍보효과를 가졌는지 알게 됐다.

한 달에 총 두 번 있는 신상품 발표.

그때마다 촬영에 힘 쓴 CL프로덕션 모델을 데리고 의상소개 영상을 촬영한다. 만약 그 모델인 신인이라면 자기PR을 통해 널리 이름을 알릴 수 있게 돕는다.

그 영상을 쇼핑몰 홈페이지와 자신의 개인방송국 및 개인 유투브 채널, 그리고 추가로 생성한 앤젤 쇼핑몰 유투브 채널에 올린다.

자신의 유투브 채널 구독자는 30만 명이었고, 앤젤 쇼핑몰 구독자는 현재 7만 명이다.

가장 조회 수가 적은 영상도 조회 수가 15만에 육박하고, 가장 조회 수가 많은 건 40만에 가깝다.

조회 수로 인해 얻은 수입은 전부 해당 영상을 촬영한 모델에게 돌아간다.

두 회사는 무료로 홍보를 하고, 모델은 적더라도 추가 수입이 생기니 셋 다 이득을 볼 수 있는 아이디어였다.

물론 추가지출이 있지만 전혀 아깝지 않았다.

전부 미래를 위한 투자니까.

"선생님 나 어땠어? 잘했지? 그치, 그치?"

영상 촬영이 끝나기가 무섭게 초민아가 단걸음에 달려왔다. 어서 칭찬해달라는 듯 붙잡은 최창수의 손을 자신의 머리로 끌어올리려고 한다.

"그래, 잘했다. 걱정 많이 했는데 이 정도면 간간히 일거리 맡겨도 되겠네."

"정말? 빈 말 아니지?"

"사실 빈 말이야."

"뭐?!"

"하하! 농담이야, 농담. 유라한테 섹시 콘셉트로 디자인 또 해달라고 할 테니까 기다려. 어쩌면 홍보영상보고 다른 곳에서도 일거리가 들어올 수도 있고."

"선생님이랑 하는 일 아니면 싫은데."

"그랬다가는 평생 모델로 성공 못 한다. 그보다 우리는 이만 가볼게."

"에에~ 왜? 야외 촬영까지 보고 가면 안 돼? 선생님이 봐줘서 카메라맨이 뭐라 해도 짜증 안 냈는데."

"어쩐지 잘 참더라. 원래 의상만 전해주고 바로 갈 생각이었어. 아름 씨하고 따로 해야 할 얘기도 있어서 더 이상은 무리야."

"……언니 바빠요?"

"응? 으음…… 미안한데 민아 선생님 좀 빌려도 될까?"

"……바쁘구나. 알겠어요. 저도 나이가 있는데 언제까지 애처럼 떼만 쓸 수도 없고."

성인이 된 초민아.

대학생 때하고는 비교도 안 될 정도로 정신적인 성장을 많이 거쳤다.

스튜디오에서 나온 두 사람.

최창수가 물었다.

"어디 조용한 카페라도 가서 얘기할까요? 아. 아직 점심 안 드셨을 거 같은데 식사 먼저 할까요?"

"그럼 식사하면서 얘기해요."

"드시고 싶은 거 있어요?"

"제가 음식은 잘 몰라서요. 창수 씨가 골라주세요. 창수 씨가 골라줬던 건 다 맛있었으니까요."

한아름이 웃었다.

그 미소에 보답하기 위해서 최창수는 휴대폰으로 강남 맛 집을 검색했다.

'어디 보자, 아름 씨 몸에 무리가 안 될 만한 음식 이……'

그녀의 경호원으로부터 어떤 음식은 가급적 먹으면 안 되는지 들었다. 여태껏 선정한 메뉴도 전부 그 조건에 맞춘 것들이었다.

'파스타 정도면 괜찮겠지?'

너무 기름지지도, 짜지도 맵지도 않다.

두 사람은 근처 파스타 가게로 이동해 메뉴를 주문했다. 잠시 후, 메뉴가 나왔다.

최창수는 토마토 파스타, 한아름은 조미료가 덜 들어간 크림 파스타를 먹기 시작했다.

"맛있어요!"

"그래요?"

"네, 담백한 맛이 일품이네요. 역시 창수 씨, 음식을 고르는 안목이 뛰어나네요. 병원 식당을 창수 씨가 관리하면 분명히 맛 없는 병원 밥도 맛있어지겠죠?"

"하하, 글쎄요. 환자 상태에 맞춰서 조리하는 거니까 힘들지 않을까요?"

"으음, 그러려나요. 병원에 있기 싫은 이유 중 하나가 밥이 너무 맛없던 거거든요. 지금이라면 모를까, 입원 중에는 경호원 도움이 없으면 혼자서 매점가기도 벅찬 지라……."

"다시는 병원 밥 먹을 일이 없으면 좋겠네요."

"그러게요."

한아름이 다시 식사를 시작했다.

매번 볼 때마다 느끼는 건데, 행동 하나하나에서 기품이 느껴진다.

'어느 집 자녀일까?'

경호원은 말했었다.

부잣집 자녀라고.

그 말을 듣고 반재현과 엄병철을 통해 이런저런 걸 알아 봤지만 소득은 전혀 없었다.

'어쩌면 오늘 알게 될 지도 모르겠어.'

최창수의 시선이 한아름의 옆으로 향했다.

회색 봉투가 하나.

한아름이 하루 종일 애지중지 품에 안던 봉투였고, 아마 도 저 안에 좋은 소식이란 게 들어있을 게 분명했다.

그리고 그 좋은 소식을 한아름이 전하러 왔다.

'좋은 소식과 밀접하게 연관되어 있겠지.'

더 이상은 기다릴 수 없다. 마음 같아서는 스튜디오 방 문을 늦추더라도 바로 소식을 전달받고 싶던 걸 참았으니 까.

"아름 씨."

"네?"

티슈로 입가를 닦으며 한아름이 고개를 갸웃거렸고, 최 창수는 회색 봉투를 가리켰다.

"이제 슬슬, 좋은 소식이 듣고 싶은데요."

· · · ◇ · · ·

"참, 오랜만에 외출이 즐거워서 잊고 있었네요."

한아름이 입에 넣으려던 파스타를 다시 그릇에 두고 회 색 봉투로 손을 옮겼다.

"혹시 미디어 패션이라는 회사를 아시나요?"

"제가 패션 쇼핑몰 대표인데 모를 리가요."

미디어 패션.

대한민국에 존재하는 대표적인 패션의류 회사는 총 세 곳이다.

미디어 패션, 알타프로스, 프로페이스.

그 중 알타프로스는 서유라가 1년 간 근무했던 회사다. 세 곳 다 소비자로부터 평판이 좋은 편이고, 직원 복지도 나쁘지 않다. 최강대 패션학과 학생들도 세 곳 중 한 곳에 입사하는 걸 목표로 두고 있다.

그 중 어느 회사가 더 훌륭하냐고 시민에게 물어보면 하나 같이 입을 모아 말했다.

미디어 패션이라고.

알타프로스와 프로페이스와 달리 오직 패션 한 분야에서만 기업 활동을 하기 때문이었다.

그러다 보니 당연히 대한민국 패션 흐름에서 많은 지분을 차지했고, 해외 지부도 미디어 패션이 압도적으로 많다.

유명한 디자이너 및 모델 역시 미디어 패션이 가장 많이 보유하고 있고, 프리로 활동하는 유명인 중에서도 미디어 패션에서 몸을 담갔던 사람이 많다.

"패션은 자신의 아름다움을 가장 자연스럽게 뽐낼 수 있는 수단입니다. 이 아름다움을 만드는 직원도, 아름다움을 입는 고객도 모두가 행복해야 한다고 생각합니다."

미디어 패션 회장인 한석구가 한 말자 미디어 패션의 경영방침이었다.

당연히 직원 복지는 우수하고, 제품의 가격도 하류층부터 상류층 모두를 위해서 다양하다. 그렇다고 저렴한 제품은 옷의 질이 떨어지거나 디자인이 별로냐면 그것도 아니었다.

'미디어 패션. 여러모로 앤젤 쇼핑몰이 목표로 둔 최종적인 모습과 똑같아.'

인생에는 룰모델이 있으면 여러모로 좋은 점이 많다.

특정인을 지목하고, 그 사람처럼 인생을 보내면서 성공하겠다는 목표를 두면 인생의 방향성 자체가 확 바뀌며 좀 더 윤택한 삶이 되니까.

하지만 최창수의 인생에는 룰모델이 없다.

정확히 무엇이 성공한 인생인지 정의 짓기 애매하며, 무엇보다 자신의 인생은 스스로가 개척하는 거지 남을 따라 하는 게 아니라 생각했으니까.

하지만 기업에는 룰모델을 두기로 했다. 실패라는 단어를 없애기 위해서는 노력과 뚜렷한 지향점이 필요하다고 판단했으니까.

그리고 앤젤 쇼핑몰의 성공 모델이 바로 미디어 패션이었다.

"사실 제가 미디어 패션과 밀접한 연관이 있거든요."

"연관……."

"후후, 궁금한 표정 지어도 소용없어요. 아무리 창수 씨더라도 어떤 연관이 있는지는 말씀드리기 곤란하거든요. 알려져서도 안 되고요."

정말 궁금하다.

미디어 패션과 어떤 연관이 있는지 궁금해 미칠 지경이다. 하지만 싫다는 사람에게 억지를 쓰는 것도 예의가 아니다.

'뭐지? 미디어 패션 고위급 임원의 자녀인가? 하지만 내가 찾아봤을 때 아름 씨가 자제인 임원은 없었어.'

회사를 운영할 때처럼 빠르게 두뇌를 회전시켰다. 그리고 한 가지 결론에 도달했다.

"혹시 미디어 패션 최고주주라도 되시나요?"

한아름은 돈이 많다. 그리고 미디어 패션과 연관이 있다. 아무리 생각해도 최고주주 외에는 달리 떠오르는 게 없다.

"글쎄요?"

한아름이 쿡쿡 웃었다.

"궁금해 하는 창수 씨를 보는 것도 즐겁네요."

"……전 그답지 유쾌하지 않네요. 호기심이 많은 성격이라서."

"차차 알게 되실 거예요. 아마도, 다른 사람의 입을 통해서요. 그러니까 너무 조급해하지 마시고 읽어보세요."

한아름이 회색 봉투를 건넸다.

내용물은 총 열장의 서류.

최창수는 서류를 꼼꼼히 읽기 시작했다.

다 읽었을 때는 솔직히 고개를 갸우뚱 할 수밖에 없었다.

"이게 정말, 미디어 패션의 의견인가요?"

"믿기지 않으신가요? 창수 씨라면 당연하다고 여길 줄 알았는데요."

"앤젤 쇼핑몰이 미디어 패션과 견줄 만한 회사라면 당연한 제안이라 생각하겠지만, 아직은 아니니까요. 솔직히 그들이 몰라도 섭섭하지 않을 규모죠. 솔직히 아름 씨가 아니었다면 이 제안서를 사기라고 받아들였을 겁니다."

"후후. 제가 이토록 신뢰 받고 있다니 기쁘네요. 지장을 보면 알겠지만 회장의 허가가 난 제안서예요. 의심하지 말고 기뻐해주셨으면 좋겠어요."

한아름이 최창수의 손을 잡으려고 했다. 하지만 창피했는지, 아니면 예의가 아니라 생각했는지 손가락으로 손을 옮겼다.

"그래야 선물하는 저도 기쁘니까요."

"선물이요?"

"네. 다양한 세상을 제게 보여준 보답이에요. 이 제안서는 제 선물이고요. 사양 말고 받아주세요. 회장은 창수 씨의 연락을 애타게 기다리고 있을 거예요."

"대체 아름 씨는……"

뭐하는 사람입니까?

어떤 사람이기에 한 회사의 회장까지 승인한 제안서를 선물로 줄 수 있는 겁니까?

묻고 싶었다.

하지만 바라는 대답이 돌아올 가능성은 없다.

이 상황에서 최창수가 할 수 있는 건 미디어 패션 회장과 만나는 것뿐이었다.

· · · ◆ · · ·

한아름은 택시를 타거나 지하철을 타겠다고 말했지만, 건강도 좋지 못한 그녀를 홀로 집에 보내기에는 마음이 석연치 않았다.

결국 미디어 패션 본사로 향하기 전, 잠시 한아름의 집에 들르게 됐다.

"조심히 들어가요."

"대문 앞에서 조심히 들어갈 게 있나요?"

"계단에서 넘어질 수도 있잖아요."

"후후, 난간 붙잡고 올라갈 테니까 너무 걱정하지 마세요. 참, 바로 미디어 패션으로 향하실 건가요?"

"그래야죠. 바쁘신 분 언제까지고 기다리게 할 수는 없으니까요."

"후후. 전부 다 잘 될 수밖에 없으니까 너무 긴장하지 마세요. 그럼 이만."

손을 흔든 한아름이 대문 앞에서 벨을 눌렀고, 경호원 두 명이 나와 귀빈 모시듯 집으로 데려갔다.

'괜히 걱정했군.'

차에 오르기 전 뒤로 몇 발자국 떨어져 한아름의 집을 시야에 넣었다.

'생각보다 근처에 살았네.'

강남에서 이태원까지는 얼추 40분이 걸린다. 그리고 한아름의 집은 이태원, 그것도 언론에 이름 좀 알린 사람들이나 모여 있는 동네에 있었다.

'유명 인사가 사는 집이라도 전부 파악했다면 아름 씨의 정체를 자연스레 알게 됐을 텐데.'

아쉬움을 뒤로 하고 미디어 패션 본사로 향했다.

이윽고 도착한 미디어 패션 본사.

일반적인 회사 건물과는 사뭇 다른 모습에 역시 패션 기업 1위라는 생각이 절로 들었다.

"앤젤 쇼핑몰 대표 최창수라고 합니다. 회장님을 만나러 왔는데요."

"사전에 약속을 잡아두셨나요?"

"그건 아니고요. 음, 한아름으로부터 제안서를 받았다고 말하면 아실 겁니다."

"네, 잠시 만요."

안내 데스크 직원이 회장실로 전화를 연결했고, 확인이 끝났는지 어디로 가면 되는지 길을 자세하게 설명해줬다.

'이 너머에 미디어 패션 회장이 있다.'

건물 최상층에 존재하는 회장실. 비서가 문을 열어줬고 옷맵시를 정리하며 걸음을 옮겼다.

"회장님. 최창수 대표님 왔습니다."

"……나가보게."

담배 연기가 자욱한 회장실. 손님을 위해서 환기라도 할 생각인지 창문을 전부 열면서 한석구 회장이 말했다.

"자네가 최창수 대표인가?"

한석구가 몸을 반쯤 돌려 최창수를 바라봤다.

마치 연기라도 하는 듯한 중후한 톤, 70을 바라보는 나이라고는 믿겨지지 않을 만큼 카리스마 있는 외모와 마주했다.

"네, 그렇습니다. 만나 뵈서 영광입니다. 회장님의 경영 방침에서 큰 영감을 받았거든요."

"음…… 실물이 훨씬 낫군."

"네?"

"인터넷 방송이라 하는가? 몇 번 자네를 봤어. 재밌는 젊은이더군."

한석구가 소파에 앉았고, 최창수도 자연스레 그와 마주 앉았다.

"앤젤 쇼핑몰이 어떤 곳인지도 조사해봤지. 설립 3개월 된 회사라고는 느껴지지 않는 매출이더군. 제품도 뭐…… 괜찮은 편이고."

"하하……. 관심 가져주셔서 감사합니다."

"흐음……."

한석구가 피곤하다는 듯 두 눈을 눌렀다.

"그래. 제안서를 읽어봤나?"

"네. 앤젤 쇼핑몰이 오프라인으로도 나갈 수 있도록 전폭적인 지원을 해주고, 좀 더 빠른 성장을 위해 미디어 패션 오프라인 매장에서 저희 회사 제품을 판매해주겠다는 내용이었죠?"

"어떻게 생각하나?"

"믿기지 않고, 과분하지만. 지금 이 회사를 붙잡으면 절대 후회하지 않을 거라 생각합니다."

"그거 말고."

"네?"

"아름…… 아니, 아니지. 그래, 후회하지 않을 거라. 어째서 그렇게 생각하는지 궁금하군."

한석구가 황급히 말을 돌렸다.

'방금 아름 씨를 말하려고 했던 거지? 한석구 회장⋯⋯ 아름 씨와 어떤 관계지?'

한석구 회장은 나이가 나이이니만큼 한 집안의 기둥이다. 아내는 전업주부지만, 아들과 딸은 둘 다 성인으로 현재 미디어 패션에서 왕성한 활동을 하고 있다.

'숨겨진 자식이라도 아닌 이상 아름 씨가 자녀일리는 없고, 아름 씨 집안으로부터 갚을 수 없는 빚이라도 졌나?'

하지만 미디어 패션은 설립 이후로 한 번도 휘청거린

적이 없다.

'으, 젠장! 모르겠다, 더 이상은 못 참아!'

최창수 대답 대신 질문을 했다.

"회장님. 한아름 씨와 어떤 관계인가요?"

"……"

"좋은 기회니까 궁금증을 전부 참고 일만 진행하려 했습니다. 굳이 오늘이 아니라도 차차 알게 될 수도 있으니까요. 하지만 이 궁금증이 있는 한 제 일에 집중하지 못할 거 같습니다."

"……그걸, 내가 왜 말해야 하지?"

"제가 궁금하기 때문입니다."

최창수가 한석구를 바라봤다.

"아름 씨는 말했어요. 자신이 주는 선물이라고. 즉, 오직 자신의 힘으로만 회장님의 직인까지 찍힌 제안서를 가져왔다는 거죠. 전 두 분이 단순한 비즈니스 관계가 아니라고 확신합니다."

"확신이라……"

"설령 자식이라 하더라도 일류 기업이 개인 쇼핑몰과 계약해달라고 말하면 웃기는 소리하지 말라 하겠죠. 하지만 회장님은 아름 씨의 부탁을 들어줬어요. 핏줄도 이어지지 않는 여자의 부탁을요."

최창수는 확신하고 있다.

둘의 관계는 남에게 설명하기 힘든 관계라는 걸.

그리고 한석구는 한아름에게 한 없이 약한 존재. 아니, 약할 수밖에 없는 존재라는 걸. 그러지 않은 이상 한아름과 관련된 질문을 애매하게 회피할 일도 없고, 이 제안서를 허가해줬을 일도 없다.

그 점을 이용해 과장 섞인 거짓말을 하기로 했다.

"제가 궁금한 게 있으면 그것 하나에 신경을 쏟느라 다른 일은 전부 내팽개치는 성격입니다. 사업가로서는 꽝인 성격이죠. 만약 오늘도 이 궁금증을 해결하지 못하면 저는 좋은 기회를 제대로 활용하지 못하고 낭떠러지로 떨어지겠죠. 그제야 아름 씨는 후회하실 겁니다. 그때 그냥 질문에 대답할 걸. 슬퍼하는 아름 씨를 보고 회장님도 뒤늦은 후회를 하시겠죠."

"마치 뭐라도 된 것처럼 말하는군."

"뭐라도 된 게 맞습니다. 아름 씨는 저를 상당히 좋아하고, 신뢰하고 있습니다. 저 역시 아름 씨를 좋게 여깁니다. 아름 씨 도움을 상당히 많이 받았으니까요. 제 슬픔은 곧 아름 씨의 슬픔, 제 행복은 곧 아름 씨의 행복입니다."

최창수가 손가락 세 개를 폈다.

"3년. 그 3년이란 시간동안 저와 아름 씨는 서로에 대해서 많은 걸 알게 됐습니다. 아름 씨를 슬픔에 젖게 만들지 않기 위해서라도 저는 오늘 궁금증을 풀어야겠고, 회장님을 그걸 도와주셨으면 합니다."

한석구를 바라보며 씁쓸하게 웃었다.

"서로 아름 씨 없으면 안 되는 사람들이잖아요?"

그 말에 한석구의 표정이 크게 흔들렸다.

작은 쇼핑몰의 대표로서 일류 기업 회장에게 강단을 보일 수 있는 비장의 카드.

한아름.

그 카드가 먹혔는지 한석구가 한 방 먹었다는 표정이 됐다.

"드라마 좋아하는가?"

"뉴스 외에는 TV시청을 잘 안 합니다. 그런데 그거는 왜……."

"드라마를 보면 말이지. 출생의 비밀이 아주 많이 나와. 서로 연인이고 약혼까지 한 사이인데 알고 보니 피가 이어진 남매였다거나, 날 괴롭혔던 누군가가 몇 년 전에 헤어진 가족이었다거나. 많은 사람들이 그런 내용을 욕하지만, 나는 도저히 욕할 수 없더군. 왜 인지 아나?"

"잘 모르겠습니다."

"그 내용을 욕하면 나 스스로를 욕하는 거라 그래."

도대체 무슨 얘기가 하고 싶은 걸까?

최창수로서는 그의 의도를 파악하기 힘들었다.

"한아름은 내 딸일세."

그 의도를 한석구가 분명하게 드러냈다.

"아버지는 같지만 어머니가 다르다. 흔치 않은 얘기의 주인공이지."

최창수도 수험생이 되기 전까지는 부모님과 함께 드라마를 챙겨봤다.

　　퍽 하면 등장하는 불륜과 출생의 비밀 등등. 각종 단골소재를 부모님과 함께 욕 했고, 그러면서도 재미를 느껴 3대 방송사에서 방영하는 저녁 드라마는 전부 챙겨봤다.

　　하지만 재미를 느낄 수 있던 건 어디까지나 가상의 얘기이기 때문이지. 현실이었다면 복잡한 감정에 휩싸였을 거다.

　　"한석구에게는 전업주부인 아내와 미디어 패션에서 근무 중인 아들과 딸이 있다고 세간에는 알려져 있지. 틀린 얘기는 아냐. 하지만 완벽하게 맞는 얘기도 아니지."

　　한석구가 앞머리를 쓸어 올렸다.

　　"숨겨진 딸과 아내가 있으니……."

　　어떤 대답을 하면 좋을까. 생각해봤지만 모르겠다. 그저 궁금증이 풀린 덕분에 심한 갈증이 사라졌을 뿐이었다.

　　"전 아내와는 애틋한 관계였어. 그래서 방심했지, 건강도 나쁘고 임신까지 한 몸으로 어느 날 갑자기 사라질 줄 몰랐으니까."

　　한석구가 두 눈을 감고 회상에 잠겼다.

　　비록 건강은 안 좋았지만 누구보다 마음은 강했던 그녀. 고생 끝에 무엇이 건강악화의 문제인지 발견했고, 오랫동안 행복한 시간을 공유하고 싶어 함께 미국에서 수술을 받기로 했다.

그리고 출국 당일.

홀연히 모습을 감췄다.

"사실 임신했다는 사실도 사라지고 한참 뒤에야 알았어. 사랑하는 아내와 사랑해야 할 자식을 찾으려고 고생이란 고생은 다 했지. 그래도 어떻게든 찾으려 했고, 수소문 끝에 겨우 찾았지. 늦게 찾아서 문제였지만."

슬픔에 목이 메이는지 한석구가 목을 주물렀다.

"이미 죽어있었고, 아름이는 장모님이었어야 할 분으로부터 길러지고 있더군. 그 어린 게 얼마나 귀엽고, 날 처음 봤는데도 아빠라는 걸 알았는지 잘 따르는데, 현 아내가 그때 임신만 안 했다면 바로 데려왔을 거야."

"……."

"설상가상으로 아름이가 중학생 때 장모님이 돌아가시고, 그전까지는 건강했던 애가 하루아침에 건강이 악화되더니만 병원을 제 집처럼 살아야 할 몸이 됐지. 참, 안 좋은 것만 물려받았어."

"지금의 가족들은 이 사실을 아나요?"

"알았으면 아름이가 혼자 살고 있을 리가 없지."

"혼자라고요?"

한아름의 집을 떠올렸다.

35평은 넘는 규모였고 마당까지 포함하면 50평은 거뜬히

넘길 듯 했다.

그런 집에서 혼자 산다고?

최창수는 한아름의 심정을 생각해봤다.

건강하지 못한 몸으로 늘 병원에만 있다가, 퇴원을 하면 사람의 온기가 전혀 느껴지지 않는 그 커다란 집에서 홀로 지낸다.

그 고충을 오늘에야 알았다는 사실에 얼마나 타인에게 관심이 없었는지 깨달아버렸다.

"그 표정을 보아하니 아름이의 집을 본 모양이지?"

"……어째서 가족에게 말하지 않는 거죠? 사실 숨겨진 딸이 한 명 있다고, 사실대로 밝히고 데리고 올 수 있잖아요?"

"나도 데려오고 싶지. 하지만 아름이가 먼저 거절한 걸 어쩌란 말인가?"

"거절이라니……."

"화목한 가정에 불화를 가져올 수는 없다면서 집 한 채, 그리고 매일 출근하는 경호원 두 명, 그리고 결제한도 없는 신용카드 한 장. 딱 이것만 달라 하더군."

그제야 한아름의 막대한 부의 정체를 알게 됐다.

미디어 패션 회장에게는 몇 천 만 원 정도는 돈도 아닐 테고, 한아름도 그 사실을 알기 때문에 자신에게 이런저런 투자를 아낌없이 해줬다.

그리고 이번 계약건도 마찬가지.

한석구는 한아름에게 큰 미안함을 느끼고 있다. 제대로 된 아빠 역할을 못한다는 죄책감이 한아름에게 무한한 투자를 해주는 걸 유일한 속죄로 생각하고 있을 게 분명하다.

"내일 당장 죽어도 놀랍지 않을 정도로 자주 아픈 애야. 나로서는 그 애가 해달라는 걸 전부 해주는 게 고작이지."

"아름 씨는 한 달에 몇 번이나 만나시나요?"

"잘 안 만나주더라도. 그래서 병원에 있을 때는 일방적으로 찾아가지. 그래서 의외였어, 2주 전쯤에 아름이가 먼저 만나자고 연락을 한 게."

자신과 만나는 것조차 가정에 불화를 가져온다고 판단한 걸까? 한아름은 한석구와 만나는 걸 극도로 꺼려했다. 그역시 한아름의 의도를 얼핏 알고는 있지만, 딸이 먼저 거리를 벌리니 마음이 편할 리가 없다.

"기쁜 마음에 달려갔더니 대뜸 앤젤 쇼핑몰이란 곳과 계약을 해달라 하더군. 아무리 아름이 부탁이라도 회사와 관련된 일이면 함부로 결정할 수가 없으니. 그래도 그 아이의 부탁을 거절할 수 없는 입장이니 최대한 긍정적으로 검토를 했고, 알아 보니 생각보다 미래가 있는 기업이더군. 자네도 젊은 나이에 비해 업적이 많고."

미래가 있는 기업.

미디어 패션 회장으로부터 앤젤 쇼핑몰이 미래가 있는 기업이란 얘기를 들었다. 엄청난 수확이었고, 지금보다 더 많은 자신감을 갖고 행동할 수 있는 원동력이었다.

"신생 기업에 비해 매출이 엄청나고, 제품도 제법 센스가 있어. 우리는 생각도 못한 마케팅으로 좋은 효과를 누리고 있으니 계약서에 적힌 투자 정도는 해줘도 될 듯 싶었지."

"좋게 봐주셔서 감사합니다."

"뭐. 재미없는 얘기는 여기까지만 하고, 서로 바쁜 사람일 테니 바로 계약이나 체결하도록 하지."

한석구가 펜을 건넸다.

미디어 패션은 앤젤 쇼핑몰의 초기 오프라인 매장 한 곳을 무상으로 설립해준다. 차후 오프라인 매장 설립 시 최대한 협력을 해주고, 앤젤 쇼핑몰의 제품을 선별한 후 미디어 패션 오프라인 매장에서 함께 판매하도록 한다.

미디어 패션 오프라인 매장에서 판매되는 제품의 총액은 매 달 5:5로 배분한다.

최창수 입장에서는 손해 보는 게 전혀 없는 계약이었다.

한석구 역시 손해가 없는 거나 마찬가지였다.

매장이야 한아름에게 용돈을 줬다고 생각하면 되고, 현재의 앤젤 쇼핑몰은 성공가도를 달리고 있으니 장기적으로 보면 지금 손을 잡아두면 미미하더라도 이득을 볼 게 분명했다.

무엇보다 최창수.

이번 계약으로 인해 한아름의 곁을 떠나지 않을 거라고 한석구는 확신했다.

'돈 몇 푼으로 아름이를 버리지 않을 인간을 얻는다면, 충분히 값 싸지.'

조금이라도 더 한아름이 행복한 인생을 살기를 바랐다.

"현재 판매 중인 제품의 도안과 완성품을 보내면 상부에서 검토 후 매장에 전시하도록 하지. 오프라인 매장 쪽은 먼저 얘기를 꺼내면 바로 도와주겠네."

"네, 감사합니다."

"자네는 정말 운이 좋은 거야. 미디어 패션과 손을 잡게 됐으니. 아름이에게 감사하고 더 잘해주게나."

"당연히 그래야죠."

"그래. 언론에도 보도할 예정이니 회사 매출이 더 상승할 거야. 그리고…… 내 말투가 사나워서 그렇지. 자네에게는 진심으로 감사하고 있어."

한석구가 최창수의 두 손을 잡았다. 그리고 호소력 짙은 목소리로 말했다.

"그리고 이건 미디어 패션의 회장이 아닌 한아름의 아버지로서 드리는 말입니다만. 최창수 사장 덕분에 우리 아름이가 많이 밝아지고 삶의 의미도 얻게 됐습니다. 우리 딸, 앞으로도 잘 부탁드립니다."

한석구가 일어나서 고개까지 숙였다.

지극히도 딸을 생각하는 아버지의 모습.

최창수로서는 그 마음을 외면할 수 없었다.

. . . ◆ . . .

회장님의 따님은 제가 최대한 행복하게 해드리겠습니다.

그 말만 남기고 최창수는 바로 사무실로 돌아왔다.

"헐…… 진짜에요?"

"미, 미디어 패션이랑 계약하고 오셨다고요?"

"다들 못 믿는 눈치네요? 여러분들 사장 생각보다 훨씬
더 능력있는 사람입니다. 자, 여기 계약서도 있어요."

직원들이 엄청난 기세로 달려와 계약서를 읽기 시작했
다.

"헐…… 사장님 진짜 대박……."

"대체 어디까지 저희를 따르게 만들 생각이시죠?"

"회사 망할 때까지 저랑 함께 가셔야죠. 월급 인상, 기대
해도 좋습니다."

오프라인 매장이 설립되면 홍보도 더 많이 되고, 매출도
늘어난다.

미디어 패션 매장에서 앤젤 쇼핑몰의 제품이 판매되면
직원들의 사기도 상승하고 추가 매출이 발생한다.

회사의 성장은 곧 월급 인상으로 이어지는 지름길!

직원들은 죽을 때까지 최창수 밑에서 뼈를 묻기로 다시
한 번 다짐했다.

"이런 일은 빠르게 진행하는 게 좋다고 생각하거든요.
내일이라도 당장 오프라인 매장 시장 조사 들어가려고

하니까 다들 자료 좀 모아주세요."

"네!"

"그리고 앙케이트 조사 실시해주시고, 가장 많이 팔린 제품 정리해서 가져와주세요. 미디어 패션 측에서는 전 제품을 가져오라 말했지만, 가급적이면 최상의 제품만 주려고 합니다."

"떡볶이만 먹고 바로 정리할게요."

"네, 그리고 유라한테 도안을 받아야 하는데, 얘 지금 어디 있어요?"

"서유라 디자이너님이요? 오늘따라 사무실은 집중이 안 된다고 근처 카페에서 작업한다고 했어요."

창작이 얼마나 힘든 건지 충분히 알고 있다. 그래서 디자이너에 한해서 자택근무도 허락하고, 출퇴근시간도 알아서 판단하라고 지시를 해둔 상태다.

'많이 힘든가 보네. 지금은 내버려두는 게 정답이겠지?'

서유라는 늘 성인 여성이 입을 옷만 디자인 해왔고, 그러다 보니 스킬도 그쪽으로만 발전되어 있다.

그런데 대뜸 애기들 옷을 만들라고 하니 힘든 건 당연한 거였다.

그 고충을 알기 때문에 최대한 편의를 봐주고 힘이 되어주고 싶었고, 현재 자신이 해줄 수 있는 도움은 영감이 떠오를 때까지 내버려두는 것뿐이었다.

〈유라야, 힘내라~ 이번 일 끝나면 둘이서 여행이나 한 번 가자.〉

격려의 문자를 보내고 사장실로 들어갔다. 그리고 오프라인 매장을 어디에 설립하는 게 좋을지 고민하기 시작했다.

'가장 좋은 건 명동이랑 동대문, 그리고 강남인가. 아무래도 젊은이가 많고, 패션 유행을 주도하는 곳이니까.'

땅값은 신경 쓸 필요 없다.

미디어 패션에서 전부 다 부담해주니까.

지금 최창수가 생각해야 할 건 적절한 위치, 그리고 어떻게 하면 틈새시장을 파고 들어가 오프라인 매장도 성공시킬지 이 두 가지였다.

"운수 대통령한테 맡겨 볼까?"

여태껏 운수 대통령을 믿고 손해 본 적이 없다.

최창수는 바로 운수 대통령을 실행했다.

〈행운의 아이템 : 뜯지 않은 믹스커피 스무 개〉

〈행운의 색깔 : 연한 갈색〉

〈행운의 장소 : 땅값 3천만 원 이상인 곳에 세워진 건물〉

'다행히 전부 충족할 수 있는 조건이네.'

최창수는 사무실에서 믹스커피와 연한 갈색 제단을 가져왔다.

'우선은 미디어 패션에서 바로 ok사인 내릴 옷부터!'

사무실 바닥에 앤젤 쇼핑몰의 제품을 전부 펼쳐 놨다. 그리고 A4용지를 갈가리 찢어 허공에 뿌렸다.

'운수 대통령의 운이! 날 성공으로 이끌어줄 거야!'

하늘에서 팔랑팔랑 거리기 시작한 종이쪼가리가 하나 둘 바닥에 닿았다. 어떤 건 사무실 바닥에, 또 어떤 건 옷 위에 살포시 놓였다.

운수 대통령의 행운이 실린 종이쪼가리가 닿은 옷은 서른 개 중 총 열 개.

그 열 개의 제품을 주우려고 하자 직원이 들어왔다.

"사장님~ 말씀하신 리스트 뽑아왔습니다만…… 웬 종이가 한 가득?"

"……별 거 아닙니다. 그보다 리스트나 줘보세요."

"아, 넵!"

직원이 건네준 리스트를 받았다. 그리고 운수 대통령이 선택한 제품과 일치하는 지 확인을 했고…….

"창현 씨."

"네?"

"직원들한테 전하세요. 이번 일은 저 혼자 진행할 테니까 다들 그냥 편히 쉬라고."

"갑자기 왜요?"

"저 혼자 해도 되겠다는 판단이 섰거든요."

리스트에 적힌 매출 상위권 제품 열 개. 운수 대통령이 선택한 제품과 일치했다.

"역시 운수 대통령, 너다!"

직원이 나가기가 무섭게 최창수가 휴대폰에 입을 맞췄다.

"자, 너라면 어느 곳에 매장을 세우면 좋을지도 알려주겠지?"

종이에 명동과 동대문과 강남을 적었다. 그리고 운수 대통령을 믿고 종이 위에서 동전을 팽이처럼 굴렸다.

빙그르르……

마치 의지를 가진 것처럼 종이 위를 정신없이 돌아다니던 동전이 쓰러졌다.

100% ▭

송근태 현대 판타지 장편소설

세 번째 이야기
오프라인 매장

운수 대통령

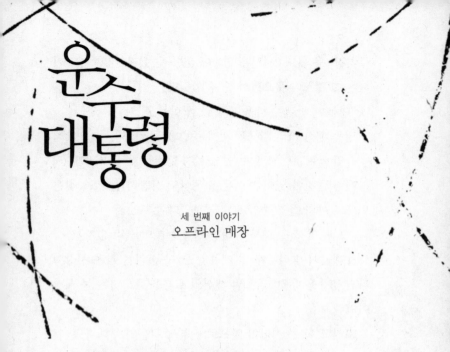

운수 대통령

세 번째 이야기
오프라인 매장

운수 대통령의 힘을 빌린 동전이 쓰러진 곳!

바로 명동이었다.

"좋았어, 바로 간다."

차키를 챙기고 바로 주차장으로 향했다. 내비게이션 목적지에 명동 패션 거리를 찍고, 망설임 없이 액셀을 밟았다.

부아앙!

이윽고 목적지 근처에 도착했다.

'평일 오후인데도 엄청난 인파군.'

아무리 둘러봐도 주차할 만한 곳이 안 보여 근처 유료주차장에 차를 주차했다. 무려 30분에 4천원이나 받는 날강도 주차장, 못 해도 2시간은 명동에 있을 듯 했지만 2만원도 안 되는 그 정도야 웃으면서 줄 수 있었다.

'명동이라. 운수 대통령이 뭘 좀 아는군.'

명동 패션 거리 입구에 서서 주변을 둘러봤다.

육안으로 보이지 않는 먼 곳까지 행렬을 선 의류가게. 패션에 일가견이 있어 보이는 젊은이도 상당히 많았고, 잦은 빈도로 야외 촬영 중인 모델도 보였다.

'그래, 역시 옷 장사 하려면 명동은 빼먹을 수 없지.'

동대문이 박리다매 및 캐쥬얼 한 옷을 파는 작은 시장이라면 명동은 온갖 명품 및 패션의 흐름을 주도하는 큰 시장이었다.

그리고 이 큰 시장이 앞으로 앤젤 쇼핑몰의 무대가 될 것이다.

'우선은 시장조사부터.'

효율적인 시장조사를 위해서 최창수가 패션 거리 경계선에 섰다.

그 이유는 단 하나.

바로 이 경계선을 두고 의류매장과 고객의 계급이 나눠지기 때문이었다.

'왼쪽이 일반 자영업자들. 그리고 오른쪽이 기업이 차린 매장이랬지? 참, 다 같이 사이좋게 장사하면 될 텐데 꼭 편을 갈라야 하나.'

십 몇 년 전까지만 해도 명동 패션 거리는 서로 적이 없던 시장이었다. 다 같은 자영업자고, 전부 패션을 좋아하는 사람인데다가 장사가 잘 돼서 더 많이 팔려봤자 그게 그거였기 때문이다.

하지만 어느 날 패션 거리 오른쪽에 대기업의 의류 매장 하나가 진출했다.

그 기업에서 주변 상인에게 압박을 넣고, 다른 대기업과 손을 잡았는지 왼쪽 거리에 있던 명품 매장도 오른쪽으로 이동했다.

오른쪽 거리에 남아있던 일반 매장은 고래 싸움에 등 터진 새우처럼 파벌싸움에서 밀려나야만 했다.

구역에 따라 제품의 가격과 질, 그리고 브랜드 가치가 달라지니 고객 사이에도 자연스레 계급이 형성됐다.

왼쪽 거리를 자주 찾는 사람은 서민, 오른쪽 거리를 자주 찾는 사람은 부자.

명동 자체가 결코 물가가 싼 곳이 아님에도 한 번 형성된 계급표가 현재까지 이어지고 있다.

'앤젤 쇼핑몰은 굳이 따지자면 왼쪽 거리에 합류해야지. 뭐, 어차피 미디어 패션 매장은 오른쪽에 있고 그곳에서도 우리 제품이 판매될 테니 큰 상관없지만.'

무엇보다 최창수는 자신이 있었다.

파벌 싸움에 휘말리지 않고 당당히 성공할 자신이.

앤젤 쇼핑몰의 매장이 세워질 가능성이 높은 왼쪽 거리로 발걸음을 옮겼다.

'대부분의 의류가 최소 5만원부터 시작하네. 그 이하 제품은 거들떠 볼 필요도 없이 질도 안 좋고 디자인도 영 꽝이고.'

이번에는 오른쪽 거리에 들어섰다.

경계선을 넘는 순간 확 바뀌는 주변 분위기.

'투자가 상당한데?'

왼쪽 거리하고는 건물에서부터 차이가 심했다.

왼쪽 거리는 대부분이 1층이고, 간혹 2층짜리 건물이 보였지만 오른쪽 거리는 대부분이 2층 및 3층짜리 건물이었다.

'역시 브랜드 매장답게 가격대가 엄청나군. 일반인은 마음 편하게 구경조차 할 수 없겠어. 괜히 이 거리가 부자의 전유물이라 하는 게 아니네.'

어쩌다가 패션으로도 계급을 나누는 사회가 됐을까?

그만큼 세상이 각박해졌다는 뜻이었다.

'권력이 올바르게 사용되면 세상이 조금은 더 부드러워지겠지.'

제발 그러기를 바라며 최창수가 다시 패션 거리의 경계선으로 돌아왔다. 그리고 동전을 꺼냈다.

"자, 운수 대통령. 다시 한 번 네 힘을 빌릴 때다. 네가 매장 위치 골라 봐."

팅!

동전을 튕겼다.

언제나 그렇듯이 앞면이면 왼쪽, 뒷면이면 오른쪽. 하지만 이번에는 동전이 똑바로 섰다.

"······좀 더 걸으라는 건가?"

우선은 운수 대통령이 시키는 대로 계속 직진했다. 그리고 드디어 동전이 앞면으로 착지했다.

'이 매장이 좋다는 건가?'

정면을 바라봤다.

타 매장에 비교하면 그럭저럭 큰 규모의 매장. 패션 거리 입구여서 유동인구도 많은 자리이건만 타 매장에 비해 손님이 적었다.

'잠깐 그러고 보니 멀쩡한 매장은 건드리면 안 되잖아? 일자리를 뺏는 거나 마찬가지니······.'

자신의 성공을 위해서 타인을 희생시키는 건 영 탐탁지 않았다. 그렇다고 패션 거리 말고 다른 곳에 매장을 세우는 건 싫다.

'우선은 얘기를 꺼내보자. 어쩌면 얘기가 잘 진행될지도 모르니까.'

최창수가 가게 안으로 들어갔다.

"실례합니다."

"아, 잠시 만요."

카운터에 있던 사장이 종이를 갖고 밖으로 나갔다. 그리고 가게 벽에 종이를 붙이고 최창수에게 돌아왔다.

"네, 손님. 옷 보러 오셨어요?"

"아뇨. 건물 매입하러 왔습니다."

매장 사장이 방금 막 붙이고 온 것.

바로 임대 의사를 알리는 안내문이었다.

"이 건물 제가 산다고요. 얼마면 되겠습니까?"

· · ·◈· · ·

아이는 부모를 보면서 성장한다.

그리고 운수 대통령은 최창수를 보면서 성장한다.

'역시 난 운이 좋아~'

운수 대통령은 절대 최창수에게 해가 될 짓은 하지 않는다. 그야 말로 충견 그 자체! 오늘따라 운수 대통령이 더 사랑스럽게 보였다.

'미디어 패션 쪽에서도 직접 방문해서 확인해보겠다고 했으니까 남은 일은 일사천리겠어.'

임대 의사를 밝힌 매장 주인은 말했다.

야심차게 준비했는데 자신이 운영을 잘 못 했는지 가게가 망했다고, 아무래도 목이 안 좋은 것 같다고.

'망한 이유가 눈에 딱 보였지.'

우선 첫 번째로 제품의 상태가 별로 좋지 못했다. 두 번째로 타 매장에서도 구할 수 있는 옷이 많았고, 그 옷을 약간 더 비싼 가격에 판매하고 있었다.

'앤젤 쇼핑몰이라면 충분히 가능성 있다.'

우선 타 매장보다 만 원 가량 저렴하다.

즉, 손님을 한 명이라도 더 끌어 모을 수 있다는 것!

'명동 고객이 싼 제품은 거들떠도 안 보는 경우도 많지만, 이 문제는 디자인과 품질로 승부하면 돼. 애초에 이 정도 난관도 못 넘어서면 대한민국 최고의 기업으로 만들 수 없지.'

큰 야망을 현실로 만들기 위해서는 잔가지를 신경 쓰면 안 된다. 차근차근 부수면서 앞으로 나아가야만 하는 법. 최창수는 현재 잔가지를 부수는 중이었다.

"네, 창현 씨. 오프라인 매장 설립한 위치 방금 막 미디어 패션에 보고 했거든요?"

"버, 벌써요? 계약서 작성한 지 아직 하루도 안 지났는데……."

"쉬엄쉬엄하나 빠르게 하나 설립되고 성공할 건 똑같은데 이왕이면 빨리 해야죠. 사장실 들어가면 바닥에 종이 놓인 옷 몇 벌 있을 거예요. 인터넷에서 그 제품 평 깡그리 모아서 자료로 만들어두세요."

"미디어 패션에 보내시려고요? 우선 알겠습니다."

"네. 그리고 명동에서 간단한 앙케이트도 실행하려고 하니까 양식도 만들어두시고요."

"아고, 바쁜데 일할 맛이 나네요. 맡겨만 주세요!"

전화를 끊었다.

'자, 그럼 이제 유라한테 도안을 받아볼까.'

우선은 사무실 근처로 돌아가기로 했다.

우우웅.

사무실 근처에 도착했을 때.

서유라로부터 전화가 걸려왔다.

"어, 유라야. 마침 너 만나러 가는 길인데 지금 어디 있어?"

"나 홍대역에 있는데…… 있지 창수야."

"왜? 뭔데 목소리가 시무룩해?"

"그, 그게 있잖아……."

수화기 너머로 그녀의 작은 숨소리만 들렸다.

어련히 말하겠다 싶어 재촉하지 않고 우선은 핸들을 홍대방향으로 돌렸다.

"애기들 옷 있잖아, 이번 달까지는 초안 건네야 하지?"

"그래야 빨리 상품화할 수 있지."

"으음…… 만약 너한테 되게 중요한 물건을 남이 잃어버렸다면 어떡할 거야?"

"……글쎄. 그때가 봐야 알겠지만 실수일 테니까 어쩔 수 없이 넘어가야지."

"그래? 실수면 봐주는 거야?"

"대체 뭔데 그래? 설마 도안이라도 잃어버렸냐?"

"……."

농담 삼아 내뱉은 말.

하지만 돌아온 반응은 울먹거림이었다.

"차, 창수야…… 미안해에……."

"자, 잠깐 진짜야? 진짜 도안 잃어버렸어?"

패션 업계에서 도안은 아주 큰 재산이다. 보유한 도안이 몇 개냐에 따라 회사의 가치가 달라질 정도로 말이다.

우선 도안이 있어야만 제품을 생산해서 판매할 수 있고, 다른 업체와의 계약도 원활하게 진행이 된다.

그 정도로 중요한 도안을 잃어버린다?

가볍게 넘어갈 일이 아니었다.

만약 일반인이 줍는다면 상관없지만, 관련 업계인이 주웠다가는 정말 큰일이다.

해당 회사의 세세한 스타일이 까발려질 수도 있고, 그 도안으로 제품을 만들어 유통하면 남 좋은 일만 하게 되니까.

"정확히 홍대 어디야? 아니지, 홍대역 맞은 편 카페에서 기다리고 있어. 지금 바로 간다."

액셀을 더욱 강하게 밟았다.

· · · ◆ · · ·

"아으으…… 미쳤어, 미쳤어! 진짜 미쳤어!"

홍대역 맞은 편 카페.

서유라가 소리를 지르며 머리를 박박 긁고, 책상에 머리를 박고, 최후에는 힘이 쫙 빠져 주문한 아메리카노를 마셨다.

"시원하네……. 이 타들어가는 속은 진정되지 않지만……."

강아지처럼 테이블에 턱을 괴고 정면을 바라봤다. 항상 시선이 닿는 곳에 있어야 할 노트가 없다.

"아아…… 진짜 바보야……. 그러니까 어제 잠깐 자라고 했잖아……."

스스로를 자책하며 오늘 하루를 회상했다.

유아용 의류 두 벌. 신상품 의류 한 벌. 앞으로 20일 안에 총 세 벌의 옷을 만들어야 했고, 최악의 경우에는 신상품 의류는 만들어야만 했다.

우선은 어려운 일부터 끝내려고 유아용 의류에 신경을 썼다. 하지만 접해보지 않은 분야라서 생각보다 어려웠고, 이런 저런 잡지를 봐도 좀처럼 영감이 떠오르지 않았다.

대학교 과제나 알타프로스였다면 기계처럼 도안만 뽑아내면 되니 성의 없이 만들었을 거다.

하지만 현재 근무 중인 곳은 최창수의 회사.

"도움이 되고 싶었는데……."

10일 동안 수면도 제대로 취하지 않고 노력했다. 그리고 오늘, 우선은 떠오르는 데로 그려보고 괜찮은 걸 추리고, 그것들을 적절히 조합하는 식으로라도 도안을 완성해보려고 했다.

디자인이 생각처럼 만족스럽지 않아도 최창수라면 날개 달린 것처럼 잘 팔아줄 게 분명하니까.

그리고 오늘.

사무실 근처 카페에서 드디어 그럴싸한 디자인 하나가 완성됐다. 조금만 더 손보면 만족스러울 거 같았고, 대견한 자신에게 주는 상으로 맛있는 음식을 먹기로 했다.

그 음식을 홍대에서 먹기로 한 게 잘못이었다.

"잠 깨는 약이라도 사먹을 걸……."

강남에서 홍대로 향하는 지하철에서 그만 잠이 들어버리고 말았다. 그것도 아주 깊게. 정신을 차렸을 때는 홍대에 도착해 있었고, 문이 닫히고 있어서 급하게 뛰어내렸다.

도안을 옆자리에 두고 말이다.

깨달았을 때는 이미 역 밖으로 나온 뒤였다.

"으으…… 창수야."

힘들어질 때마다 가장 먼저 떠오르는 소중한 그.

그 이름을 부르며 출입문을 바라봤다.

동시에 출입문이 열리고 숨을 거칠게 몰아쉬는 최창수가 보였다.

"창수야!"

자신은 절대 해결할 수 없는 문제.

유일하게 이 문제를 해결해줄 지원군의 이름을 불렀다.

"야! 너 괜찮아?"

맞은편에 앉기가 무섭게 최창수가 서유라의 어깨를 감쌌다. 화들짝 놀란 서유라가 고개를 갸웃거렸다.

"도안……?"

"도안 말고 너 말이야, 너! 이 바보야."

"도, 도안이 더 중요하지 않아?"

"도안이야 제품 파기했다 생각하고 새로 만들면 되지만 네 마음은 아니잖아. 그동안 네가 얼마나 고생했는데. 아이고, 잃어버렸을 때 얼마나 놀랐냐? 청심환이라도 사다줄까?"

"……."

알타프로스였다면 임원 회의에도 불려나가고 자진퇴사까지 했어야 할 일. 그 정도는 아니어도 잔소리를 심하게 들을 거라 생각했고, 이번 일로 미움 받아도 어쩔 수 없다고 각오를 굳혔다.

하지만 혼내기는커녕 자신을 걱정해주니 눈시울이 점점 붉어졌다.

"……응! 괜찮아!"

내버려두면 흐를 눈물을 닦으며 씩씩하게 대답했다. 상대방의 걱정에 어리광으로 대응하는 건 어른스럽지 못하니까.

지금은 마땅한 해결책을 찾는 게 우선이다.

서유라는 어쩌다가 도안을 잃어버렸는지 설명했다. 그리고 최창수가 안도의 한숨을 내쉬었다.

"어휴, 그래도 다행이네. 도안 전체를 전부 잃어버린 게 아니라서."

"그동안 작업한 건 집이랑 회사에 잘 있어."

"그럼 잃어버린 건 유아용 옷 디자인 두 개 뿐이지?"

"응."

서유라가 힘없이 고개를 끄덕였다. 그 모습에 최창수는 머릿속이 복잡해졌다.

'너무 무리시켰나?'

앤젤 쇼핑몰은 3개월 만에 놀라운 성과를 이뤄냈다. 이번 미디어 패션과의 계약으로 인해 그 성과는 더더욱 많아질 예정이다.

그러다 보니 조바심이 났다.

하루라도 더 빨리 큰 회사로 성장시키고 싶었다.

'직원복지만 좋으면 뭘 해, 정작 이런 부분에서 케어를 못 해주는데.'

만약 자신이 좀 더 여유롭게 마감일정을 줬다면 서유라가 정신적인 스트레스를 받았을 일도, 그로 인해 이번처럼 도안을 잃어버려 놀랐을 일도 없었을 거다.

'내 실수다. 다음부터는 이런 일이 없도록 더욱 신경을 써야겠어.'

이미 직원들은 충분히 만족하고 있는 앤젤 쇼핑몰에서의 회사 생활.

하지만 좀 더 좋은 환경에서 근무하길 바랐고, 조만간 개선됐으면 하는 점을 대대적으로 물어보기로 했다.

"지하철 타고 내린 시간 기억해? 열차 번호를 알면 찾기 좀 더 쉬울 거야."

"탄 시간은 기억하는데…… 내린 시간은 모르겠어."

"우선 탄 시간 말해 봐."

"3시 30분 경일거야. 교대역 방면 지하철 탔어."

"찾아보니까 3시 35분에 교대역 방면이 한 대. 강남에서 홍대까지 38분 걸리니까 4시 13분쯤에 내렸겠네. 좋아, 시간만 알면 열차번호는 쉽게 알 수 있지. 우선 역으로 가자."

두 사람은 바로 자리에서 일어나 홍대역 고객센터로 향했다. 그곳에서 열차 번호를 알아내고, 종착지까지의 역 고객센터에 분실물 여부를 확인해달라고 요청했다.

제발 착한 사람이 주워서 역에 맡겼어라!

두 사람은 간절히 빌었다.

드디어 조사가 끝났는지 고객센터 직원이 다가왔다.

"모든 역에 전화했는데 의상 도안이 분실물로 신고 되지 않았다고 하네요. 해당 지하철 기장도 못 찾았다 하고요."

"아, 그런가요……."

서유라가 아쉽다는 듯 고개를 푹 숙였다.

나중에라도 신고가 들어오면 연락 달라 말하고 두 사람은 사무실로 돌아갔다.

　"못 찾겠지?"

　"솔직히 힘들겠지. 포기하고 새 디자인 짜자. 이번에는 여유롭게 말이야."

　"응…… . 그래도 디자인은 대충 기억나니까 금방 짤 수 있을 거야!"

　"그래, 기운 차려서 다행이네. 다음부터는 조심하고, 좋은 소식 하나 들려줄게."

　최창수는 미디어 패션과의 계약 얘기를 들려줬다.

　돌아온 반응은 기대 이상이었다.

　"지, 진짜야?! 진짜 미디어 패션이랑 계약했다고?"

　"야! 운전 중인데 팔 건드리지 마!"

　"아, 미안. 너무 놀라서. 그래서 진짜야?"

　"내가 언제 허언하는 거 봤냐? 사무실 도착하면 계약서 보여줄게. 오늘 중으로 미디어 패션 측에 도안도 보낼 거야."

　마침 붉은 신호.

　잠시 멈춘 최창수가 서유라를 보며 씨익 웃었다.

　"되게 설레지 않냐? 네 옷이 이제는 오프라인 매장에서도 팔리고, 대한민국 1등 패션 회사 매장에서 팔리는 거야."

　"……!"

서유라의 눈이 휘둥그레졌다.

알타프로스에서도 자신이 디자인 한 의상이 통과는 됐었다. 하지만 제품으로 만들어져서 나온 건 없었다.

그나마 회사 선배의 손을 거치고 거쳐서 기존 디자인의 잔재만 남은 옷이 상품으로 출시됐다는 게 유일한 위안거리.

때문에 자신이 디자인한 의상이 온라인에서 판매될 때는 죽어도 여한이 없을 만큼 기뻤다.

그런데 이번에는 오프라인 매장이라고?

"짱이다⋯⋯."

상상만 해도 황홀 그 자체. 더욱 많은 사람들이 자신이 디자인 한 옷을 사랑해주고, 입고 다닌다 생각하니 미친 것처럼 소리라도 지르고 싶어졌다.

"디자이너로서 성공한 거 축하드립니다, 서유라 디자이너님."

"⋯⋯풉. 네네~ 감사합니다, 최창수 사장님. 사장님 아니었으면 제 옷이 시중에 선보일 때까지 5년은 걸렸을 거예요~."

"좋은 친구 됐지?"

"응! 중학생 때 엄마 말 듣고 다른 중학교로 갔으면 큰일 날 뻔 했어."

서유라는 생각했다.

최창수를 만나고, 그가 자신의 마음을 몰라주더라도 포기하지 않고 계속 따라다니길 정말 잘했다고.

이제는 최창수 없는 삶이 상상조차 안 된다.

· · · ◈ · · ·

비록 나쁜 소식이 있었지만, 좋은 소식이 보통 좋은 소식이 아니라서 금세 파묻혔다.

그야 말로 운수 좋은 날!

미디어 패션에 맡길 의상을 디자인을 보낸 후로 일주일이 지났다. 그 일주일 동안 최창수는 미디어 패션 창업팀 직원과 함께 명동 패션 거리를 조사했다.

"이야, 사장님 건물 한 번 잘 잡으셨네요?"

출장을 갔다가 오늘에야 복귀한 창업팀 팀장이 말했다.

"부하 직원들이 사진으로 보냈을 때는 잘 몰랐는데 가까이서 보니까 괜찮은 자리네요. 무엇보다 패션 거리 입구라는 게 정말 마음에 드네요. 왼쪽 거리만 아니었다면 미디어 패션 매장을 설립해도 좋을 거 같아요."

"그 정도 자리라면 앤젤 쇼핑몰이 앉기에도 딱이겠네요."

최창수의 말에 직원들이 표정관리를 하면서 황당하다고 생각했다.

'그깟 인터넷 쇼핑몰 주제에 자꾸 미디어 패션하고 동등한 위치에 서려고 하네? 좀 건방진 거 아냐?'

다들 미디어 패션에서 근무한다는 사실에 자부심을 갖고 있다. 그래서 상부에서 떨어진 지시에 고개를 갸웃거렸다.

창업도 아니고, 자사 매장도 아니고, 회장이 독단적으로 계약한 인터넷 쇼핑몰의 오프라인 매장을 세워주라니?

그것도 자사 매장보다 더욱 신경 써서.

'최창수라는 이름, 듣기는 많이 들었는데 회장님이 한 수 접을 정도로 대단한 인물인가?'

그 정도로 대단한 인물이었지만, 일개 직원이 최창수와 한석구의 찐한 사이를 알 리가 없다.

그들은 맡은 일이나 진행하기로 했다.

"건물 인테리어랑 도배는 미디어 패션 측 매장과 비슷하게 하려는데 상관없으시죠?"

"우선 기본바탕은 그렇다고 알아두세요. 나머지 세세한 부분은 제가 디자인 그려와서 보여드릴게요."

"저희 같은 프로한테 맡기시는 게 편하고 더 효율적일 텐데요?"

"제 매장이니 제 마음에 드는 게 우선 아니겠습니까?"

"……맞는 말씀이네요."

창업팀 직원과 어느 정도 얘기가 정리되고, 최창수는 그들과 함께 미디어 패션 회사로 향했다.

"유라야!"

미디어 패션 본사 정문.

거울을 바라보며 머리카락을 정리하던 서유라가 화들짝 놀랐다.

"아. 왜, 왔어?"

"뭘 그렇게 놀라?"

"왜, 왠지 떨려서⋯⋯."

서유라가 몇 번이고 숨을 골랐다. 오늘은 아주 중요한 미팅이 있다. 그래서 그런지 평소 캐쥬얼한 복장을 즐겨 입는 서유라가 마치 대기업 면접이라도 보러가듯 깔끔한 정장을 입고 있었다.

"내가 옆에 있는 게 떨게 뭐 있냐? 가서 질문에 대답만 잘 하면 돼."

"으, 응!"

"혹시 모르니 청심환 마셔두고."

"으윽, 쓰다⋯⋯."

"몸에 좋은 게 쓰지. 자, 가자."

최창수가 서유라의 손을 붙잡고 미디어 패션 건물로 들어갔다. 그리고 직원의 안내를 받아 최상층에 위치한 회의실로 향했다.

"후우⋯⋯."

서유라에게는 떨지 말라고 말했지만, 막상 무대 앞에 서니 긴장이 됐다.

'잘 할 수 있어. 무엇보다 한석구는 날 거스를 수 없는 존재야. 날 거스르면 아름 씨가 슬퍼할 테니까.'

오늘은 앤젤 쇼핑몰과 미디어 패션이 오프라인 매장에 판매할 제품을 갖고 중요한 회의를 갖기로 되어 있다.

참여하는 사람은 최창수와 서유라, 미디어 패션 측은 한석구와 임원 몇 명, 그리고 경영 및 마케팅팀 직원이었다.

"안녕하십니까."

문을 열면서 최창수가 인사했다.

미리 모여 있던 미디어 패션 측 인물들의 시선이 그에게 쏠렸다.

"잘 왔습니다."

각 회사의 대표끼리 만나는 공적인 자리.

한석구가 존칭을 쓰며 허리를 꾸벅 숙였다.

자리에 앉자 한석구가 미디어 패션 측 직원들 한 명씩 소개했다. 그것이 끝나자마자 바로 회의가 시작됐다.

"우선 앤젤 쇼핑몰 측에서 보내준 제품 열 벌과 관련 자료 잘 받았습니다. 오늘 회의 내용은 해당 제품 중 몇 벌이나 저희 매장에서 판매할 건지 정하는 자리입니다."

"그쪽에서 미리 정해뒀을 거 같은데 총 몇 벌입니까?"

제품을 보내기 전 최창수는 한석구에게 확인 전화를 걸었다. 보내는 제품을 전부 판매해주냐고. 돌아온 대답은 내부에서 선별된 제품만 판매한다였다.

그 대답에 최창수는 반박하지 않았다.

물론 미디어 패션에서 한 종류라도 더 많이 앤젤 쇼핑몰의 제품을 판매해주면 좋다.

하지만 그건 결과적으로 소비자 뇌리에 미디어 패션을 더욱 깊이 각인할 뿐이지, 앤젤 쇼핑몰이 각인될 확률은 적다.

그럴 바에야 엄격한 내부 심사를 통과한 확실한 제품만 미디어 패션 매장에서 판매하고, 해당 제품을 구매한 소비자가 앤젤 쇼핑몰은 어떤 곳인지 의문을 갖고 방문하게 만드는 게 최고다.

결과적으로 앤젤 쇼핑몰에 관심과 애정을 가지는 고객이 늘어날 테고, 미디어 패션에는 존재하지 않는 앤젤 쇼핑몰의 제품을 구매하기 위해서 온라인이 됐건 오프라인이 됐건 직접 찾아올 게 분명하다.

"결과만 말하자면 열 벌 중 총 여덟 벌 만이 미디어 패션 매장에 전시해도 손색이 없다고 판단했습니다."

열 벌 중 여덟 벌.

서유라는 자신의 옷이 미디어 패션 디자이너도 참여했을 심사에서 무려 여덟 벌이나 통과했다는 사실이 엄청난 훈장처럼 다가왔다.

반면 최창수는 나머지 두 벌은 어째서 탈락했는지 궁금했다.

그래서 질문했다.

"나머지는 어째서 손색이 있는 거죠?"

"이미 저희 회사에서 판매하는 제품과 비슷한 부분이 제법 있었기 때문입니다. 아, 물론 표절이란 소리는 아닙니다.

단지 소비자가 판단하기에 비슷한 디자인의 옷을 또 내놨다고 생각할 가능성이 높아 탈락시킨 거니 좋게 받아주시면 좋겠네요."

"음……. 알겠습니다. 그 여덟 벌은 언제부터 판매되는 겁니까?"

"앤젤 쇼핑몰 오프라인 매장이 개장하고 다음 날부터 판매하려고 합니다. 창업 팀으로부터 받은 계획서에 의하면 앞으로 약 두 달 후군요."

두 달.

길지도 짧지도 않은, 개장 전까지 이런저런 준비를 하기 딱 좋은 기간이었다.

"알겠습니다."

"참, 그리고 드릴 말씀이 더 있습니다만."

경영팀 직원이 도안을 몇 장 꺼내 최창수에게 건넸다.

네 장은 미디어 패션에 보낸 자사 도안, 나머지 네 장은 처음 보는 도안이었다.

"이건……."

도안을 유심히 바라보자 그 차이점이 바로 눈에 들어왔다. 결정적으로 자신의 착각이 아니라고 말해주는 문장이 있었으니.

최창수가 미디어 패션을 향해 날카롭게 말했다.

"이 도안, 진심으로 제게 건네신 겁니까?"

．．．．◈．．．．

〈앤젤 쇼핑몰 측에서 제시한 도안을 해당 도안의 디자인
으로 변경해서 판매하려고 함〉

도안에 적힌 문장이었다.

"선정된 여덟 벌 중. 네 벌은 기존 디자인으로 가기로 했
습니다만, 나머지 네 벌은 미디어 패션에서 약간 손을 보기
로 했습니다."

"뭐라고요?"

최창수가 신경질적으로 말했다.

기존 디자이너가 이미 완성해서 제품으로 판매 중인 의
상이다. 그 의상을 손 봐서 다른 제품으로 바꾸겠다고?

디자이너에게 있어 자신이 디자인한 의상은 자식이나 마
찬가지.

애지중지 자식을 잘 기르고 있었는데 난데없이 이상한
놈이 나타나 내가 더 잘 길러줄 테니까 양육권을 넘기라는
것과 똑같다.

디자이너로서는 수치스러운 일.

이미 알타프로스에서 그 일을 몇 번이고 당한 서유라였
지만 미디어 패션마저 그럴 거라고는 생각 못 했는지 표정
이 좋지 못했다.

"가볍게 말씀하실 일은 아닌 거 같습니다만."

"전혀 가볍지 않습니다. 저희 측에서도 서유라 디자이너님에게는 실례되는 일이란 걸 알지만, 약간만 손보면 더 좋아질 거 같아서 드리는 말씀입니다."

"아무리 그래도……."

"거, 사장님은 조용하고 디자이너님 의견이나 들읍시다."

한석구 옆 자리에 앉은 미디어 패션 임원이 말했다.

"솔직히 저희 회사가 이러라 하면 조용히 알겠다 해야 하는 거 아닙니까? 몇 십 년의 노하우가 쌓인 회사가 설립 3개월 된 회사를 도와주겠다는데 뭐가 불만입니까?"

"저희 회사에는 저희만의 방침이 있고 스타일이 있습니다. 이미 이 제품은 시중에서도 좋은 평가를 받고 있고, 오픈 초기에 전시된 상품임에도 현재까지 좋은 매출을 올리고 있다고요. 이미 검증된 상품에 손을 대겠다는데 가만히 있어야 합니까?"

"거, 어린놈이……!"

"지금 이 자리에서 어린놈이 무슨 상관입니까?"

최창수의 언성이 높아졌다.

자신이 세운 앤젤 쇼핑몰이, 자신을 믿고 따라주는 전 직원이 힘들게 일하면서 키운 앤젤 쇼핑몰이.

앤젤 쇼핑몰의 제품을 믿고, 좋아해주는 고객이.

고객의 사랑을 받는 제품을 만든 서유라의 실력이!

지금 이 자리에서 깡그리 무시 받고 있다.

절대 참아서도 안 되고, 참을 수도 없었다.

"저는 오늘 이 자리에 한 회사의 대표로서 온 겁니다. 그런 자리에서 나이를 언급하는 건 대체 무슨 의도십니까?"

"으흠…… 죄송하게 됐습니다, 최창수 사장. 순간 감정이 격해져서."

"후…… 우선 그건 넘어가고. 서유라. 저 임원님 말씀대로 네 뜻을 밝혀봐."

"내, 내가?"

갑작스런 지목에 서유라가 당황했다. 그리고 조심스레 주변을 둘러봤다.

어서 우리의 뜻을 따라라. 따르지 않으면 호된 일을 당할 거다.

마치 그렇게 말하듯 직원들의 눈매가 날카로웠고, 임원 몇 명은 귀를 기울여야만 들릴 만큼 작은 목소리로 협박 비스무리한 걸 내뱉고 있었다.

"아. 그, 그게……."

평소에는 자신의 디자이너 재량에 자신을 갖고 있다. 하지만 자신보다 대단한 사람들 앞에만 서면 마치 길바닥에 굴러다니는 돌멩이가 된 것만 같았다.

"그…… 미디어 패션 측 의견도 타당하다고는 생각해요. 저보다 경력이 긴 디자이너 분들이 결정하신 일이니……."

"그럼 수정을 허가하시는 겁니까?"

"어, 그건……."

"잘 생각해."

푹 숙인 고개, 시야에 자신의 손을 잡은 최창수의 손이 들어왔다. 고개를 드니 여태껏 본 적 없는 진지한 표정을 지은 최창수가 자신을 바라보고 있었다.

"앤젤 쇼핑몰 오픈을 준비하면서 너와 내가 함께 머리를 굴리면서 디자인한 옷이야. 우리 둘의 소중한 추억이 담긴 옷이, 정말 남의 손에서 변화를 거쳐도 좋아?"

그 말에 서유라는 현재 수정요구를 받은 옷 네 벌의 탄생 비화를 떠올렸다.

어떤 옷이 좋을지 최창수와 함께 시장조사를 했고, 초안이 나오면 바로 최창수에게 보여줬다.

그 후 요구를 토대로 수정하고 다시 보여주기를 반복. 완성된 시제품을 보면서 기뻐하던 최창수의 모습은 아직도 눈을 감으면 선명하게 떠오른다.

"겁 내지 말고, 날 믿고 당당히 네 의사를 밝혀. 뒷일은 전부 내가 책임질 거야."

"⋯⋯응."

서유라가 정면을 바라봤다.

방금 전까지는 자신 없고 불안해하던 표정이었건만, 지금은 최창수와 비슷한 얼굴이었다.

"전 제 디자인을 지키고 싶어요. 타인의 손을 거치지 않고, 제가 직접 디자인한 이 옷을 더 많은 고객에게 선보일래요."

"……음, 그러시군요."

서유라의 마음이 거의 다 미디어 패션에 넘어왔다. 조금만 더 강압적으로 말하면 어쩔 수 없이 허락할 줄 알았건만, 다 된 밥에 최창수가 초를 쳤다.

한숨을 쉬며 경영팀 직원이 한석구를 바라봤다.

"그럼, 한석구 회장님의 의견까지 듣고 정하도록 하겠습니다."

결국 경영팀 직원은 비장의 카드를 꺼냈다.

바로 한석구에게 결정을 맡기는 일.

아무리 앤젤 쇼핑몰이 이번 안건을 반대하더라도, 계약상 갑인 미디어 패션 회장의 한 마디면 모든 게 해결된다.

"회장님. 의견을 들려주십시오."

"회장한테 어려운 일을 떠넘기다니, 도안 줘 봐."

"여기 있습니다."

한석구가 건네받은 도안을 유심히 바라봤다. 두 장은 앤젤 쇼핑몰 측이 우세, 나머지 두 장은 미디어 패션이 우세했다.

고민과 함께 최창수를 바라봤다.

'표정을 보아하니 두 개만 수정하자 해도 태도는 완고할 거 같군.'

어쩌면 좋을지 어서 결정을 내려야 하는 상황. 한석구는 보다 비상하게 두뇌를 회전시켰다.

'어지간한 기업 제품과 비교해도 손색이 없을 정도로

디자인은 훌륭해. 하지만 우리 회사 디자이너의 손을 거치면 좀 더 좋게 변한다는 사실은 부정할 수 없지.'

자신의 대답 한 마디면 이 살벌한 분위기가 바로 진정된다. 평소 같으면 미디어 패션의 의견을 최우선으로 봤을 거다.

하지만 상대방은 그 누구도 아닌 최창수다.

'저 녀석이 이번 일을 아름이에게 이를 거라고는 생각되지 않지만, 문제는 아름이가 바뀐 제품을 보고 따졌을 경우지.'

한아름이 최창수에게 애정을 갖고 있는 건 아주 잘 알고 있다. 그 애정이 앤젤 쇼핑몰에도 있는 것 역시. 저번에 자신을 만나러 왔을 때는 앤젤 쇼핑몰의 제품을 입은 걸로도 모자라, 해당 회사의 전 제품을 가져와 하나하나 보여주기까지 했다.

'무엇 하나 제대로 해주지도 못한 딸에게 거짓말을 할수는 없는 노릇이고. 저 녀석도 이 고충을 알고 강수를 둔거겠지.'

그 말 대로였다.

'지금쯤 아름 씨 때문에 갈등되겠지? 서로 감정소모하지말고 내 편을 드는 게 좋을 거야.'

다른 회사였어도 최창수는 지금과 비슷한 태도를 보였을거다. 때문에 미디어 패션을 상대로는 더욱 강수를 둘 수있었다.

자신에게는 한아름이라는 무기가 있다. 미디어 패션을 상대로는 단 한 번의 공격도 허용하지 않고 연전연승을 거둘 수 있는 그 무기.

한석구가 그 무기를 막아낼 수 있는 방법은 아무것도 없다.

"결정 끝났네."

한석구가 도안을 내려뒀다. 직원들도 최창수도, 두 눈으로 대답을 재촉했다.

"디자인 수정 없이, 앤젤 쇼핑몰 측의 요구를 따르도록 하겠다."

"어, 어째서죠?!"

당황한 경영팀 직원이 소리쳤다.

"저희 팀에서 철저한 자료를 바탕으로 두고, 회장님께서 중요한 일이라 하셔서 미디어 패션 최고의 디자이너만 모아서 도안을 수정했습니다."

"그래서 뭐? 그 노력을 봐서라도 무조건 수정해야겠다 이거야? 그럴 거면 나한테 왜 물어봤어? 네 맘대로 하지."

"그, 그건 아니지만……."

"무엇보다 최창수 사장 말대로 이 제품은 이미 시장에서 좋은 평가를 받았어. 비록 그 수가 미디어 패션의 고객 수에는 한참 못 미치더라도, 시작이 좋으면 끝도 좋은 법이지. 언제나 자료가 정확했다면 우리 회사에서 실패한 제품은 없어야 하지 않겠어?"

"마, 맞는 말씀입니다……."

"인정했으면 이 일은 이걸로 끝내도록 하지."

아직도 납득하지 못한 직원들을 무시하고 한석구가 최창수를 바라봤다. 그리고 가볍게 고개를 숙였다.

"최창수 사장, 서유라 디자이너. 잠시였지만 기분을 상하게 한 점, 직원과 임원을 대표해 제가 대신 사과드리겠습니다."

"아닙니다. 제 고집을 받아주셔서 감사하고, 단순한 고집이 아니었다는 걸 결과로 보여드리겠습니다."

각 회사의 대표다운 어른스러운 대응.

회의는 이걸로 마무리됐다.

직원들은 작은 목소리로 불평불만을 내뱉으며 밖으로 나갔고, 회의실에는 최창수와 서유라. 그리고 한석구만 남게됐다.

"최창수 사장."

"네."

"잘 하도록 해. 다음 계약 때 우리에게 주도권을 빼앗기기 싫으면 말이야."

이번에 실패하면 앞으로의 계약이 없어질 수도 있고, 있더라도 한아름을 담보로 강수를 둘 수도 없다. 그게 싫으면 최선을 다 해 미디어 패션의 뜻을 꺾고 얻은 결과를 보여주란 말이었다.

그 뜻을 이해한 최창수가 웃었다.

"절대 안 뺏길 겁니다."

· · · ◈ · · · ·

더 이상 미디어 패션에 용건은 없다.

두 사람은 바로 로비로 향했고, 거기서 의외에 인물을 만나게 됐다.

"아름 씨?"

경호원과 함께 회전문을 통과하는 한아름이 보였다.

단걸음에 그녀에게 다가가 인사를 했다.

"어머, 창수 씨. 우연의 우연이네요. 설마 이런 곳에서 만날 줄이야. 오늘은 운이 좋은가 봐요."

"계약 문제로 나눌 얘기가 있었거든요. 방금 막 끝나고 내려오던 참이에요."

"그렇구나. 손해 없이 이득 잘 챙기셨죠?"

"아름 씨 덕분에요."

"다행이네요. 비록 건강하지 못한 저지만, 이런 식으로라도 창수 씨에게 도움을 주고 있다 생각하니 너무 기뻐요."

"하하! 아름 씨가 기쁘다니 저도 기쁘네요. 앞으로 더 기쁘게 해드릴게요!"

활짝 웃으면서 최창수가 한아름의 손을 덥석 잡았다. 잠시 놀란 표정이 됐지만, 금세 그 손길로부터 전해지는 행복에 미소를 짓게 됐다.

미소를 짓지 못하는 사람이 한 명 있었지만.

'저 여자는 또 누구야?'

한아름과는 첫 만남인 서유라.

최창수가 한아름에게 내뱉는 말도, 돌아오는 반응도, 방금 전 손을 잡는 것까지!

그 누가 봐도 장래를 약속한 사이라고 오해하기 충분했고, 최창수의 진짜 마음을 알고 있어도 이 장면을 좋게 넘기기 힘들었다.

등 따가운 시선을 느꼈는지 최창수가 말했다.

"아, 유라 너는 첫 대면이지? 소개할게, 한아름 씨야. 우리보다 두 살 연상이고, 미디어 패션과 계약할 수 있게 도와준 고마운 분이야."

"아. 이 분이 그 분이야?"

"네, 그 분이에요."

한아름이 활짝 웃었다. 그 미소에 서유라는 초민아와 똑같은 생각을 하게 됐다.

'…… 뭐지? 아까 공격적으로 생각했던 내가 창피해지네……'

세상에 더럽혀지지 않은 사람만이 지을 수 있는 순수한 미소. 정체 모를 힘이 있었다.

"바, 반갑습니다. 서유라라고 해요."

"전 한아름이라고 해요. 만나 봬서 영광이에요, 서유라 디자이너님."

"서, 서유라 디자이너!"

평소 회사 직원들에게 만날 들었던 말. 방금 전 회의장에서도 몇 번이고 들었던 말.

하지만 관련 업계 사람들에게 듣는 말과, 일반적인 고객으로부터 듣는 말에는 받아들여지는 황홀함의 차이가 달랐다.

"저 있잖아요. 서유라 디자이너님이 디자인하신 옷 정말 좋아한답니다. 이 외투도 서유라 디자이너님 작품이에요."

"자, 작품이라 하실 거까지는……."

한 번 부정하고 봤지만, 이미 그녀의 입 꼬리는 귀까지 닿아 있었다.

"만날 이름만 보다가 실물로 보니 기분이 좋네요. 역시 창수 씨 여자 친구분 답게 아름다우세요."

"여, 여자 친구요?"

"어머, 아니세요? 창수 씨가 간혹 즐겁게 얘기해서 영락없이 그런 줄 알았는데."

두 여자의 시선이 최창수에게 닿았다.

해명을 요구하는 눈빛.

최창수는 어떤 대답이 지뢰가 아닌지 신중하게 골라냈다.

"여자 친구는 아니고, 여자 친구 될 사람은 맞는 거 같아요."

"최창수······."

"맞는 말이잖아. 더 이상 내 뒤를 안 ㅉㅗㅈ아도 될 거 같으면 정식으로 고백하겠다면서."

"오옹, 그건 또 무슨 얘기인가요?"

"아름 씨한테는 다음에 따로 말씀드릴게요. 그보다 어쩐 일로 오신 거예요? 회장님과 약속이라도?"

"약속은 아니에요. 제가 일방적으로 찾아온 거니까."

"그렇군요. 바쁘실 텐데 언제까지 붙잡고 있을 수만은 없네요."

"창수 씨랑 대화할 수 있다면 몇 시간이고 미뤄도 괜찮 아요."

"하하, 사실은 제가 좀 바빠서."

"그렇다면 어쩔 수 없네요. 돌아가시는 길, 사고 없이 조 심히 돌아가시길."

"네. 아름 씨도 좋은 시간 보내세요."

최창수가 서유라와 함께 걸음을 옮겼다.

한아름은 시야에서 두 사람이 사라지기를 기다렸고, 더 이상 보이지 않자 경호원에게 물었다.

"보기 좋다. 그렇지?"

"부러우십니까?"

"······딸 수 없는 꽃은 바라보는 걸로 충분해."

머리카락을 흩날리며 천천히 뒤로 돌았다. 잠시 멈췄던 다리를 재촉한다. 다시 병원에 입원하는 게 싫어, 경호원의 만류에도 불구하고 비상계단을 이용했다.

한 칸, 한 칸.

처음에는 괜찮았지만 3층 째부터는 숨이 제법 거칠어졌다. 그래도 묵묵히 걸었다. 이깟 계단도 못 이기면, 다음에 아팠을 때는 정말 잘못될 지도 모르니까.

최창수라는 원동력이 있어도, 다음은 힘들 거 같다는 생각이 들었다.

똑똑.

마침내 목적지에 도착한 한아름이 숨을 몰아쉬며 문을 두들겼다. 들어오라는 대답은 금방 돌아왔고, 경호원이 대신 문을 열어줬다.

"……연락도 없이 어쩐 일이냐?"

신문을 읽던 한석구. 그가 놀란 눈으로 물었다.

그에 한아름은 어린아이처럼 웃으면서 대답했다.

"놀러왔어요. 아빠."

놀러왔다는 말.

아빠라는 말.

그 말에 한석구는 아까 전 회의실에서 받은 스트레스가 전부 날아가는 걸 느꼈다. 세간에 밝히지 못하고, 숨어서 지내는 딸이 먼저 자신을 찾아와줬으니까.

그 사실이 너무 기뻤지만, 가슴 속에는 작은 불안이 하나 생겨나고 있었다.

．．．◇．．．．

"네가 오는 줄 알았다면 음료수라도 사둘 걸 그랬구나. 아니지, 지금 바로 비서한테 시킬 테니 앉아서 기다리거라."

"물이면 충분해요. 비서도 편하게 일하고 싶을 텐데, 괜히 귀찮게 할 수는 없어요."

"무슨 소리냐, 돈 받는 만큼 일해야지."

한석구가 바로 비서에게 전화를 걸어 음료수를 사오라고 시켰다. 그로부터 10분 후, 과즙 100% 과일음료수가 테이블에 놓였다.

"저도 가끔은 탄산이 마시고 싶어요."

"건강 생각해야지."

"전 애가 아니에요. 요즘은 몸도 많이 좋아졌고요. 퇴원하고 반 년 가까이 멀쩡한 게 그 증거에요."

"그래도 안 되는 건 안 돼."

한석구가 종이컵에 음료를 따라 내밀었다. 표정은 뾰루퉁했지만, 한아름은 우선은 아버지가 주는 거라서 마지못해 마셨다.

그리고 한석구의 컵에도 음료수를 가득 따랐다.

물과 술 이외에는 거의 입에 대지 않는 한석구. 그 사실을 알고 있는 한아름은 탄산음료를 못 마시게 한 아버지에게 작은 복수를 했다.

그다지 내키지 않지만 언제 또 딸이 따라준 음료를 마실지 몰라 꾸역꾸역 목구멍으로 넘겼다.

"창수 씨 있잖아요."

종이컵에 따라진 음료가 바닥을 보일 때쯤, 한아름이 조심스럽게 입을 열었다.

그 순간 한석구의 움직임이 멈췄다.

'드디어 올 게 왔나.'

자신이 먼저 한아름을 찾아간 적은 많다. 아버지니까. 지금의 가족처럼 매일 볼 수 없는 딸이었기에 여건이 허락될 때마다 찾아가 근황을 살폈다.

반면, 한아름이 먼저 자신을 찾아온 적은 정말 드물면서도 한 가지 공통점이 있다.

바로 부탁을 한다는 것.

오늘은 또 어떤 부탁을 할 지 걱정부터 앞섰다.

"그래, 최창수. 이번에는 어떤 식으로 그를 도와주면 되는지 말해보거라."

"어머, 아빠도 참. 그런 식으로 말씀하시면 마치 제가 창수 씨 도와주고 싶을 때만 오는 거 같잖아요."

"……아니었던가."

"오늘은 순수하게 아빠랑 얘기가 하고 싶어서 왔어요. 주제는 창수 씨지만요."

한아름이 싱긋 웃었다.

남 앞에서는 요조숙녀지만, 자기 앞에서는 여우가 되는

그녀. 이런 모습까지도 전 아내를 꼭 빼닮았다.

"최창수 얘기라. 그래, 젊은 친구가 참 대단해. 계약서를 작성한 지 하루 만에 매장을 설립하기 딱 좋은 장소를 발견하고, 일주일도 안 돼서 우리 매장에서 판매할 제품을 자세한 보고서와 함께 올렸지."

"정말요? 역시 창수 씨, 못하는 게 없네요."

"오늘 회의에서도 미디어 패션을 상대로 엄청난 강단을 보여주더군."

한석구는 회의에서 있던 일을 설명해줬다.

처음에는 즐겁게 얘기를 듣던 한아름, 앤젤 쇼핑몰의 디자인 변경 건을 듣기다 무섭게 미소를 지웠다.

"어떤 직원이 그 안건을 건의했죠?"

"……해고라도 할 생각이냐?"

"설마요. 남의 직장을 뺏을 만큼 전 독하지 못하답니다. 단지, 앞으로 다시는 앤젤 쇼핑몰의 상품을 건드리지 말라고 전해주세요."

"최창수가 그리도 좋더냐?"

"창수 씨도 좋고, 앤젤 쇼핑몰의 제품도 좋아요. 봐요, 아빠. 이 옷. 정말 예쁘지 않아요?"

한아름이 코트를 보여줬다. 그리고 장점을 구구절절 설명했다.

오늘 있던 회의에서 통과된 제품. 때문에 색다를 건 없었지만 놀라울 건 있었다.

바로 한아름이 말하는 제품의 장점과, 최창수가 보고서로 올린 장점이 놀랍도록 일치한다는 것.

철저한 분석 및 조사가 이뤄져야만 알 수 있는 것. 이를 위해 미디어 패션에는 따로 분석조사팀이 있을 정도다.

'보통 애정이 아니군. 그리고…… 역시 내 피를 이어 받은 애가 맞아.'

만약 한아름이 건강했다면?

미디어 패션에 취직시켰을 거고, 현재 활동 중인 자신의 두 자식보다 더욱 빠르게 높은 자리에 앉을 게 분명했다.

마지막에는 회장직을 물려줘도 손색이 없을 거라는 게, 간혹 한아름을 만날 때마다 받는 인상이었다.

'건강했다면 내 모든 걸 물려받았을 아이인데.'

오늘따라 하늘이 더 증오스러웠다.

하지만 그 증오보다 더욱 짙은 감정이 하나 있었다.

"어째서. 어째서 그토록 최창수에게 집착하는 거냐?"

최창수를 만나기 전, 한아름은 실어증이라 오해할 정도로 말도 없고 활동도 적었다. 병실에서는 멍하니 창문만 바라보고, 퇴원을 해도 집에서 좀처럼 나오질 않았다.

간혹 찾아가더라도 혼자서 떠들고 돌아오기 일쑤였다.

하지만 최창수를 만난 후로, 한아름은 말수가 점차 늘어났고 퇴원 후에는 경호원의 도움을 받으면서라도 외출을 즐겼다.

"최창수. 내가 보기에도 사업가로서 재능이 충분하고, 사람으로도 호감이 가는 인물이다. 아름이 네가 호감을 느껴도 이상하지 않다고 생각하지만, 광적인 호감은 조금 의 아하구나."

"거창한 이유는 없어요."

한아름이 휴대폰 뒷면을 바라봤다.

최창수와 함께 찍은 스티커 사진.

부끄러워하는 자신에 비해 최창수는 자신감 넘치게 활짝 웃고 있었다.

"정말 힘들 때, 간호사가 아프리카 TV로 창수 씨의 방송을 보고 있었어요. 화면을 보지 않고, 단지 목소리만 들었는데도 묘한 감정이 느껴졌어요."

그 후.

한아름은 구매 후 거의 건드리지도 않은 휴대폰으로 최창수의 방송을 보기 시작했다.

잘생긴 외모와 호감형인 목소리, 방송 또한 즐거워서 웃음이 절로 나왔다. 그 역사적인 모습을 경호원이 동영상으로 촬영해 한석구에게 보냈을 정도다.

"병실이 곧 제집이고, 퇴원은 일시적인 휴가나 마찬가지인 생활. 차라리 죽는 게 낫겠다 싶은 나날에, 창수 씨는 제 인생에 살아야 할 이유를 줬어요."

"고작 그 방송이 말이냐?"

"고작 그 방송이 아니에요. 하루를 멍하게 보내는 게 전부

였던 제게, 저녁 8시 때까지는 반드시 살아야 할 계기를 줬다고요."

"그게 최창수를 도와주는 이유냐?"

"네. 창수 씨가 방송으로 제게 삶의 이유를 준 것처럼, 계속해서 보고 싶어요. 창수 씨가 어디까지 갈 지, 그 마지막을 보기 전까지는 전 죽지 않아요."

한아름이 한석구를 바라봤다.

여태껏 봤던 그 어떤 것보다 더욱 뚜렷하고 삶의 불꽃이 보이는 그녀의 눈빛.

"그렇구나."

조만간.

최창수에게 제대로 된 감사인사라도 해야 할 듯싶었다.

· · · ◈ · · ·

시간은 빠르게 지나 벌써 앤젤 쇼핑몰의 첫 오프라인 매장 하루 전 날이 다가왔다.

"잘 되겠죠?"

회식자리.

살짝 눈이 풀린 직원이 말했다.

그 질문에 직원들의 시선이 최창수에게 집중됐다.

그동안 최창수의 발언 중, 무엇 하나 틀린 적이 없었다.

오늘 이 자리.

방금 그 질문의 대답에 따라 오프라인 매장의 흥망이 정해질 거라고 직원들은 생각했다.

"흠, 흠.

먹음직스러운 쌈을 입에 넣으려던 최창수가 헛기침과 함께 진지한 표정이 됐다. 하지만 그것도 잠시, 쌈을 먹으면서 활짝 웃었다.

"대박칠겁니다."

그 대답에 직원들이 환호성을 질렀다.

"역시 싸장님! 그 말만 들어도 어깨가 든든하네요!"

"이번 신제품도 반응이 되게 좋던데 이 정도면 앤젤 쇼핑몰이 앤젤 기업이 되는 날도 머지않은 거 같아요!"

"저번 달에는 잡지에 미래가 기대되는 중소기업 1위에도 올랐잖아요. 아, 진짜! 앤젤 쇼핑몰 창립멤버라는 게 너무 자랑스러워요!"

열 명 남짓인 직원들.

다들 전에 다니던 회사에서는 느끼지 못한 기쁨을, 앤젤 쇼핑몰에 들어와서는 매일 같이 느끼고 있었다.

자신들의 노력과 땀이 회사를 계속해서 성장시키고 있단 사실에 한 번 기뻐하고, 그에 따라 상승하는 월급과 추가 급여에 두 번 기뻐했다.

"좋은 사장님이시네."

옆자리에 앉은 서유라가 최창수의 빈 잔에 소주를 따랐다.

최창수의 등에 토한 경력이 있는 그녀는 예의상 술만 받고 음료를 마시는 중이었다.

"기업의 중심은 사장이 아니라 직원인데, 당연히 잘해줘야지."

"오올~ 그러니까 진짜 사장님 같은데?"

"진짜 사장님맞거든?"

"으엑, 알았으니까 좀만 떨어져서 얘기해줄래? 술 냄새 심하다…… 너무 많이 마신 거 아냐?"

서유라가 테이블 한 구석을 바라봤다.

회식을 시작한 지 이제 두 시간. 벌써 소주 열병과 맥주 일곱 병이 비어 있었다.

"내일 휴일에다가 기념할 만한 날인데 많이 마시면 어때?"

"직원들은 모를까 너는 내일 매장 문 열러 가야 하잖아."

오프라인 매장을 관리할 직원은 이미 구해뒀다.

하지만 매장 오픈일인 내일부터 일주일간은 최창수가 직접 관리 및 직원교육을 할 생각이었다.

"숙취라면 전혀 없으니까 걱정하지 마라."

대학생 때 여러 번 숙취로 고생한 뒤로, 최창수는 운수대통령을 이용해 숙취의 책을 구매했다.

2단계까지 구매한 후로는 소주 스무 병을 마셔도 다음 날 멀쩡하게 일어날 수 있는 몸이 됐다.

때문에 이 순간을 자유롭게 즐기는 것!

최창수가 소주를 원샷하고 빈 잔을 서유라에게 건넸다.

"어휴, 난 모른다."

잔소리하면서도 서유라는 최창수의 잔을 채워줬다. 그 행동이 묘하게 즐거웠으므로.

· · · ◈ · · ·

드디어 오픈 당일이 됐다.

"어우, 다들 저희 매장 보러 오신 거예요?"

매장 문을 열려는 최창수가 뒤를 바라봤다.

"꺄아악! 창수 오빠! 저 놀러왔어요!"

"앤젤 쇼핑몰 짱짱 최고! 오프라인 매장에서만 공개한다는 옷 엄청 기대하고 있어요!"

"창수 씨! 일하느라 식사도 제대로 못하실 텐데, 제가 도시락 싸왔으니까 꼭 먹어주세요!"

"저는 케이크 사왔어요!"

200명에 가까운 인파.

한 명도 빠짐없이 여자들이었고, 최창수의 팬이었다.

"사장님 대단하네요?"

"문 열자마자 전 품목 매진되는 거 아니에요?"

오프라인 매장의 담당 직원이 말했다.

"매진되면 바로 차 끌고 창고 갔다 올 테니까 걱정 말고, 다들 열심히 일해주세요."

최창수가 오프라인 매장의 문을 열었다.

드디어 앤젤 쇼핑몰 오프라인 매장의 첫 개장!

문이 열리자 가장 먼저 받은 이미지는 분홍색으로 뒤덮인 화사한 꽃밭이었다.

주 고객이 여성이다 보니 소비자 취향에 맞춰 인테리어 작업을 했다.

매장이 제법 넓은 편이라 앤젤 쇼핑몰의 전 제품을 수십 벌씩 진열해뒀고, 자사 제품을 마네킹에 입히고 이달의 트렌드 아이템이라 소개해 소비자의 구매 욕구를 증가시켜뒀다.

그리고 또 하나.

"오프라인 매장에서만 판매하는 제품은 이겁니다!"

최창수가 천장에 대롱대롱 달린 티셔츠 두 벌을 가리켰다.

온라인과 오프라인 매장.

두 곳 다 매출을 늘리기 위해서 최창수가 선택한 방법은 바로 온라인과 오프라인에서 판매할 제품을 따로 구별하는 것이었다.

물론 인기 있는 상품은 차후 두곳에서 다 판매할 생각이었고, 이를 위해 이번에 디자이너를 두 명이나 추가로 영입했다.

"이봐요! 내가 먼저 집었거든요?"

"뭐래! 문 열리자마자 제가 눈으로 찜해뒀거든요?"

"손님들! 신제품은 넉넉하게 준비해뒀습니다. 여기 계신 분들이 모두 구매해도 남을 만큼 있으니까 싸우지 마세요!"

"계산은 이쪽에서 도와드리겠습니다. 총 9만 2천원이고요. 영수증에 적힌 코드, 앤젤 쇼핑몰 홈페이지에서 사용하면 구매금의 5% 적립되니까 절대 버리지 마세요!"

최창수는 손님들에게 이런저런 옷을 건네주면서 팬 서비스를 하고, 직원들은 쉴 새 없이 밀려오는 손님을 상대했다.

"어? 여기 매장 새로 생겼네?"

"그런데 무슨 사람이 이렇게 많아?"

매장에 수백 명의 사람이 있고, 들어가지 못해 밖에서 기다리는 사람까지 있으니 앤젤 쇼핑몰을 모르는 고객들의 발길이 하나 둘 멈추기 시작했다.

'대박이야!'

계속 손님들을 상대하면서 최창수는 속으로 쾌재를 불렀다.

오픈 후 겨우 반나절 밖에 안 지났는데 여유롭게 가져온 신상품은 벌써 품절이었고, 그 외 타 제품도 품절 직전까지 간 게 간혹 보였다.

그에 따라 쌓여가는 판매금액도 마음을 풍요롭게 만들어 줬다.

'이 상태에서 최대 50%가량 매장 매출이 줄더라도 다른

곳과 비교하면 엄청난 상위권이야. 미디어 패션을 상대로 내가 먼저 계약 얘기를 꺼낼 수도 있겠네.'

다시 한 번 인지도가 얼마나 중요한 건지 실감하게 됐다.

만약, 자신이 인지도가 엄청나지 않았다면?

지금처럼 뭘 하든 시작하자마자 성공할 수 있는 조건은 아니었을 게 분명했다.

"다들 감사합니다!"

기쁜 마음에 저도 모르게 소리를 질렀다.

직원들과 손님들의 시선이 쏠렸지만, 최창수는 창피는커 녕 더욱 즐겁게 외쳤다.

"앞으로 저 최창수! 그리고 앤젤 쇼핑몰을 많이 사랑해 주세요!"

· · · ◈ · · ·

늦은 밤 포장마차.

남자 두 명이 어묵 탕을 안주로 소주를 마시고 있었다.

"정말 괜찮을까요?"

"뭐가 또 괜찮아?"

"일주일 뒤에 출시되는 제품이요. 아무리 생각해도 마음 에 걸리는데······."

"야, 이미 상부에 통과됐고 벌써 공장가동 시작하고 있 어. 이미 되돌릴 수 없다고!"

사나운 인상의 사내가 자신 없는 표정의 사내에게 말했다.

　"우리는 이미 한 배를 탔고, 내릴 수 없어. 그리고 원본도 우리한테 있으니까, 설령 제작자가 나타나도 증거가 없으니까 우리는 모르쇠로 일관하면 돼. 알겠어?"

　"음…… 그래도 전 직장 동료였는데……."

　"우리 회사 버리고 간 놈인데 뭘 신경 써. 듣자 하니 지금 잘 먹고 잘 산다 하더구먼."

　사나운 인상의 사내가 소주를 들이켰다.

　"이런 식으로라도 복수해줘야지."

송근태 현대 판타지 장편소설

네 번째 이야기
너 사람 잘못 건드렸어

운수대통령

100%

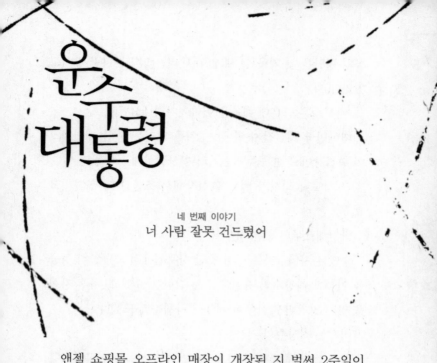

네 번째 이야기
너 사람 잘못 건드렸어

앤젤 쇼핑몰 오프라인 매장이 개장된 지 벌써 2주일이
흘렀다.

매장 현황은 그야말로 호황 그 자체.

명동 거리에 엄청난 폭풍을 일으켰다.

타 매장보다 1만원 더 싸거나 비슷한 가격인데도 제품의
질이 더 좋다. 최창수의 팬들이 페이스북에 오프라인 매장
후기를 올려주는 등.

자발적으로 홍보에 힘써주고 있으니 손님이 모이는 건
당연한 결과였다.

그뿐 아니라 미디어 패션 측에서도 앤젤 쇼핑몰과 협약
을 맺었다고 기자를 통해 세상 널리 알린 덕분에 앤젤 쇼핑

몰의 평판은 한 겨울 쉴 새 없이 내리는 함박눈처럼 쌓이고 있었다.

"사무실은 작은데 매출은 어마어마하네요?"

대한민국 패션잡지 판매량 1위를 달리는 중인 패션워크의 편집장이 주변을 두리번거리며 사장실에 들어왔다.

"생각보다 회사가 빠르게 성장해서 조만간 이사 가려고요."

박철대로부터 받은 사무실.

수많은 자영업자를 망하게 한 사무실에서도 당당히 성공을 이룩한 최창수의 자질에 그는 감탄을 표했고, 차후 자신을 잊지 말라면서 사무실 계약서 자체를 양도했다.

이제는 최창수의 건물.

더욱 큰 건물로 이사 가고, 이 건물은 세입자를 구하거나 창고로 사용할 생각이었다.

아니면 근처가 조용하고 단독건물이니 자취방으로 개조해도 좋을 듯 싶었다.

"바쁘실 텐데 시간 내주셔서 감사합니다."

"저희 회사 홍보하는 기회인데 거절할 이유가 있나요."

오프라인이 개장하고 일주일 후.

패션워크에서 한 통의 전화가 걸려왔다.

바로 취재가 가능하겠냐는 것.

알고 보니 패션워크 기자 중 한 명이 최창수의 엄청난 팬이었고, 이건 대박 취재거리라면서 편집장을 들들 볶았다.

"알아보니까 사장님 취재면 일정 판매량은 보장되겠더라고요. 또 이토록 빠르게 회사를 성장시킨 인물이 궁금해서 편집장인 제가 직접 왔습니다."

"하하. 오늘 많이 보고 가시면 되겠네요."

편집장은 바로 취재를 시작했다.

"앤젤 쇼핑몰을 오픈한 계기는 뭔가요?"

"사회의 구성원으로서 빠르게 성장하려면 아무래도 사업이 가장 좋을 거 같았습니다. 그 중, 제 인맥을 최대한 활용하고 지인들의 꿈을 이뤄주기에는 쇼핑몰이 제격이었어요."

"앤젤 쇼핑몰이 이루고자 하는 목표는 뭔가요?"

"미디어 패션을 뛰어넘는 패션 회사. 요즘 유행하는 계급론에 상관없이 모두가 질 좋은 옷을 입도록 사회에 공헌하고 싶습니다. 또 패션 업계가 살짝 기형적인 면이 있는데, 그 부분도 바꾸고 싶습니다."

최창수는 자신의 생각을 전부 털어놨다.

취재는 한 시간에 걸쳐 끝이 났다.

"취재 감사합니다. 초면이신데 얘기를 나눌수록 호감이 더 커지네요. 이것도 사업수완이신가요?"

"제가 원래 좀 호감형입니다. 덕분에 어지간한 일은 대화 몇 마디면 다 해결되네요."

"후우, 정말 부럽네요. 최 사장님 반만 닮았어도 지금쯤 월급쟁이가 아닐 텐데. 참, 그보다 고료 얘기인데요. 얼마를 원하시나요?"

취재로 인해 홍보효과를 얻는다고 무상인 건 아니다.

노력한 대가는 작더라도 있어야 하니까.

"평균이 얼마인가요?"

"기본 50만 원입니다. 업체의 지명도에 따라 금액은 상승하고요."

"그럼 편집장님이 보시기에 앤젤 쇼핑몰은 얼마나 받으면 적당해보이나요?"

질문에 질문으로 대답한 최창수.

편집장은 당황했다.

"으음, 글쎄요. 얼마가 좋으려나요."

신중하게 대답해야만 했다.

패션 관련으로 먹고 사는 잡지이니만큼 관련 업계 회사에게. 그것도 사업에 문외한인 자신이 봐도 미래가 창창한 기업을 상대로 돈을 아껴보겠다고 평가를 짜게 줬다가는 차후 불이익이 있을 가능성이 높다.

실제로 신입 때문에 편집장인 자신이 직접 사과하러 간 적이 여러 번 있다.

"오, 오백 만 원 정도면 될까요?"

조심스럽게 말했다.

기본 고료에서 무려 10배를 부풀린 금액.

이 정도 고료는 대기업을 상대로만 주는 금액이었다.

"500이라……."

"너, 너무 적죠? 좋습니다! 그럼 500에 차후 언제라도 저희 잡지에서 기사를 실어드리겠습니다!"

적긴커녕 많다고 생각했건만, 살짝 뜸을 들이니 상대방이 알아서 콩고물을 가져왔다.

"아주 좋네요."

최창수가 편집장과 악수를 나눴다.

두 번째 조건은 잡지사에도 좋은 점이었지만, 이로 인해 신제품이 나올 때마다 패션워크에서 홍보를 할 수 있으니 서로가 이득인 계약이었다.

일거리를 하나 끝내니 슬슬 점심시간이었다.

"자, 여러분! 점심시간 5분 전입니다. 하던 일 정리하고 사다리 프로그램에 먹고 싶은 거 적어두세요."

보통 회사는 식대가 없는 편이 많다. 있더라도 직원식당에서 저렴한 값에 사먹는 게 대부분.

하지만 앤젤 쇼핑몰은 식대제공이었다.

그것도 직원들의 의견을 존중해서 사다리 타기로 그 날 그 날 점심을 골랐다. 불가피하게 야근이 있는 경우에도 식사를 제공해줬다.

설령 자신의 수익이 줄더라도, 직원들이 만족한다면 차후 회사가 커져서도 이 시스템을 유지하려고 했다.

사다리 결과 오늘 점심은 초밥이었다.

"맛있는 거 먹어야 다들 힘내서 일하겠죠?"

최창수는 근처에서 가장 비싼 초밥 집으로 향했다. 가격판을 본 직원들은 어지간히 좋은 날이 아니면 엄두도 못 낼 가격에 눈이 휘둥그레졌다.

"사, 사장님 저희가 초밥을 고르긴 했는데 이건 너무 비싸지 않나요?"

"이 정도도 못 감당하면 어떻게 사업을 합니까. 다들 가격 생각말고 마음껏 드세요."

"흐끄으윽…… 이만한 사장님이 대한민국 어디에 존재할까!"

"바보야, 여기 존재하시잖아. 조용히 밥이나 먹자."

직원들이 식사를 시작했다.

배가 터질 거 같았지만, 오늘이 아니면 언제 또 고급 초밥을 먹나 싶어서 벨트까지 풀었다.

"자, 와사비는 내가 먹었으니까 어서 먹어."

"아, 고마워."

최창수가 건넨 초밥을 받아 입에 넣었다.

밥에 스며든 와사비 맛이 혀에 감돌았지만, 그보다는 초밥 본연의 맛이 더욱 강렬했다.

"역시 비싼 게 맛있네……."

밥은 사르륵 녹아내렸고, 장어는 너무 맛있어 가루가 될 때까지 씹게 됐다.

"와사비랑 같이 먹으면 더 맛있는데. 유라 너는 술도 못 하고, 와사비도 못 먹고. 완전 애 입맛이다?"

"어차피 한 번 사는 인생인데 나는 맛있는 것만 먹을 거야!"

"건강 나빠지면 어쩌려고."

"야채는 잘 먹으니까 나빠질 건강도 없네요~. 그리고 창수 네가 건강하게 해줄 텐데 뭔 걱정이야."

서유라가 초밥 두 개를 한 입에 집어넣으려고 했다.

그리고 갑자기 동상처럼 얼어붙었다.

"먹다 말고 왜 그래?"

"……창수야. 내가 지금 잘못보고 있는 거 아니지?"

"뭘?"

"저거 말이야."

서유라가 가리킨 곳으로 시선을 옮겼다. 악어를 꼭 빼닮은 옷을 입은 한 아이가 부모와 함께 들어오고 싶었다.

"저 애가 왜? 아는 애야?"

"애는 모르고, 저 옷은 알아……."

서유라가 나지막하게 말했다.

"내가, 잃어버린 도안 디자인이 저거였거든……."

· · · ◈ · · ·

잃어버린 지 세 달이 가까워진 도안이 돌아왔다.

완성된 제품으로 말이다.

"바로 알아봐요."

식사를 끝내자마자 회사로 돌아온 최창수가 말했다. 심상찮은 분위기에 직원들은 바로 제품의 판매처를 알아봤다.

"유라야. 마지막으로 묻는데, 정말 네가 잃어버린 디자인 맞지?"

"확실해! 내 작품을 내가 착각할 리가 없잖아!"

"그래. 그거면 됐어."

식사 도중 그 옷을 발견한 서유라는 바로 상대방에게 다가가 옷을 구매한 거냐고 물었다. 만약 그 사람이 도안을 주웠고, 직접 제작한 거였다면 사정을 설명하고 도안을 돌려받을 생각이었다.

재수 없게 타 업체에서 선수를 쳤다면, 비슷하게 떠올린 디자인을 아예 폐기해야만 했다.

"사장님 업체 찾았어요!"

"어느 업체입니까!"

바로 달려가 모니터를 확인했다.

그리고 경악했다.

"아, 알타프로스?"

바로 서유라가 근무했던 회사였다.

그곳에서 서유라의 도안을 그대로 카피했다. 무려 미디어 패션 다음으로 잘 나가는 패션기업이 말이다.

최창수를 비롯해 모두가 믿기지 않았다.

"원래 이런 기업이야?"

서유라에게 물었다.

그녀는 잘 모르겠다는 듯 고개를 저었다. 직원으로 있던 건 1년 밖에 안 되니까. 기업의 진가를 알기에는 짧은 경력이다.

"무섭도록 생각이 완벽하게 일치한 건가."

서유라는 늘 도안이 분실될 때를 대비해 이름과 연락처를 적어둔다.

도안을 주운 사람이 알타프로스 직원이란 게 확실해진 이 상황에서, 전 직장 동료에게 도안을 돌려주지 않고 제품으로 만들어 판매한다는 건 이해되지 않는 행동이었다.

"어떡하지? 어차피 버리기로 했던 거니까 모르는 척 넘어갈까?"

"그것도 방법 중 하나긴 한데, 너무 수동적인 방법이야."

최창수가 휴대폰을 꺼냈다.

"만나서 진실을 들어야 너도 나도 속이 시원하지 않겠냐?"

· · · ◆ · · ·

알타프로스와 만나는 일은 생각보다 손쉬웠다.

그쪽에서도 앤젤 쇼핑몰을 주시하고 있었으니까.

과연 어떤 기업이기에 미디어 패션과 계약까지 맺어서 적극적인 푸시를 받는 지 궁금해졌다.

만약 얘기가 잘 풀리면 몰래 이중계약을 제안할 생각이기도 했다.

"으음."

그 생각은 최창수기 내뱉은 말에 금세 사라졌지만.

"그러니까, 그쪽 디자이너가 도안을 잃어버렸는데, 그 도안을 저희 회사 직원이 훔쳐 상부에 올렸고 그게 통과돼서 제품으로 나왔다 이건가요?"

"네. 무리한 부탁은 드릴 생각도 없습니다. 해당 도안을 보고한 직원으로부터 사실규명만 받으면 됩니다."

"허……."

너무 어이가 없어서 말이 나오지도 않았다.

하지만 상대방이 거짓말 하는 걸로는 보이지 않는다. 최창수의 얘기를 들으면 들을수록 사실인 것처럼 느껴질 정도다.

결국 해당 직원을 소환하게 됐다.

"……!"

기업과 기업끼리 얘기가 있을 때만 열람되는 회의실에 들어온 직원이 서유라를 바라보기가 무섭게 당황했다.

"유, 유라 씨? 왜 여기에 계세요? 그리고 옆에 계신 분은…… 앤젤 쇼핑몰 사장님 아니신가?"

"오랜만이에요. 정규현 팀장님. 아니, 이제는 규현 씨라 불러도 되겠죠?"

"그야 더 이상 직장 상사가 아니니……."

"혹시 규현 씨. 세 달 전, 셋째 주 일요일에 어디 계셨나요?"

"그때? 음, 지하철타고 박 부장님 만나러 가던 길이었는데?"

"지하철 타셨나요? 타셨다면 몇 시쯤이고 홍대 지나가셨나요?"

"그야 난 차가 없으니까. 오후 3시 30분 쯤에 홍대 지나간 걸로 기억하는데."

"거기서 도안 주웠어요?"

"……!"

정규현이 처음 들어왔을 때보다 더욱 눈에 띄게 당황했다. 자사 직원마저도 정말 애가 대형사고 하나 쳤는지 의심스러워 질 정도로 말이다.

"야, 정규현이."

"네, 네."

"유라 씨가 하는 말 사실이야? 진짜 네가 애들 입을, 이 악어 옷 도안 훔쳤어? 듣자하니 도안에 유라 씨 연락처도 적혀있었다는데 왜 안 돌려줬어?"

정규현은 그다지 유능한 팀장이 아니었다. 단지 경력이 쌓여서 자연스럽게 올라갔을 뿐.

"몇 년 만에 네가 좋은 도안을 가져와서 모두가 놀랐는데 유라 씨 디자인이었냐? 지금 생각하면 유라 씨 특유의 감각이랑 비슷하긴 한데."

게다가 서유라의 질문과 정규현의 대답이 놀랍도록 일치하고 있다.

"저희는 당신을 벌하러 온 게 아닙니다. 사실대로 말씀해주시면 모르는 척 넘어가려고 해요."

"규현 씨. 어서 말해줘요."

"야, 정규현이 왜 말이 없어? 사실 맞지? 그치? 어쩐지 네가 이런 디자인을 생각했다는 게 말이 안 됐지. 아, 이 분들이 조용히 넘어가면 나도 모르는 일로 할 테니까 그냥 인정하고 나가라."

세 명이 자신의 범행을 확정한 어투로 말하고 있다. 물러설 곳은 아무리 봐도 보이지 않고, 혼자만의 것이 아닌데 어째서 자신만 곤경에 빠져야 하는지도 싶어졌다.

"그, 그게……."

머리를 굴려봤다.

어떤 대답이 베스트일지.

아무리 생각해도 사실을 인정하는 게 좋을 듯 싶었다. 모두가 모르는 척 넘어가주겠다고 했으니까.

이미 이번 도안으로 인한 추가수당도 지급받고, 자신을 무시하던 직원들로부터 평가도 다시 올라갔다.

자사 직원만 조용하면 부당한 영광을 계속 누릴 수 있다.

"정규현이, 빨리 대답 안 하냐? 아니다. 뜸들이는 거랑 표정 보니까 네가 맞는 거 같은데 그냥 나가라, 에휴. 한시라도 너한테 기대한 내가 병신이지."

상사가 귀찮다는 듯 손을 저었다.

그 순간 꾹 참아왔던 모든 감정이 갑자기 머릿속을 휘젓기 시작했다.

그 생각이 종착점에 도착함과 동시에.

"저, 저는……."

걷어차 버리고 말았다.

"저는 모르는 일입니다. 제가 고심 끝에 떠올린 디자인이라고요! 저 둘이 거짓말을 하는 겁니다!"

용서받을 수 있는 유일한 기회를.

· · · ◈ · · ·

열이 확 올라왔다.

차분함을 유지하려고 했지만 좀처럼 쉽지 않았다.

왜?

졸지에 사기꾼이 됐으니까.

"정말 네가 아니라고? 구라쳤다가 나중에 큰 일 만들지 말고 사실대로 말해, 이 자식아."

"진짜입니다. 게다가 유라 씨는 제 팀 소속이었잖아요. 한 지붕에서 같이 밥 먹은 정이 있는데 제가 왜 유라 씨 도안을 훔쳐요."

"지금 그쪽이 한 발언."

얌전히 듣기만 하던 최창수가 음산한 목소리로 말했다.

"책임질 수 있습니까? 차후, 우리가 진실이고 당신이 거 짓이란 게 밝혀졌을 때. 모든 죗값을 달게 받을 자신으로 내뱉은 말이 확실한 거겠죠?"

비록 알타프로스 측에 내놓을 수 있는 증거는 아쉽게도 없다.

그저 자신과 서유라의 말, 그리고 각종 근황으로 유추하 는 심증이 고작이다. 하지만 물증정도는 구하려고 노력만 하면 얼마든지 구할 수 있다.

"그, 그건……."

최창수의 질문에 정규현은 제법 겁을 먹게 됐다.

마치 잘못 걸리면 네 모가지는 내가 쥐고 흔들겠다는 의 지가 느껴졌으니까.

게다가 상대방은 최창수다.

패션 업계에서 몸담고 있는 사람이 최창수라는 석자를 모르면 간첩이라는 말이 나올 정도로 유명세를 타고 있는 인물이다.

하지만 돌아가기에는 너무 늦었다.

한 번 주어졌던 기회를 걷어찬 건 그 누구도 아닌 바로 자신이니까.

"자신 있습니다! 그러니까 생사람 잡지 말고 돌아가세 요."

"그 정도로 자신이 있는 거라면 지금부터의 대화를 녹음 해도 상관없겠죠?"

최창수가 휴대폰을 꺼냈다.

상대방이 인정하면 조용히 넘어갈 생각이었다. 단순히 자기는 모르는 일이라고 시치미를 때더라도 그냥 남 좋은 일 한 번 한 셈 치려고 했다.

하지만 정규현이 자신과 서유라를 사기꾼 취급하면서 그 생각이 확 바뀌었다.

'사기꾼 취급을 받고도 얌전히 있으면 병신이지!'

최창수가 다시 한 번 물었다.

"상관없으시죠? 없으면 한 번 제 질문에 답해보세요."

최창수는 질문세례를 던졌다.

정말로 당신이 범인이 아니냐. 그 시각 어디서 뭘 했느냐 등등.

마지막으로 도망칠 수 없는 올가미를 던졌다.

"참고로 말하는데, 저는 미디어 패션과 협약을 맺었고 제 말 한 마디면 그 회사가 움직일 만큼의 힘을 갖고 있습니다. 절 적으로 돌리는 건 미디어 패션을 적으로 돌리는 것과도 같은 행동입니다.

"……야, 규현야. 분위기가 심상치 않은데 지금도 늦지 않았다……."

"여기서 한 번 더 발뺌하시면, 저는 미디어 패션과 힘을 합쳐서 최대한 증거를 찾아서 다시 한 번 찾아올 겁니다. 조용히 넘어갈 수 있는 일을 괜히 크게 만들지 맙시다."

사기꾼 취급을 받았을 때는 열이 확 올랐다.

무슨 일이 있어도 절대로 정규현을 용서할 생각이 없었지만, 이런 상황일수록 감정적으로 행동해서는 안 된다는 걸 과거가 알려주고 있다.

굳이 따지자면 정규현은 사회적 약자.

자신이 지켜줘야만 하는 사람이었고.

지켜주기 위해서라도 그가 사실을 말해줘야만 했다. 때문에 그를 계속해서 낭떠러지로 밀게 된 것.

"이, 이 도안은……."

고민했다. 고민하고 또 고민했다.

한 번 시작한 거짓말을 마지막까지 계속 이어가야 할 지. 아니면 이제라도 잘못을 인정해야 할 지.

만약 알타프로스가 자신을 지켜줄 게 확실하고, 상대방이 별 거 아닌 인물이었다면 계속 발뺌을 했을 거다.

하지만.

"……죄송합니다."

15년이 넘은 사회경험이 계속해서 경고하고 있다.

"거짓말해서 죄송합니다. 순간의 욕심 때문에……."

상대방은 거물이라고. 절대 적으로 돌려서는 안 되고, 가급적이면 제3의 인물이나 동료의 위치에 남아 있어야 한다고.

"하아, 야 정규현이. 너 미쳤어? 훔친 게 맞으면 훔쳤다고 말을 하지, 왜 괜히 사람 심장 쫄리게 만들어!"

"죄, 죄송합니다. 너무 무서워서."

"이 새끼야. 무서우면 마지막까지 거짓말 하던가, 왜 최사장님이 강하게 나오니까 겁났냐? 안되겠다. 이번 일은 상부에 보고할 테니까 그렇게 알아둬."

"네?! 그, 그것만은!"

만약 이번 일이 상부에 알려진다면?

최소 감봉, 최대 해고다.

안 그래도 능력도 없으면서 팀장 자리에 앉아 월급만 축낸다고 동료나 부하들로부터 뒷담화를 듣고 있다.

그런 상황에서 치명적인 잘못이 알려졌다가는 살 길이 사라진다.

이 업계는 좁은 편이라서 패션을 버리고 아예 다른 직종에 몸을 담아야 할지도 모른다.

"안 그러셔도 됩니다."

뭐라고 변명하고, 뭐라고 사과하면 보고를 막을 수 있을지 고민하고 있자 부드러운 목소리가 귓가에 닿았다.

바로 최창수였다.

"저희 측에서도 없던 일로 할 테니까, 정규현 직원의 실수는 모르는 척 해주세요."

"음…… 아무리 그래도."

"해주세요."

"……알겠습니다. 피해자 쪽에서 그러신다면야."

"감사합니다. 그리고 정규현 씨."

"죄, 죄송합니다."

"사과는 한 번이면 충분합니다. 마지막으로 물어볼 게 있습니다. 유라의 말에 의하면 도안은 두 개였다는데, 나머지 한 개는 어디 있습니까?"

"그, 그건…… 잘 모르겠습니다."

"모른다고요?"

"네. 제가 주웠을 때는 한 장이었거든요. 나머지 한 장은 잘……."

"사실이죠? 또 거짓말은 아닐 거라 믿습니다."

"진짜입니다! 거짓말이면 어떤 죗값이라도 달게 받겠습니다!"

"흠. 좋습니다. 방금 말도 녹음됐으니까 거짓말이 아니길 빌겠습니다."

이걸로 더 이상 알타프로스에 볼 일은 없다.

최창수 일행으로 밖으로 나갔다.

"설마 전 직장에서 뒤통수를 맞을 줄은 몰랐어."

"정규현라는 사람도 잘못했지만, 유라 너도 잘못이 없는 건 아니야. 앞으로 다시는 같은 일 반복되지 않게 해."

"……웅. 알겠어."

정말 오랜만에 최창수에게 혼이 났다.

그 사실만으로도 서유라는 한동안 우울할 거 같았다.

"죽는 줄 알았네……."

최창수 일행이 돌아가고 상사한테 30분이 넘게 잔소리를 들었다. 말이 잔소리지, 거의 인격모독에 가까웠다.

하지만 참아야 했다.

괜히 반박했다가는 안 그래도 밉상인 이미지가 더욱 악화된다. 게다가 그 상사는 인사관리 쪽 사람과 친하다.

자칫하면 만년 팀장에 머무를 수도 있고, 최악의 경우에는 팀장 자리에서 물러날 가능성도 있다.

"그, 그래도 보너스도 받고 용서도 받았으니까 이득이지?"

정규현이 음산하게 웃었다.

정말 정신을 못 차리는 사내였다.

"뭘 기분 나쁘게 웃고 있냐?"

커피 자판기 앞에서 커피를 마시고 있자 누군가가 어깨를 건드렸다. 뒤를 돌아보니 공범이 있었다.

"선배!"

같은 팀장이었지만, 자신보다 경력이 2년 많은 박찬규 팀장. 정규현이 준 도안을 공동 디자인이라 속이고 상부에 올리도록 달콤한 말을 내뱉은 사내였다.

"갑자기 왜 울상 짓고 난리야? 네가 요즘 찝쩍거리는 여자한테 차였냐?"

"그게 아니라요."

정규현은 방금 전까지 자신이 처해있던 상황을 전부 설명했다. 그러자 박찬규가 확 자신의 입을 막더니 그대로 인적 드문 곳으로 끌고갔다.

"아, 시발. 사실이야? 진짜 최창수랑 서유라가 왔다 갔다고?"

"그렇다니까요! 무슨 협박을 그렇게 하는지, 전부 사실대로 털어놔버렸어요."

"뭐?! 야 너! 설마 나까지 판 건 아니지?"

"와, 선배. 지금 그런 거 따질 때에요? 안 팔았습니다, 안 팔았다고요. 괜히 저만 욕 한 바가지 먹고, 최창수가 용서 안 해줬으면 저 모가지 당할 뻔 했어요."

"아휴. 잘 풀렸다니 다행이긴 한데. 아, 하필 찾아와도 오늘 찾아오냐! 몇 달만 늦게 오지."

"왜요?"

"하아…… 우리가 주운 도안 두 개 였잖아."

"그렇죠. 근데 한 개만 통과되고 한 개는 빠꾸 먹었잖아요. 알타프로스랑 맞지 않다고."

"시발. 그게 갑자기 통과됐으니까 문제지."

박찬규가 짜증스럽게 말하면서 담배를 입에 물었다. 그리고 주변에 아무도 없는 걸 확인하고는 불을 붙였다.

"너 한바탕 깨지는 동안 경영팀에서 전화 왔어. 저번에 기각한 도안, 지금 당장 다시 가져오라고. 가보니까 임원

새끼들 쫙 깔려있더라."

"제, 제품으로 만들자고 해요?"

"넌 통과됐다는 게 뭔 말인지 모르냐? 아, 그런 일 있는 줄 알았으면 도안 잃어버렸다고 입 다무는 건데. 인센티브 300만원 준다는 말에 혹해서 바로 도안 갖다 바쳤다고."

"헐. 300만원이면 이번 옷보다 100만원 더 많은 거잖아요."

"두 번이나 좋은 도안 가져오니까 너랑 내 실력을 인정해줬나 보지. 사실은 서유라 실력이지만……. 무슨 횡재인가 싶더니만, 아이고 눈앞이 캄캄하다 캄캄해. 이래서 조상들이 착하게 살라 했던 건가."

"그럼 우리 어떡해요? 지금이라도 안 되겠다 말할까요?"

"잘도 상부에서 허락하겠다! 들어보니까 수정할 것도 없다고 이번 주 안에 공장에 보내겠다는데. 후우, 규현아."

"네, 선배."

"입단속 잘해야 한다."

박찬규가 정규현을 바라봤다.

흔들리는 정규현의 눈빛, 그에 비해 박찬규의 눈빛은 범죄자처럼 불안해하면서도 웃고 있었다.

"바로 제품으로 만들자. 수정 할 필요도 없다. 이게 상부의 뜻이야. 이 상황에서, 일개 직원인 우리가 해야 할 일은 뭘까?"

"모, 모르는 척……."

"그래, 모르는 척 하는 거야. 너, 나머지 도안은 모르겠다고 벌써 말했다면서. 이번 제품이 출시되고, 또 걔들이 찾아오면 절대 모른다고 말해. 그게 우리가 살 길이야, 알겠어?"

"어, 음……."

정규현은 고민했다.

두 번째 도안을 모른다는 말은 최창수의 휴대폰에 녹음되어 있다. 만약 또 걸렸다가는 진짜 죽음이다.

'아, 아냐. 이번에는 내가 겁먹어서 인정했지만, 다음은 마지막까지 시치미 떼면 되잖아? 또 다른 알타프로스 직원이 주운 게 아니냐고 말하면 되겠지! 무엇보다 인센티브 300만원…… 그걸 어떻게 포기하냐!'

결론을 내린 정규현이 박찬규의 손을 잡았다.

"선배. 절대 저 버리면 안 돼요."

"너 버리면 나까지 뒤지는데 왜 버리냐?"

손을 맞잡은 두 사람이 비릿하게 웃었다.

· · · ◈ · · ·

사무실로 돌아온 최창수는 관공서를 통해 서유라가 도안을 잃어버렸던 그 날 오후 3시의 홍대역 인근 CCTV자료를 요구했다.

'잃어버렸단 말, 거짓말 같지만 물증이 없으니 어쩔 수 없지. 사실이면 괜히 생사람 잡는 거니까 이런 식으로라도 나머지 한 장의 행방을 찾을 수밖에.'

알타프로스에서 통과된 도안이다. 그 사실을 나머지 한 장을 못 찾으면 손해라는 생각이 들었다.

"사장님……."

여직원이 조심스럽게 사장실 문을 열었다.

"20분 전쯤에 사장님한테 전화 왔었어요."

"저한테요? 누가요?"

"그게 미디어 패션 경영팀인데요. 이번에 홈쇼핑 자리를 하나 마련해주려고 하는데 생각이 있냐 물어보더라고요."

"홈쇼핑이요?!"

약간 남아있던 짜증이 전부 사라지는 소식이었다.

최창수는 바로 미디어 패션 경영팀으로 전화를 걸었다.

"네, 최창수입니다. 홈쇼핑 얘기, 사실이에요?"

"네. 이번에 회장님께서 앤젤 쇼핑몰을 위해 한 자리 마련해보라 말씀하셨거든요. 2주일 전부터 알아봤는데 드디어 빈자리가 생겨서 연락드렸어요. 하실 거죠?"

"당연히 해야죠!"

온라인 매장도 좋고, 오프라인 매장도 좋다. 둘 다 고객을 유입하고 매출을 올려주니까.

하지만 단점이 하나 있다.

우선 온라인 매장의 경우에는 기성시대 고객이 거의 없다는 것. 컴퓨터나 휴대폰이 아직도 낯선 어른들은 온라인 쇼핑몰 사용에 큰 어려움을 느껴 결국 오프라인 매장으로 발을 돌린다.

두 번째로 오프라인 매장의 단점.

해당 매장이 있는 지역한정으로 고객이 생긴다는 것이다. 만약 미디어 패션처럼 각 지역에 수십 개씩 매장이 있다면 모를까.

현재 앤젤 쇼핑몰의 매장은 명동에만 존재한다.

그 상황에서 홈쇼핑 제안이라니!

'홈쇼핑은 TV로 송출되니까 온라인 매장에 거부감을 갖고 있는 기성시대도, 오프라인 매장의 존재를 모르는 사람도 전부 고객으로 잡을 수 있어!'

게다가 홈쇼핑은 시간대만 잘 잡으면 상상을 초월하는 매출을 올릴 수 있다.

"지금 바로 회사로 가면 될까요? 아니지. 지금 바로 회사로 가겠습니다!"

최창수가 환호성을 지르며 회사 밖으로 뛰쳐나갔다.

· · · · ◆ · · · ·

미디어 패션 경영팀은 오늘도 바빴다.

"공장에 연락했어?"

"네. 장비 수리 다 됐다고 내일부터 정상가동 될 거 같다고 합니다."

"좋았어. 이봐 인턴! 내가 알려준 매장에 전화해서 저번 달 매출표 보내라고 얘기했어?"

"네! 진작 했습니다! 우선 먼저 들어온 메일부터 정리하는 중입니다."

"그래. 넌 일 열심히 하니까 인사과에 얘기 잘 해줄게."

"감사합니다!"

"저, 과장님. 지금 최창수 사장님 오시는 거 맞죠?"

이래저래 부하들에게 지시를 내리고 있자 뒤에서 여직원의 목소리가 들렸다. 고개를 돌린 정 과장은 이게 먼일인가 싶었다.

"너희들 일 안 하냐?"

경영 1팀에 속한 여직원은 총 스무 명.

한 명도 빠짐없이 종이와 펜을 갖고 우르르 뭉쳐있었다.

"최창수 사장님한테 사인만 받고요!"

"그 사람이 언제 올지 알고 벌써부터 이러고 있어! 오면 알아서 얘기해 줄 테니까 일이나 해!"

"치이, 네에~."

정 과장의 호통에 여직원들이 다시 업무전선으로 돌아갔다. 그 모습을 보면서 정 과장은 한숨을 깊게 내쉬었다.

"사업체 사장이 왜 그렇게 잘 생겨서는."

최창수가 미디어 패션과 계약을 맺기 전에도 이미 경영 팀에서는 그의 존재를 아는 사람이 있었다. 그리고 최창수가 미디어 패션과 본격적으로 계약을 맺으면서 이모양 이 꼴이 됐다.

미디어 패션 여직원 중 거의 대부분이 최창수의 팬이 됐다.

그도 그럴 게, 외모도 훌륭하고 성격도 좋고 능력도 확실하니 싫어해야 싫어할 수가 없는 인물이었다.

짜증은 냈지만 정 과장 역시 같은 남자로서 최창수에게 호감을 느꼈다. 얘기를 나누지 않아도, 보는 것만으로도 좋은 사람이라는 게 느껴졌으니까.

쾅!

최창수가 도착하기 전, 미리 도착한 홈쇼핑 측 PD와 얘기를 나누고 있자니 경영 1팀 문이 요란하게 놀랐다.

모든 직원의 시선이 집중된 곳에는 최창수가 있었다.

"하아, 하아. 안녕하십니까!"

헝클어진 머리카락과 헐떡이는 숨. 그 모습에 야성미를 느꼈는지 여직원들이 숨죽여 환호성을 질렀다.

몇 몇은 몰래 휴대폰을 꺼내 사진까지 찍었다.

"생각보다 빨리 오셨네요?"

"즐거운 얘기를 어서 나누고 싶었거든요!"

"허허, 급하기도 하시지. 어쨌든 저희가 가도 되는데 굳이 와주셔서 감사합니다. 경영 1팀 회의실에 홈쇼핑 PD님

계시는데, 그전에 한 가지 부탁드려도 될까요?"

"뭔가요?"

"음, 그게."

대답을 망설인 정 과장이 뒤를 바라봤다. 여직원들이 마치 간식을 기다리는 개처럼 자신을 바라보고 있었다.

"……괜찮다면 얘기 나누고 가시기 전에, 저희 직원들 사인 좀 해주실 수 있을까요?"

"그 정도야 얼마든지 가능하죠."

간혹 길거리를 지나다니다가 자신의 팬과 만날 때가 있다. 그때마다 팬서비스로 사인을 해주거나 같이 사진을 찍어줘서 이런 일은 익숙했다.

최창수는 정 과장의 안내를 받아 회의실로 들어갔다.

"이쪽이 최창수 사장님이십니다."

"안녕하세요. 앤젤 쇼핑몰 대표 최창수 사장입니다."

"반갑습니다. 전 KAS 전문 홈쇼핑 PD 안병호입니다. 얘기는 익히 들었는데, 진짜 대단하시더라고요."

"하하! 감사합니다. 그보다 어서 쇼핑몰 얘기가 나누고 싶은데요."

"참, 그러죠."

세 사람이 소파에 앉았다.

"우선 저희는 미디어 패션과 영구협력사 등록을 맺은 홈쇼핑 업체입니다. 아시겠지만 홈쇼핑은 정해진 시간 안에 최대한 많은 물건을 판매하는 게 중요해요. 그래서 품목은 최소화해서 세 벌 정도만 고르려고 합니다. 우선 미디어 패션 측에서 보내준 샘플과 서류를 보고 고른 건 이것들인데 어떠신가요?"

미디어 패션에서 홈쇼핑 측에 판매 제안을 한 제품을 확인했다. 앤젤 쇼핑몰에서도 다섯 손가락에 들고, 미디어 패션에서도 제법 좋은 매출을 올리는 제품이었다.

"네. 이거면 좋겠네요."

"예. 상품기획은 굳이 안 나눠도 괜찮겠네요. 그 다음으로 매체 계획인데요. 우선 기본은 TV입니다. 인터넷이나 카탈로그로도 원하시면 제작은 해드릴 텐데, 어떠세요?"

"인터넷은 어떤 식으로 방영되나요?"

"생방송 영상을 편집하고 이곳저곳에 뿌립니다. 주로 하이라이트를 편집한 광고영상으로 사용되죠. 이 경우 추가 발송은 없다 보니 단순히 업체 홍보라고만 생각하시면 됩니다."

"홍보라. 아주 좋네요."

앤젤 쇼핑몰을 운영하면서 홍보의 힘이 얼마나 큰 지 깨달았다. 그러다 보니 현재는 작은 사이트에도 홍보배너를 걸어두는 등, 한 달에 홍보비용으로 소모되는 돈만 천에 가깝다.

하지만 그만큼 매출이 고공 행진하는 덕분에 신경도 안 쓰이는 지출이었다.

"알겠습니다. 사실상 미디어 패션 측의 제안은 들어오는 순간 계약체결이나 다름없으니 바로 계약서 작성하면 되겠습니다."

"작성하기 전에 대금정산 비율을 듣고 싶은데요."

"아고, 저도 참. 중요한 걸 잊었네요. 저희 업체는 30일 단위로 정산이 끝나고 다음 달 15일에 일괄 지불입니다. 비율은 앤젤 쇼핑몰이 5 저희 업체가 3 미디어 패션이 2입니다."

두 곳이 아니라 총 세 곳이 계약을 맺은 거라서 자연스레 배분율이 줄었다. 하지만 최창수가 홈쇼핑으로 이루고자 하는 건 어디까지나 홍보.

매출은 부수적인 요소였다.

"방송시간대는요?"

홈쇼핑에서는 방송시간대가 아주 중요하다.

이른 아침은 사람과 새벽에는 시청률이 거의 나오지 않아 매출도 미미하다.

가장 좋은 시간대는 저녁 6시부터 8시 사이!

온 가족이 테이블에 앉아 저녁식사를 하거나, 주부가 TV를 틀어놓고 식사 준비를 할 때기 때문이다.

"그야 당연히 황금시간대인 7시죠. 방송은 주에 두 번씩, 3개월에 걸쳐서 진행되고요. 총 24번, 모두 저녁 7시로 예정되어 있고 케이블 채널 재방송까지 포함하면 약 50회 가량 될 겁니다."

"생각보다 많네요."

"미디어 패션 덕분에 이곳저곳 뚫을 수 있거든요. 생방
송 24번 중 8회를 기점으로 판매하는 제품이 바뀝니다. 오
늘 정한 이 세벌을 총 8회에 걸쳐서 팔죠."

"7회 때는 너무 촉박하니까 한 6회 때쯤에 다음 제품 의
논을 나누면 되겠군요."

"오. 하나를 얘기하면 열을 아시니 편하네요. 그래서 두
번째 세 번째 제품 말인데요."

"제가 선별해도 되겠죠?"

최창수가 적극적으로 의사표현을 했다.

"첫 판매제품 못지않게 좋은 걸로 가져오겠습니다."

"······생각보다 더 열정적인 분이시네요. 우선 믿고 맡기
겠습니다."

"네. 그리고 모델 말인데요. 혹시 벌써 섭외가 완료됐나
요? 아니라면 제가 소개해주고 싶은 곳이 있는데요."

· · · ◆ · · ·

CL프로덕션 사장실.

이민철 사장은 콧노래를 부르고 있었다.

'애들이 잘 나가니 매출도 좋고 내 기분도 좋군.'

40년 넘는 인생 중 가장 잘한 일이 무엇이냐 물어보면
이민철은 자신 있게 대답할 수 있었다.

바로 최창수를 만난 거라고.

그를 만나고 내리막길만 걷던 인생이 점점 오르막길로 바뀌기 시작했다.

만약 그때.

최창수의 제안을 머리에 피도 안 마른 애송이의 패기라 생각하고 거절했다면 지금쯤 자신도, 소속사 모델도 모두 길바닥에 나앉았을 게 분명했다.

우우웅.

직원이 가져온 타 업체의 계약희망서류를 보고 있자 휴대폰이 울렸다.

"오, 최창수 사장님 아니십니까?"

"네, 이 사장님. 잘 지내셨죠? 잠시 통화가능하신 가요?"

"아이고, 최창수 사장님 전화면 시간이 없더라도 쪼개서 받아야죠. 들뜬 목소리를 보아하니 좋은 소식이라도 듣고 오신 거 같은데."

"크, 날카로우시네요. 저희 쇼핑몰이 이번에 홈쇼핑에 진출하게 됐거든요?"

"홈쇼핑이요? 이야! 앤젤 쇼핑몰 정말 순식간에 성장하고 있군요. 협력사라는 게 자랑스러울 정도입니다."

"그래서 말인데요. 모델 세 명을 전부 CL에서 섭외하려고 합니다. 이 부분은 이미 얘기가 끝난 부분이고요. 지금 저희 직원이 제품 갖고 가는 중이니까, 홈쇼핑 진출 의사가 있는 모델들 샘플샷 찍어주세요."

"……진짜입니까?"

"CL이 성장해야 앤젤 쇼핑몰도 성장하니까요. 아시겠죠?"

"다, 당연히 알고말고요! 지금 바로 애들한테 연락 다 돌리겠습니다!"

이민철이 전화를 끊었다. 그리고 급하게 모델들에게 전화를 걸어 홈쇼핑 진출 의사를 물었고, 모두에게 준비하겠다는 대답을 받았다.

"후우. 최창수 사장이 아주 복덩어리야, 복덩어리."

그 복을 더 받기 위해서라도 사장실에 최창수 사진을 몇 장 걸어둬야 할 듯싶었다.

· · · ◈ · · ·

시간은 빠르게 흘러 홈쇼핑 생방송 당일이 찾아왔다.

방송국 메이크업실.

최창수는 거울에 비치는 아티스트의 현란한 손놀림을 감상했다.

"피부가 되게 좋으신데 평소에 관리하시나 봐요?"

"아뇨. 얼굴에 뭐 바르는 걸 안 좋아해서요."

"어머, 그런데 피부가 이렇게 깔끔해요? 피부는 타고나는 건데, 부모님께 감사하셔야겠네요."

아티스트가 눈웃음치며 최창수의 머리에 왁스를 바르고,

간단한 메이크업을 시작했다. 꾸미지 않아도 잘 생긴 외모가 메이크업 몇 번에 더욱 보기 좋게 바뀌었다.

최창수가 메이크업을 하는 이유는 하나.

바로 그가 홈쇼핑 진행자로 발탁됐기 때문이다.

홈쇼핑에서 진행자의 위치는 생각보다 크다.

정해진 시간 안에 많은 물건을 판매해야 하기 때문에 최대한 제품의 장점만 오목조목 설명해야 할뿐더러, 소비자의 구매심리를 자극하는 멘트를 쉴 새 없이 내뱉어야 한다.

그리고 그 실력은 오랜 경험으로 쌓이는 것!

이번에 함께할 진행자는 홈쇼핑 경력이 10년에 달하는 베테랑이었다.

게다가 여성이라서 홈쇼핑의 주 구매자인 아줌마들의 심리를 누구보다 잘 알아 여성의류 홈쇼핑 진행은 거의 독차지 하는 정도의 인물.

문제없이 섭외가 끝났나 싶었는데, 이번에도 젊은 남자가 없냐면서 갑작스레 출연거부를 요청했다.

방송 3일 전에 말이다.

이미 1차 리허설까지 끝난 도중이고, 시간도 촉박해 다른 사람을 구하는 건 불가능.

이 소식을 들은 최창수는 괜찮다면 자신이 보조 진행자로 나가도 괜찮냐고 물었다.

첫 홈쇼핑 방송을 물거품으로 만들 수 없으니까.

끼이익.

슬슬 메이크업이 끝날 때쯤 문이 열렸다.

"어머~ 우리 멋쟁이 벌써 와 있네?"

이번에 함께 진행할 진행자. 양화정이었다. 50을 바라보는 나이에 어울리지 않게 젊게 꾸민 모습이 그다지 어울리지 않는다.

"아, 오셨어요."

"멋쟁이 보려고 일찍 왔지~."

콧소리를 내면서 양화정이 최창수 옆자리에 앉았다. 그리고 슬금슬금 최창수의 허벅지에 손을 올리더니 천천히 쓰다듬기 시작했다.

"아유, 허벅지도 튼실한 게. 밤에 장난 아니겠어?"

"하하……."

"엉덩이도 튼실하고. 괜찮으면 밤에 누가랑 술이라고 가볍게 한 잔?"

"밤에는 집에서 자야해서 안 되겠네요."

"에이~ 다른 곳에서 자면 되지."

계속되는 양화정의 장난 섞인 성희롱.

'어쩐지, 이 사람하고 같이 하려는 남성 진행자를 찾기 힘들다 하더니만……. 앞으로 23번을 더 봐야 하는 건가.'

눈앞이 캄캄해졌지만 아직까지는 웃어넘길 만 했다.

양화정의 메이크업이 끝날 때까지 말동무가 되어주고, 그게 끝난 뒤에야 촬영장으로 향할 수 있었다.

"안녕하세요! 최창수 사장님! 저희에게 기회를 주셔서

감사하고, 오늘은 잘 부탁드립니다!"

촬영장에 등장하기가 무섭게 감사인사가 들렸다.

CL프로덕션 모델이었고, 전부 최창수가 직접 샘플샷을 비교하면서 고른 애들이었다.

"저도 잘 부탁드려요. 오늘 판매할 옷을 가장 잘 소화한 다고 생각해서 부른 거니까, 생방송이라고 너무 겁먹지 말 고 자연스럽게 해주세요. 아시겠죠?"

"네!"

"그리고 소율이, 오랜만이네."

"창수 안농~."

신소율이 활짝 웃으며 손을 방방 저었다.

오랜만에 본 친구.

아직 생방송까지 30분이나 남아서 그녀와 함께 인적이 드문 곳으로 이동했다.

"너 얼굴 보기 진짜 힘들다."

"마~ 창수 니도 얼굴보기 진짜 힘들거든? 요즘 일이 많 아서 홈쇼핑은 거절하려고 했는데, 여기 오면 창수 니 볼 수 있어서 지원했다."

"그래, 잘 했어. 너 없었으면 제법 섭섭할 뻔 했다."

"히히, 그나? 맞다! 섭섭하다 해서 떠올랐는데 민아가 섭 섭하다고 전해달란다."

"안 그래도 며칠 전에 통화로 왜 자기를 안 뽑았냐고 뭐라 하더라."

"왜 안 뽑았는디?"

"인맥으로 뽑으면 나도 민아도 안 좋으니까. 실력으로 경쟁시켜야 걔도 성장하지."

몇 달 전 초민아를 앤젤 쇼핑몰 모델로 내세운 다음, 적지만 초민아에게도 일거리가 생겼고 그 수는 점점 늘고 있다.

아직 자세가 약간 어색한 면이 있지만, 싹싹한 성격으로 좋은 인상을 받았기 때문.

'내가 끌어들였는데 잘 성장해줘야 안 미안하지.'

최창수가 몸을 일으켰다.

어느 사이 생방송 10분 전이 됐다. 슬슬 준비를 해야만 완벽하게 생방송을 진행할 수 있어 신소율과 함께 촬영장으로 돌아갔다.

"누나가 다 할 테니까 옆에서 보조만 잘 해. 알겠지?"

"네."

대충 어떤 식으로 얘기를 주고받을 지 양화정과 간단히 의논을 나눴다.

이윽고 생방송 시작 1분 전.

모두가 긴장을 삼켰다.

· · · ◆ · · ·

미디어 패션 직원휴게실.

이민철 사장과 미디어 패션 직원들, 그리고 소속 모델

까지 한 명도 빠짐없이 7번을 틀어두고 기다리는 중이었
다.

"사장님! 시작했어요!"

상석에 앉은 초민아가 물개처럼 박수를 치면서 목청을
높였다.

방금 전까지 수다를 나누던 모두가 일제히 TV로 시선을
돌렸다. 바로 이어지는 정적. 그 정적은 홈쇼핑 오프닝과
함께 깨졌다.

이윽고 최창수가 양화정과 함께 간단한 인사말을 나눴
다.

"꺄악! 선생님이다!"

"와, 부럽다. 우리도 뽑아줬으면 잘할 수 있었는데."

다들 이 CL프로덕션의 역사적인 첫 순간을 관람하기 위
해 이 자리에 모인 것. 제각기 다양한 반응을 보였고, 그 중
가장 격렬한 반응을 보인 건 사장인 이민철이었다.

"우오오! 우리 소속사 애들이 드디어 TV진출을!"

그동안의 모든 고통이 한 번에 보답 받는 기분이었다. 얼
마나 기뻤는지 두고두고 보려고 녹화까지 하는 모습에 직
원들은 웃음을 자아냈다.

"선생님 진짜 멋지다……."

턱을 괸 초민아가 중얼거리듯 말했다.

A&T학원에서 처음 본 그 날부터 대학교 졸업할 때까지
의 최창수를 계속 지켜봤다.

그는 멋있었고, 다재다능했으며, 좋아할 수밖에 없는 남자였다. 동시에 한 때는 비슷한 위치에서 인생을 보냈던 친구. 동등했던 그 친구가 어느 순간 엄청난 속도로 성장했지만 질투는커녕 그의 성공이 자기 일처럼 기쁠 뿐이었다.

'나도 어서 성장해서 선생님이랑 더 가까워지고 싶어라. 언젠간 세계 최고의 모델이 되면 여자로 봐줄까?'

학원 시절 때부터 지금까지 최창수가 자신을 바라보는 시선은 바뀌지 않았다.

친구이자 학생.

처음에는 그것도 좋았지만 요즘은 드물게 그 시선이 서운했다. 하지만 서운해 하는 걸로는 아무것도 변하지 않는다.

최창수의 시선이 자발적으로 바뀌지 않는다면, 자신이 강제로 바꾸는 수밖에 없다.

'공부야, 공부!'

초민아가 노트와 펜을 꺼냈다. 그리고 홈쇼핑 화면에 집중했다.

어째서 자신이 불합격하고 쟤들이 합격한지는 아직도 모르겠지만, 지금보다 더 성장하려면 그 문제점을 파악해야 한다는 것 정도는 알고 있다.

홈쇼핑을 바라보는 그녀의 눈빛이 열정으로 불타올랐다.

····◆····

방송이 시작되고, 양화정은 속으로 놀랐다.

'우리 멋쟁이, 꼭 베테랑 같은 걸?'

홈쇼핑 진행자로서 가장 중요한 자질은 총 네 개가 있다.

첫 번째는 제품의 특징을 장황하게 나열하는 것.

이는 긍정의 오류라는 심리적 변화라고 부르며, 해당 제품의 장점을 최대한 많이 늘어놓아 소비자로부터 저 제품은 구매하면 득이 많다고 생각하게끔 유도하는 방법이다.

두 번째는 확정적 단어를 많이 사용하는 것.

예를 들어 이보다 더 저렴한 제품이 있으면 자신은 열 개를 구입하겠다, 이번 기획은 마지막으로 다시는 돌아오지 않는다 말하면서 시청자로부터 현재 방송이 최고의 조건을 담은 방송이게끔 인식하게 만드는 방법이다.

세 번째는 과장법, 네 번째는 혜택을 상상하게 만드는 것.

별 거 아닌 상황에서도 과장된 표현을 사용해 고객의 무의식을 움직이게 만들고, 해당 제품을 샀을 때 자신에게 돌아오는 혜택을 지겹도록 반복하면서 소비자로부터 공감을 이끌어애는 거다.

자신도 경력이 제법 쌓인 뒤에야 이 네 가지를 완벽하게 소화하게 됐다.

하지만 최창수는 오늘이 첫 홈쇼핑 진행이라는 게 의심스러울 정도로 이 네 가지를 자유자재로 사용하고 있었다.

최창수에게는 일상이나 다름 없으니까.

"거실에 앉아계신 여러분~ 이번에 소개할 옷은 이거인데요. 어떻습니까? 한 눈에 봐도 어머 저건 사야해 싶지 않나요?"

개인방송 경력만 5년째에 돌입하고 있다.

앤젤 쇼핑몰을 차린 뒤로는 신제품을 나올 때마다, 그 날 방송 분량을 전부 제품 소개로 때우기도 했다.

화면 너머의 고객을 대상으로 물건을 파는 것에는 익숙해져있다는 것.

때문에 자신이 홈쇼핑 보조 진행자로 나서게 됐을 때도 전혀 긴장하지 않았다.

늘 했던 걸 그대로 하면 되니까.

그러다 보니 자신이 실수할 거라는 생각은 전혀 하지 않았다. 반면, 혹여나 모델들이 실수하면 어쩌나 내심 걱정이 들었다.

몇 번이고 다시 찍는 게 가능하고, 힘들면 잠시 쉴 수 있는 화보와 달리 생방송 홈쇼핑은 한 번의 실수도 없이 완벽하게 해내야 하니까.

다행히도 첫 번째 의상을 소개하는 모델은 큰 문제없이 맡은 일을 수행했다.

'포즈가 약간 부자연스러웠던 게 아쉽지만. 처음인데 그 정도면 선방한 거지.'

마침내 두 번째 의상 소개가 끝났다.

이제 세 번째 의상 소개가 있을 차례.

세 번째 타자는 바로 신소율이었다.

'긴장하지 말자.'

무대 뒤에 서 있는 신소율이 돌아오는 모델을 바라봤다. 자신보다 먼저 무대에 오른 모델은 전부 선배였고, 선배로서 좋은 모습을 보여야 한다고 생각했는지 한 치의 실수도 없이 맡은 일을 다 했다.

"너무 긴장하지 마, 소율아."

첫 번째 타자였던 모델이 신소율의 어깨를 주물러줬다. 상냥한 그녀의 미소에 신소율은 긴장이 조금 누그러든 걸 느꼈다.

"네가 좋아하는 친구도 보고 있는데 잘 해야지. 그치?"

"으, 창수가 보고 있어서 더 긴장되네요."

"걱정 마! 우리 저번에 작은 모델쇼에 출연했었잖아. 비록 촬영팀은 없었지만 관객은 잔뜩 있었지? 저 사람 모두 관객이라 생각하고 자연스럽게 해."

"우음, 알겠어요! 감사합니다, 선배님."

깍듯이 허리를 숙여 신소율이 인사했다. 그와 동시에 두 번째 타자가 돌아왔다.

이제 최창수가 세 번째 제품을 간략히 소개하고, 감독의

사인이 떨어지면 바로 나가면 된다.

'긴장하지 말자. 사장님도 말했잖아, 내 가장 큰 장점이 어디서든 즐기는 거라고. 그리고……'

나가기 전 잠시 최창수를 바라봤다. 그와 눈이 잠깐 마주 쳤고, 힘내라는 듯 최창수가 살짝 웃었다.

"사인 떨어졌다. 자, 소율이 파이팅!"

선배들이 신소율의 등을 살짝 밀었다. 동시에 신소율이 무대에 올랐다.

'걸음걸이에 신경 쓰면서, 최대한 기품 있게.'

그녀의 우아한 걸음이 무대를 누볐다.

'촬영과 달라. 몇 번이고 포즈를 수정하지도 못하고, 어떻게 수정하면 좋을 지 알려주는 카메라맨도 없어. 가장 자신 있는 포즈를 골라야 해!'

오늘 자신이 소개할 제품은 여름용 티셔츠와 난방.

티셔츠는 라인이 잘 드러나야 하고, 동시에 여성의 구매심리를 자극할 마스코트를 최대한 카메라 렌즈에 남아야 한다.

난방은 어떤 옷과 입어도 잘 어울리도록 보이게 이런저런 방법으로 다양하게 입어야 한다.

'잘 하면서 불안한 표정 짓기는.'

계속해서 제품을 소개하면서 최창수는 살며시 웃었다. 동시에 감독으로부터 한 가지 소식을 듣게 됐다.

"방금 막 들어온 따끈따끈한 속보입니다. 현재 여름용 고양이 후드티와 구름 치마가 매진에 임박했다고 합니다.

신소율 모델이 입고 있는 티셔츠와 난방도 주문이 폭주하고 있다고 하네요! 매진 임박! 인터넷 매장과 오프라인 매장보다 무려 20% 저렴한 의상! 지금 전화기를 들지 않으면 나중에 구매할 때는 더 비싸게 사야합니다! 아! 방금 들어온 속보로는 고양이 후드티는 벌써 마감임박이라고 하네요!"

홈쇼핑에서 매출을 폭발적으로 증가시키는 마법의 주문!

바로 마감임박!

살까 말까 고민하던 소비자가 결국은 지갑을 열게 만들어 순간적으로 폭발적인 매출을 기록하게 한다.

이 뿐만이 아니다.

"상담실에 전화해서 전화기 세 대는 연결 끊으라고 해. ARS문자 구매 자막 송출하고."

마감임박은 됐는데 전화가 바로 바로 걸리면 소비자들은 거짓이라고 생각하게 된다. 그래서 전화를 끊는 거다.

2~3대의 전화기로만 고객을 상대하고 나머지는 ARS문자로 주문을 받는다. 정말로 주문이 폭주하고 있다고 생각하게 만들면서, ARS 한 건 당 30원의 추가수익을 챙길 수 있으니까.

· · · · ◈ · · · ·

홈쇼핑 고객센터.

직원들은 쉴 새 없이 걸려오는 전화를 받으며 대답했다.

"야! 막내야, 가서 감독한테 전해. 전화는 진작 끊어놨다고!"

거칠게 수화기를 끊은 여직원이 끊자마자 걸려오는 전화에 깊은 한숨을 내쉬었다.

"오늘 옷 판다면서 뭐 이렇게 전화가 많아?"

방송 시간은 총 1시간.

보통 10분 째부터 전화가 천천히 걸려오고, 30분 째부터 슬슬 주문 전화가 많아지기 시작하며, 50분부터 정점을 찍는다.

하지만 오늘은 아니었다.

방송시작부터 주문전화가 미친 듯이 걸려오기 시작했다. 그뿐 아니라 시청률도 홈쇼핑이라고는 믿겨지지 않을 만큼 나왔다.

"언니 몰라요? 오늘 보조 진행자 되게 유명한 애래요."

"연예인이야?"

"연예인만큼 인기 많은 사업가래요. 아마도 빠순이들이 시청하면서 전화 거는 거 같아요."

"그래? 좋아, 이따 봐서 내 성에 안 차면 한 마디 해야겠어."

그 후.

최창수를 본 여직원은 단숨에 팬이 됐다고 한다.

홈쇼핑은 성황리에 마무리가 됐다.

제 아무리 인지도가 있다지만 이미 판매된 제품. 때문에 주문이 많지 않을 거라 생각해 물량을 적게 준비해뒀다.

하지만 예상과 달리 주문은 폭주.

보통 마감임박은 소비자의 심리를 자극하는 멘트지만, 이번 홈쇼핑만큼은 사실이었다. 감독도 여태 이랬던 적이 없다면서 남은 방송도 잘 부탁한다고 허리를 숙였다.

'여자들은 소장욕이 굉장하다고 들었는데, 사실이었어.'

페이스북을 확인했다.

-오늘 방송 잘 봤어요! 창수 씨 완전 말 잘하고 멋졌어요 ㅋㅋㅋ 울 엄마두 창수 씨 잘 생겨서 좋대요!

-살까 말까 고민했던 옷이었는데 마침 오늘 저렴하게 팔아서 큰맘 먹고 구매! 잘 입을게요~

-이미 있는 옷이지만 창수 오빠가 더 잘 살았으면 해서 두 벌씩 더 구매했어요! 마음에 드는 옷이라 두 벌은 번갈아 입고, 한 벌은 소장해야겠어요!

천 개가 넘는 댓글 중 80%가 이미 있지만 또 구매했다는 내용이었다.

'정말 고마운 분들이야. 나중에 기회가 되면 커다란 홀이라도 빌려서 초대 이벤트를 해야겠어. 모두를 부르는 건 당장은 힘들 테니까, 앤젤 쇼핑몰이 대기업이 되면 그때 한 분도 빠짐없이 부르고.'

콧노래를 부르며 회식자리로 돌아가려고 했다. 담배도 다 피웠으니까.

"저기."

그때였다.

"최창수 씨. 맞죠?"

뒤에서 목소리가 들렸다.

고개를 돌리니 안경을 쓰고 살짝 피곤해 보이는 여성이 서 있었다.

"네. 맞는데…… 누구시죠?"

"알타프로스 직원이에요. 동시에 창수 씨 팬이고요."

"아! 그러시군요. 정말 반갑습니다!"

"저도 반가워요. 그보다 긴히 드릴 말이 있는데요. 회사 랑 관련된 일인데, 반드시 창수 씨가 알아야 할 거 같아서 요."

여자가 조심스럽게 운을 뗐다.

"이번에…… 저희 회사에서 나온 유아용 악어 잠옷. 그 거 원래 앤젤 쇼핑몰 제품이었죠? 도용당한 거, 맞으시 죠?"

"……그걸 어떻게?"

최창수의 눈이 휘둥그레졌다.

관계자 외에는 절대 몰라야 할 얘기가 나왔으니까.

송근태 현대 판타지 장편소설

다섯 번째 이야기
알타프로스는 어떤 기업?

운수 대통령

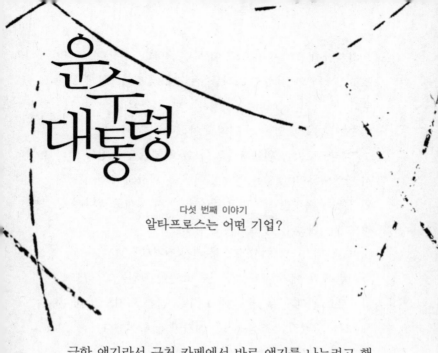

운수대통령

다섯 번째 이야기
알타프로스는 어떤 기업?

급한 얘기라서 근처 카페에서 바로 얘기를 나누려고 했다. 하지만 상대방이 회식을 끝내고 와도 좋다 말했고, 최창수는 회식 내내 무슨 일이 있냐고 걱정을 받게 됐다.

"우리 멋쟁이, 힘든 일 있으면 누나한테 말해. 누나 이래 봬도 이 바닥에서 제법 영향력 있는 사람이야."

성희롱에 가까운 장난만 치던 양화정도 분위기 파악은 할 줄 알았다.

회식이 끝나니 저녁 11시였다.

최창수는 바로 알타프로스 직원이 있을 카페로 향했다.

"죄송합니다. 오래 기다리셨죠?"

"아뇨. 제가 멋대로 찾아온 거니까 이 정도는 괜찮아요."

하지만 마음이 불편한 건 어쩔 수 없었다. 최창수는 알타프로스 직원의 것까지 커피를 주문했고, 조심스럽게 운을 뗐다.

"제가 이곳에 있는 건 어떻게 아셨나요?"

"알타프로스 직원이니까요. 오늘 진행한 홈쇼핑이 어디서 촬영되는 지 정도는 알고 있어서요. 회사의 후환이 두려워서 몰래 쪽지만 보내려고 했는데, 역시 제대로 만나서 알려드리는 게 좋을 거 같아서 왔어요."

"도용 얘기…… 회사에 전부 퍼진 건가요?"

이번 도용 얘기는 자신과 앤젤 쇼핑몰 직원들, 그리고 알타프로스 관계자 두 명 밖에 모른다. 물론 퍼져도 딱히 손해 보는 건 없지만 조심스러운 얘기인 건 확실했다.

"그건 아니에요."

알타프로스 직원. 최정화가 고개를 저었다.

"아마도 저만 알고 있을 거예요. 어쩌다가 들은 얘기거든요."

최정화가 이번 사건을 알게 된 얘기를 조심스럽게 꺼내 놨다.

그 날 극심한 몸살로 인해 병가를 낸 그녀는 아침 일찍 병원에서 링거를 맞고 계속 잠만 잤다. 그러다 오후쯤에 몸이 괜찮아졌고, 병가는 냈지만 밀린 일 때문에 늦게나마 출근을 하기로 했다.

엘리베이터를 탈까 고민하다가 기다리는 게 싫어서 어쩔

수 없이 비상용 계단을 이용했다. 그리고 비상용 계단 출입문을 열려는 순간, 자신의 귀를 의심하게 됐다.

"정규현. 박찬규. 이 두 사람의 얘기를 듣게 됐어요. 서유라 디자이너의 디자인 도용 사건. 그리고 창수 씨에게는 모른다고 부인했던 두 번째 도안이 갑작스레 통과돼 곧 제품으로 나온다는 얘기였죠."

"……역시 거짓말이었나."

"듣기로는 다음 달 말일쯤에 선보인다고 해요. 더 늦기 전에 창수 씨가 손을 썼으면 해서 왔어요."

"이 사실, 알타프로스 측은 알고 있나요?"

"아뇨. 그 두 사람이 개인의 이득을 위해 입을 꽉 다물고 있어요. 저도 우연히 엿들은 얘기라서…… 마음 같아서는 회사 측에 고발이라도 하고 싶지만 후환이 너무 두려워서……."

알타프로스는 패션업계에서 세 손가락에 드는 대기업이다. 그 영향력은 엄청날 정도. 회사에서 그녀를 보호해주면 모를까, 겉은 깨끗하지만 속은 생각보다 더러운 알타프로스가 그녀를 지켜줄 가능성은 희박했다.

때문에 최창수에게 찾아온 것이다.

"솔직히 저도 이 얘기를 창수 씨에게 전해드린 게 잘한 짓인지는 모르겠어요. 앤젤 쇼핑몰이 성장세고, 미디어 패션과 협약을 맺었어도 대기업과 관련된 조심스러운 문제를 해결하기는 힘드니까요."

"아무래도 그렇죠."

"네. 만약 창수 씨가 저희 회사에 제대로 된 증거를 제시하더라도 분명히 돈을 주고 입 다물라고 할 거예요. 이미 공장은 가동됐고 유통 경로도 전부 뚫었을 테니까요. 이 손해를 감당할 바에야 앤젤 쇼핑몰이 솔깃하게 여길 제안을 제시하겠죠."

최정화가 최창수를 바라봤다.

"만약 창수 씨가 이 문제를 제대로 해결하겠다면 최대한 도와드릴게요. 알타프로스라는 회사에도 슬슬 정이 떨어져가고, 그 두 사람이 부당한 이득을 취하는 것도 지켜볼 수가 없어요. 솔직히, 좀 배 아프거든요."

"저 혼자라면 괜찮지만, 자칫하면 정화 씨는 이 업계를 완전히 떠나야할 지도 몰라요."

"괜찮아요. 그 정도 각오는 하고 창수 씨에게 고발한 거니까요. 그리고…… 제 오만일지도 모르지만 창수 씨라면 절 버릴 거 같지 않기도 해요."

최정화가 힘없이 웃었다. 하지만 그 웃음에는 뚜렷한 각오가 엿보였다.

"오래 전부터 창수 씨의 팬이었어요. 패가 쓸모없어졌다고 버릴지, 아니면 책임지고 거둬줄지 정도는 알 수 있어요."

"……"

그 말에 최창수는 큰 감동을 받았다.

따지고 보면 오늘이 초면. 그 초면인 사람을 이 정도로 믿어주고, 그 믿음이 곧 두려움을 극복하고 뭔가가 바뀔 계기까지 마련해줬다.

자신의 존재가 타인에게 이 정도로 도움이 되다니.

부정을 취하지 않고, 정당하게 살아오기를 정말 잘했다는 생각이 들었다.

"알겠습니다."

솔직히 처음 이 얘기를 들었을 때는 어떻게 결착을 지으면 좋을지 제법 캄캄했다.

하지만 최정화가 이 정도로 각오를 보여준 덕분에 흐릿하지만 돌파구가 보였다.

자신의 힘을 사용하면 좁은 돌파구를 계속해서 확장시킬 수 있고, 최후에는 원하는 결과를 손에 넣을 수 있을 거라 확신했다.

"정화 씨의 용기가 헛수고가 되지 않도록, 최선을 다 해 이 문제를 해결할게요."

"네. 저도 최선을 다 해 도와드릴 테니까, 언제든 연락주세요."

최정화가 자신의 연락처를 알려줬다.

. . . ◈ . . .

다음 날.

최창수는 바로 알타프로스로 향했다. 전에 한 번 얘기를 나눈 관계자에게 다시 전할 얘기가 있다고 하니 한숨을 쉬며 만남을 허락해줬다.

그리고 어쩌다 보니 회사 임원진과 한 자리에 있게 됐다.

"그래서, 지금 자네가 하고 싶은 말은 그게 전부인가?"

만나게 된 임원은 한 명.

바로 디자인 쪽 임원이었다.

"네. 정확히 누구인지 밝힐 수는 없지만, 알타프로스 직원으로부터 얘기를 들었습니다."

"그 직원 이름이 뭔가? 내가 직접 만나서 얘기를 들어야겠군."

"그건 밝힐 수 없습니다."

"음, 밝힐 수 없다라. 그래, 그렇단 말이지."

디자인 임원이 목소리를 낮게 깔았다. 그것도 잠시. 이윽고 책상을 강하게 내려치며 소리를 질렀다.

"정확한 증거도 없이! 고작 그딴 얘기나 하려고 여기까지 온 건가!"

그 호통에 정규현만 온 몸을 파르르 떨게 됐다.

'젠장! 대체 어떤 놈이 엿듣고 고자질 한 거냐고!'

분위기를 살피며 조심스레 최창수를 바라봤다. 그리고 시선이 마주쳤다.

"정규현 씨."

"……네?"

"제가 사실을 말하라 해도 당신은 또 거짓말을 할 게 분명하겠죠?"

"하하, 무슨 소리인지……."

"정말 뻔뻔한 인간이시네요. 남의 노력으로 배를 불리니까 좀 든든합니까?"

"뻔뻔한 건 자네지."

디자인 임원이 대화에 끼어들었다.

"정규현이 자네 회사의 도안을 한 번 도용했다는 사실은 나도 인정하지. 설령 도용을 또 한 번 반복했다 쳐. 그래서 그게 어쨌단 건가?"

"……지금 그게, 디자인 임원이 할 소리입니까?"

"약육강식이야. 잃어버린 놈이 잘못이지, 눈앞에 기회를 주운 놈이 잘못인가?"

"……좋습니다. 알타프로스 측의 뜻, 잘 알았습니다."

최창수가 자리에서 일어났다.

"증거. 어떻게 해서든 제가 가져오겠습니다. 그때 다시 얘기하죠."

그리고 밖으로 나갔다.

임원실에는 문 닫힌 소리만 고요하게 남을 뿐이었다.

"후우……."

한 바탕 고비가 넘어갔다. 하마터면 인생 조지는 줄 알았던 정규현은 낮게 한숨을 쉬었다.

"야."

그때 디자인 임원의 날카로운 목소리가 귀에 닿았다. 바라보니 살기가 느껴지는 눈동자와 마주치게 됐다.

"사실대로 말해라. 이번에 너랑 박찬규가 올린 도안, 정말 앤젤 쇼핑몰 거 맞아?"

"아, 아닙……."

"사실대로 말하라고 했어. 저 새끼 미디어 패션하고 관련된 거 몰라? 어차피 이미 공장은 가동됐고 조만간 출시야. 아무런 책임도 안 가할 테니까 말해."

정규현은 고민했다.

과연 임원의 말을 믿어도 될지.

어떤 선택을 골라도 험난한 일은 펼쳐져 있었고, 둘 다 결과가 똑같다면 그나마 덜 험한 길로 가는 게 정답이었다.

"네…… 앤젤 쇼핑몰 측 도안이 맞습니다.

"그래? 너 진짜 미친 새끼구나?"

"죄송합니다……."

"됐어. 책임은 묻지 않겠다했으니까 나가. 그리고 입단속 잘 해. 괜히 알타프로스 이미지까지 손상시키지 말고."

"감사합니다……."

겨우 목숨을 연명한 정규현이 힘없이 문을 열었다.

그리고 귀신이라도 만난 듯한 얼굴이 됐다.

"얘기 잘 들었습니다."

떠났어야 할 사람이 서 있었으니까.

"첫 번째 증거물. 잘 받겠습니다."

최창수가 씨익 웃으며 휴대폰을 흔들었다.

· · · ◆ · · ·

알타프로스의 반응은 예상했었기 때문에 짜증은 나지 않았다. 오히려 너무 당당해서 어이가 없을 정도였다.

'싸우는 수밖에 없겠지.'

어째서 자신이 싸워야 하는가. 조용히 넘어가면 그 누구도 피해보지 않은 일인데.

그 이유를 곰곰이 생각해봤다.

첫 번째로 자신에게는 부당한 권력을 전부 없애겠다는 목표가 있다.

알타프로스는 대기업이라는 위치의 권력만 믿고 중소기업에 불과한 앤젤 쇼핑몰을 무시하고, 그로 인한 부당한 이득을 얻으려고 한다.

액수로 따지자면 몇 억이 넘는 이득.

여기서 알타프로스와의 전쟁을 피하면 지금까지 자신이 달려온 길을 부정하게 되는 것.

두 번째로 노력한 사람이 제대로 된 결과를 못 보는 게 마음에 들지 않았다.

여태껏 자신은 목표를 이루기 위해서 꾸준히 노력해왔다. 설령 모두가 무서워서 피하는 녀석이 적이더라도.

서유라는 이번 디자인을 위해 자신의 많은 걸 희생했다. 희생한 결과가 남 배만 불러주게 하는 게 말이 되는가?

지금 우리 사회도 그렇다.

인생의 전부를 공부에만 올인 했음에도 합격하기 힘든 대기업. 그에 비해 부모 힘을 빌려 손쉽게 입사해 금세 높은 자리에 오르는 자들.

야근을 감행하며 열심히 쓴 보고서를 상사가 가로채 실적을 빼앗기는 자들.

언제부터인가 노력하는 사람은 성공 없이 노력만 하고, 권력을 쥔 사람은 노력 없이 성공만 하는 게 너무나도 당연한 세상이 되어버렸다.

그게 최창수는 너무나도 싫었다.

바꾸고 싶었다.

이 세상의 더러운 면을 알면 알수록, 자신이 그 오물을 전부 치워버리고 싶다는 생각이 강하게 들었다.

때문에 자신만큼은 언제나 정당하게 살았다. 조금만 나쁜 마음을 먹으면 더 성공할 수 있음에도, 자신의 신념을 반하는 짓은 하지 않았다.

이번에도 그 신념을 옳다는 걸 보여줄 때다.

"왜 진작 얘기해주지 않으셨나요?"

미디어 패션 회장실.

알타프로스에서 녹음했던 내용이 끝나자 한아름이 아쉬움을 토로했다.

본래 한석구와 단 둘이 얘기를 진행하려 했지만, 아무래도 한아름이 있어야만 얘기가 더욱 수월하게 진행되어 부르게 됐다.

"쉽게 해결된 줄 알아서 일부러 감췄어요. 알고 보니 그게 아니어서 오늘 두 분에게 도움을 요청하는 거고요."

"하긴, 창수 씨도 많이 힘들었겠네요. 제가 아쉬운 소리 하는 건 분명히 창수 씨를 더 힘들게 하는 일이겠죠."

한아름이 한석구를 바라봤다.

"아빠."

"……지금 도와줄 방법을 생각하고 있으니 잠시만 조용히 해보거라."

한석구가 팔짱을 두르고 생각에 잠겼다.

한아름의 부탁을 떠나.

사업가로서 미래가 궁금한, 동시에 자신의 딸에게 새 생명을 준 최창수의 부탁이다.

편이 되어주지 않는 건 사실상 말도 안 되는 일이었다.

'알타프로스라. 과연 이 싸움에 내가 끼어들어도 될까?'

미디어 패션과 알타프로스의 관계.

겉으로는 서로가 서로의 시장형성에 도움을 주고 있는 것처럼 보이지만 내부에는 짙은 원한관계가 숨어 있다.

"도와주실 거라 믿습니다."

의식의 흐름 속에 갑작스레 최창수가 끼어들었다. 그를 바라보니 옅은 미소를 짓고 있었다.

"아름 씨 부탁을 떠나, 미디어 패션이 알타프로스와 그다지 관계가 좋지 않다는 걸 알고 있습니다."

최창수가 설명했다.

알타프로스가 미디어 패션에서 유능한 디자이너를 빼돌려 막대한 손해를 입거나, 비슷한 상품을 같은 시기에 내놔 비교선상에 서게 만들거나, 혹은 직원을 회유해 신상품 도안을 가로챈 경우도 있다.

전부 미디어 패션이 알타프로스보다 영향력이 작았던 시절의 일이어서 마땅한 복수는 하지 못했다.

이제 와서는 알타프로스가 아무것도 아니라서 모르는 척 넘긴 일이 최창수의 입에서 거론됐다.

"알타프로스가 생각처럼 깨끗한 기업이 아니라는 것 정도는 회장님도 아실 겁니다. 알타프로스의 방해만 없었다면 미디어 패션은 지금보다 더욱 큰 성장을 이뤘겠죠. 그렇지 않습니까?"

"음, 그렇긴 하지."

"물론 더 이상 알타프로스가 미디어 패션을 따라잡을 수는 없지만, 이 기회에 더욱 확실히 거리를 벌려두는 건 어떨까요?"

최창수가 한석구를 바라봤다.

"저와 함께 알타프로스에게 복수를 하는 겁니다."

남이었다면 헛소리로 들렸을 그 말.

하지만 최창수가 내뱉으니까 굉장한 힘이 느껴졌다.

이 자리에 오기 전 새로운 능력을 얻었으니까.

· · · ◆ · · ·

〈4단계 설득의 책〉
〈습득한 설득 실력 : 상대방과 이루고자 하는 뜻이 같으면 90%확률로 자신과 함께 길을 걸으려고 함〉

운수 대통령의 능력은 총 5단계까지 존재한다.

1단계부터 3단계까지는 배수로 인생 포인트가 소모되지만, 4단계는 아니었다.

갑작스런 필요 인생 포인트의 상승.

현재 최창수가 보유한 인생 포인트는 구백 중반. 그리고 이번 4단계 설득의 책을 구매하면서 무려 200이라는 인생 포인트를 소모하게 됐다.

'90%니까 무조건 성공이라도 봐도 되겠지? 꼭 되어야만 한다. 안 그러면 포인트가 아깝잖아!'

20대 초반에는 하루에도 인생 포인트가 수십 개씩 쌓였다. 하지만 20대 중반에 들어서면서 일주일에 트로피를 세 개만 획득해도 많이 획득하는 상황이 됐다.

짐작 가는 이유는 총 두 개.

하나는 자신이 더 이상 추억을 쌓기 힘든 나이가 됐거나, 추억을 쌓을 시간도 없이 바쁘게 달리거나.

알타프로스를 쓰러트리기 위해서 소중한 인생 포인트를 과감히 사용했다.

"회장님. 당하고 사시는 분은 아니잖아요?"

최창수가 그의 마음을 움직이기 위해서 가볍게 도발을 했다. 그 순간 한석구가 갑작스럽게 인상을 팍 썼다.

'뭐지? 저 말을 듣고 나니, 갑자기 알타프로스 그 자식들이 짜증나네. 그러고 보니 얼마 전에 있던 업계 관련 모임에서도 은근슬쩍 예전 일을 들췄지. 그때는 웃으며 넘겼지만……'

이미 알파프로스에게 한 번 당한 전적이 있다. 이번에 웃어넘기면서 그 전적은 0승 2패가 되어버렸다. 3패를 달성했다가는 정말로 알타프로스 회장에게 잘못 찍힐 지도 모른다.

"어쩌면 알타프로스는 이미. 미디어 패션은 당해도 보복이 돌아오지 않는다고 판단하고 수상한 짓을 꾸미고 있을지도 모릅니다."

"……확실히. 알타프로스 회장은 욕심이 많으니 충분히 가능성 있는 얘기로군."

"저와 함께 뿌리를 뽑아버리는 게 좋을 거 같습니다.

"내가 생각해도 그렇군. 좋네. 최창수 사장. 어디 한 번 알타프로스로부터 정당한 권리를 되찾아오도록 합세."

"역시! 대화가 통하십니다!"

이걸로 미디어 패션이라는 든든한 아군이 생겼다.

"뜻이 통한 건 좋지만, 무슨 수로 알타프로스를 공격할 생각인가?"

"다 제가 계획해둔 게 있습니다."

최창수는 현 상황에서 내놓을 수 있는 최고의 계획을 설명했다.

· · · ◇ · · ·

알타프로스 디자인 2팀.

퇴근시간이 1시간이나 지났건만 아직도 퇴근하지 않은 직원이 여럿 보였다.

그 중 한 명도 퇴근한 직원이 없는 곳은 바로 정규현의 팀뿐이었다.

'아, 제발! 슬슬 퇴근준비 해라! 능력 없어서 만날 우리까지 욕먹게 하면 정시퇴근이라도 시켜줘야 하는 거 아냐?!'

여섯 명의 팀원 모두가 속으로 정규현을 욕했다. 하지만 그 속뜻을 헤아리는 능력이 그에게는 없었다. 설령 있다 하더라도 퇴근은 신경도 안 썼을 거다.

'괘, 괜찮겠지?'

며칠 전 회사에 찾아온 최창수를 떠올렸다. 자신과 디자인 임원의 대화를 녹음하고 떠나간 최창수는 지금 생각해도 소름이 돋는다.

'사자는 토끼 한 마리를 사냥할 때도 전력을 다한다 하던데. 으아악! 그냥 전부 사실대로 털어놓을 걸 그랬나?'

하루에도 몇 십번이나 드는 후회.

솔직히 자신이 생각해도 더 이상 알타프로스에서 성장하기에는 무리가 있다. 경력 빨로 앉은 팀장 자리. 그 이상의 자리를 노리려면 실력이 필요한데 자신에게는 그게 너무나도 부족하다.

그럴 바에야 차라리 퇴사 후 타 직장으로 이전을 하는 것도 하나의 방법이다. 비록 월급을 줄겠지만, 익숙해진 환경보다 새로운 환경이 더욱 자신을 성장하게 해줄 테니까.

알아보던 새로운 보금자리에는 앤젤 쇼핑몰도 있었다.

'젠장! 서유라 그 년은 왜 날 곤란하게 만드는 거야! 도안처럼 중요한 건 잘 챙기라고!'

스스로 초래한 일이건만.

정규현은 책임을 누군가에게 미루기에만 급급했다.

"정 팀장님."

어차피 되돌리기에는 너무 늦은 일. 이렇게 된 이상 이판사판 나갈 수밖에 없다고 각오를 굳히자 누군가가 자신을 불렀다.

뒤를 돌아보니 다른 팀 소속인 직원.

최정화가 퇴근 준비를 마친 채 서 있었다.

"저, 정화 씨? 여태 퇴근 안 했어?"

"팀장님한테 긴히 드릴 얘기가 있어서 기다렸는데, 좀처럼 일어나지 않으셔서 먼저 왔어요. 혹시 오늘 안에 끝내야 하는 일이라도 있나요?"

"응? 그, 그치! 요즘 회사에서 인정받고 있어서 그런지 일거리가 많네."

"아…… 그러세요? 정 팀장님이랑 함께 저녁이라도 먹으려고 했는데……."

"저, 저녁? 나랑?"

최정화의 발언에 정규현은 화들짝 놀랐다.

박찬규와 나눴던 대화에서 거론됐던 여자가 바로 최정화였으니까. 평범한 외모지만 늘 피곤해 보이는 인상이 자꾸만 보호본능을 자극했다.

그래서 몇 번이고 은근슬쩍 작업을 걸어봤지만 돌아온 반응은 한 겨울 냉수보다 더 차가울 뿐이었다.

그랬던 최정화가.

자신에게 먼저 저녁식사를 권유했다.

"네. 제가 정 팀장님에게 너무 매몰찼던 게 미안해서요."

"으, 음. 확실히 많이 매몰차긴 했지. 아, 그런데 이걸 어쩌나~. 내가 요즘 회사에서 인정받는 중이라 오늘은 조금 바쁜데."

30년 넘는 인생 중 이성경험이 딱 한 번 밖에 없는 정규현.

모두가 바로 붙잡았을 이 기회에서 한 번 정도는 밀당을 해야한다고 생각했다. 그걸 본 직원들은 한숨을 쉬었다.

　"그래요? 그럼 어쩔 수 없네요……."

　"어, 어? 아니지, 잠깐만! 다시 생각해보니 일도 일이지만, 소중한 부하직원과 저녁을 먹는 것도 중요한 거 같네! 바로 퇴근준비 할 테니까 기다려! 너희들도 전부 퇴근하고!"

　정규현이 바로 짐을 챙겼다.

　회사에서 나온 두 사람은 근처 스테이크 집으로 향했다. 잔잔한 재즈가 흘러나오고, 조명은 전체적으로 어둡지만 테이블에 놓인 초 덕분에 음산하다는 느낌은 안 들었다.

　"부, 분위기 좋지? 예전부터 정화 씨랑 꼭 한 번 와보고 싶었던 곳이야."

　"그러게요. 정 팀장님, 워낙 일만 열심히 하셔서 이런 거에는 관심 없으신 줄 알았는데."

　"내가 열심히 일하는 걸로 보여?"

　"그럼요. 다들 일찍 퇴근하는데 정 팀장님은 늘 늦게까지 남으시잖아요. 개인적으로 이번에 정 팀장님의 디자인이 회사에서 호평인 거 정말 기분 좋아요. 언젠간 잘 되실 거라 믿었어요."

　늦게까지 남은 건 안 잘리려고 노력하는 모습이라도 보이기 위해서였고! 사실은 그 시간에 게임을 하고 있었고! 이번 디자인도 자신의 것이 아니었지만!

몇 년 만에 칭찬을 받으니 너무나도 기분이 좋았다.

상대방이 좋아하는 이성이었기 때문에 더더욱.

스테이크로 가볍게 배를 채운 두 사람은 근처 술집으로 향했다. 거기서 소시지를 안주 삼아 몇 번이고 술잔을 비웠다.

"저, 정화 씨 괜찮아?"

어느덧 시간은 저녁 12시.

차가 전부 끊겼을 시간에 최정화는 제 몸도 제대로 못 가누고 있었다.

"으아…… 제가 원래 술 쎈데. 정 팀장이랑 먹은 게 너무 좋아서 취했나봐요……."

"딱 봐도 그래 보여. 어쩌지? 대리라도 불러줄까?"

"대리 부르면 저 혼자 집 가야하잖아요. 정 팀장님은…… 술 취한 여자를 혼자 집에 보내는 그런 남자였어요?"

최정화가 고개를 들어 자신을 바라봤다. 평소보다 더욱 피곤해 보이는 눈동자. 그 눈동자에 정규현은 가슴이 크게 두근거리는 걸 느꼈다.

"저…… 오늘은 집 들어가기 싫어요."

"저, 정화 씨?"

"정 팀장님 집에…… 데려가시면 안 돼요?"

그 말에 정현규는 큰 당혹을 느꼈다.

'얘가 왜 이래? 설마, 드디어 내 마음을 알아준 건가?

그, 그래 맞아! 반년이 넘게 대시했는데 효과가 없는 게 이상하지. 게다가 난 요즘 회사에서도 상승세고, 이제야 나한테 매력을 느낀 모양이군!'

사귀지도 않는데 바로 집으로 데려가는 건 문제가 있다. 하지만 정현규에게는 그런 생각을 할 여유는 없었다.

한 시라도 빨리 최정화를 집에 데려가 더욱 자신을 어필하고 싶었을 뿐.

"좁으니까 조심히 들어와."

"생각보다 방이 깨끗하네요?"

"그게 말이지. 정화 씨가 언제 올지 몰라서 항상 깨끗하게 정리해두고 있었어."

"……절 그렇게나 생각해주셨다니, 기쁘네요."

"기, 기뻐? 하하! 하하하! 정화 씨가 기쁘다니 나도 다 기쁘네! 뭐할래? 술 깨게 물이라도 줄까? 아니면 난 밖에 나가 있을 테니 씻을래?"

"후자가 좋겠네요."

"그래! 공원이라도 한 바퀴 돌고 올 테니까 다 씻으면 연락해!"

함박웃음을 지은 정현규가 바로 집 밖으로 나갔다. 창문을 열어 정현규가 저 멀리 사라진 걸 확인한 최정화가 한숨을 내쉬었다.

"정 팀장. 진짜 바보 같네."

방금 전까지 술에 취한 듯 눈이 풀리고 발음도 구부정했던 그녀. 순식간에 평소 모습으로 돌아왔다.

"술이라도 더 사오라 시키고 내 ㅉㅗㅅ을 생각이었는데, 알아서 나가주니 고맙네. 그런데…… 씻으라고 권유하다니 이상한 생각하는 건 아니겠지?"

이번 일만 끝나면 정규현과 생판 남이 되는 게 좋을 듯싶었다.

한 시라도 빨리 이곳에서 벗어나고 싶은 최정화는 바로 집 안을 샅샅이 뒤지기 시작했다. 그 과정에서 발견한 정규현의 사생활 깊은 물건에 환멸을 느꼈지만, 그것도 잠시였다.

'찾았다!'

정규현의 방 장롱 깊숙한 곳.

거기서 1시간 넘게 찾던 물건을 발견했다.

· · · ◈ · · ·

"약속한 물건이에요."

다음 날.

점심시간을 이용해 최창수는 최정화와 만났다. 잠깐의 잡설도 없이, 최정화는 바로 본론에 들어섰다.

"이거 맞지?"

건네받은 물건을 옆에 앉은 서유라에게 건넸다.

내용물은 확인한 서유라는 그 날의 고생이 다시 떠올랐다.

"응. 확실해. 잃어버린 그 도안이 맞아."

"맞다니 다행이네. 그럼 이제부터는 정말 시간싸움이군."

어젯밤.

최정화는 정규현의 집에 들어가 그가 도용한 도안을 갖고 유유히 빠져나왔다. 정규현이 도안의 소실을 깨닫기 전에 하나라도 더 많이 계획을 진행해야 한다.

"이번 상품 출시일이 정확히 언제죠?"

"앞으로 3주 후에요."

"3주 후라. 이왕 크게 한 방 먹여줄 거, 상품이 출시되고 마무리를 짓는 게 더 좋을 테니……. 좋아요. 정화 씨는 설령 정규현이 도안을 봤냐고 물어도 시치미 때주세요. 그 녀석이 제게 그랬던 것처럼."

"알겠어요. 그런데…… 이번 일이 끝나면 저. 정말로 앤젤 쇼핑몰로 이직할 수 있는 거죠?"

"물론이죠. 아무런 이득도 없이, 위험부담만 줄 수는 없으니까요. 안 그래도 지금 회사 규모 늘리려고 다방면에서 알아보는 중이니까 너무 걱정 마세요."

"창수 씨 말이라 믿음이 가네요. 참, 이건 알타프로스에 반감을 갖고 있는 직원들의 이름과 연락처가 적힌 명단이에요. 잘 구슬리면 얘기가 잘 풀릴 거예요."

"……이런 것까지 준비해주시고. 정화 씨는 반드시 마지막까지 책임지겠습니다."

자신을 위해 모든 걸 다 바친 그녀.

단기적으로도, 장기적으로도 곁에 두면 여러모로 든든한 사람이었다.

"정말 괜찮을까?"

최정화와 헤어지고 사무실로 돌아가는 길. 잔잔한 음악이 퍼지는 차 안에서 서유라가 조심스럽게 물었다.

"뭐가? 이번 일?"

"응……. 일을 너무 키우는 거 같아서 영 불안해."

"불안해 할 필요가 뭐 있어."

최창수가 담담하게 말을 이었다.

"당했으면 돌려줘야지. 꾹 참으면 병나고 호구 취급 받을 뿐이야. 이번에 쓴맛을 보여줘야 다음부터 정신 차리지."

"역시 그렇겠지?"

"뭐가 불안한지는 모르겠는데 너무 걱정하지 마라. 여태껏 내가 한 일 중에 끝이 안 좋았던 게 있냐? 넌 그냥 나만 믿고 따라와."

자신만 믿고 따라와라.

순간 자신의 실수로 최창수를 고생시키는 게 미안해서 소극적이었던 자신이 바보 같아졌다. 어차피 일은 이미 벌어졌고, 계속 진행되고 있다. 시간이라도 거스르지 않는 한 자신이 할 수 있는 건 최창수를 믿고 도와주는 수밖에 없다.

"결심했어! 호구 안 될 거야!"

"그래. 호구 되면 안 되지. 꼭 이겨서 네 노력에 대한 정당한 대가를 받자."

이것도 자신이 바라는 세상을 만들기 위한 힘찬 한 걸음이다.

최창수가 휴대폰을 꺼내 페이스북에 접속했다. 그리고 이 싸움에 필요한 전력을 더 늘리기 위해서, 게시글을 하나 작성했다.

· · · ◈ · · ·

서울시 논현동에 위치한 주차장.

평일인데도 불구하고 주차된 차가 많았고, 방금 막 주차된 차가 한 대 더 늘었다.

"벌써 가을이 오려고 하나. 이번 신제품도 여름옷인데, 한 달 정도 빨리 가을 옷을 내놓는 게 좋으려나."

주차장에서 벗어나며 휴대폰을 확인했다.

'없을 거란 생각은 안 했는데, 예상외인 걸?'

지원군을 얻기 위해 페이스북에 게시물을 작성한 지 3일이 흘렀다. 그 사이 정규현은 아직 도안이 사라진 걸 눈치 차리지 못했는지 최정화로부터 따로 연락은 없었다.

'현재까지 총 30명. 알타프로스에 반감을 갖고 있는 직원이 이 정도나 되다니. 대체 내부에서 뭔 일이 있던 거야?'

하염없이 걷던 최창수의 걸음이 멈추었다.

고개를 들어보니 한빛 변호사 사무실이라는 이름의 간판이 보였다.

"실례합니다."

노크를 하고 한빛 변호사 사무실의 문을 열었다.

사무실에 존재하는 변호사의 수는 총 다섯.

다들 숨 돌릴 여유도 없이 바쁘게 서류를 확인하거나, 의뢰인과 전화를 나누고 있었다.

그 중 가장 바빠보이는 건 변호사 대표 자리에 앉아있는 변호사였다. 하지만 바쁜 것도 잠시. 문을 열고 들어온 최창수를 보더니만 환하게 미소를 지었다.

"최창수 사장님!"

몸을 일으킨 그가 단숨에 다가와 최창수의 두 손을 덥석 잡았다.

"근처에 도착했으면 연락이라도 주시지 그러셨어요! 제가 배웅 나갔을 텐데!"

"그럴 까 고민했는데, 많이 바빠 보이는 걸 보니까 안 하길 잘했어요. 어째 나날이 안색이 좋아지시는 거 같습니다, 로비스트 님."

로비스트.

아프리카TV에서 악플 근절 캠페인을 열었을 때 참석했던 변호사 BJ였다.

한창 열심히 근무 중인 직원들을 방해하기도 미안해서

두 사람은 건물 옥상으로 자리를 옮겼다.

"직원이 한 명 더 늘었네요?"

"입소문이 제법 났는지 인력이 부족하더라고요. 그래서 실력 좋은 후배 한 명 영입했습니다."

"잘 되는 모습 보니까 제가 다 기쁘네요."

"전부 최창수 사장님 덕분이죠."

악플 근절 캠페인 이후.

갑작스레 증가한 방송 시청자 수에 자신을 얻었는지 로비스트는 더욱 활발하게 방송 활동을 했다. 어느 정도 이름이 알려졌을 때는 개인적으로 초청을 받아 법 강좌를 열었고, 2년 전에는 한빛 변호사라는 법인을 설립해 본격적으로 변호사 생활을 시작했다.

"만약 그때. 최창수 사장님이 절 불러주지 않았다면 전 지금도 예전에 다니던 로펌에서 잡일이나 하고 있었을 거예요."

"에이, 무슨 소리세요. 지금 이렇게 잘 지내시는 거 보면 저 없었어도 잘 지내셨을 거 같은데."

"그러니까 이게 다 최창수 사장님 덕분이죠. 사장님 덕분에 바닥을 치던 자신감이 점점 회복된 거니까요."

인생에서 부모님 다음으로 소중하고 감사한 존재가 누구냐.

강좌 때 한 여학생이 질문했고, 로비스트는 망설임 없이 최창수라 말했다. 그만큼 최창수라는 존재가 자신의 인생에서 아주 큰 비중을 차지하고 있다는 것.

"사장님이랑 캠페인을 같이 한 게 엊그제 같은데 벌써 몇 년이 흘렀네요. 그 사이 시대가 변했는지, 요즘은 악플 관련 고소를 거의 찾아보기 힘들다니까요?"

처음에는 격려도 많이 받고 욕도 많이 먹은 악플 근절 캠페인.

아무런 효과도 없을 거라는 말이 많았지만 세월의 흐름에 따라 그 말을 부정할 수 있게 됐다.

"사장님이 홍보에 힘써주시고, 저도 열심히 방송하면서 강좌 한 보람이 있었는지 요즘은 학생들도 악플에 대처하는 방법을 많이 알고 있더라고요. 굳이 변호사 도움을 안 받아도 개개인이 악플러를 고소하고 다니는지 캠페인 전과 후에 의뢰를 비교하면 차이가 엄청나요."

"어느 정도죠?"

"우선 저희 사무실에는 한 달에 겨우 한 건? 다른 로컴에도 물어보니까 한 달에 세 건을 안 넘는다고 하더라고요. 이 추세면 변호사 사무실에서 악플 고소 의뢰는 아예 사라질 테고, 일반인까지도 고소에 무지하지 않으니 악플은 정말 찾아보기 힘들 거 같네요. 그 더럽기도 소문난 네이버 뉴스 댓글도, 일베처럼 질 나쁜 사이트도 요즘은 깨끗하더라고요."

간혹 네이버 뉴스 댓글을 보면 상상을 초월할 정도로 기분 나쁜 악플에 눈살을 찌푸리게 된다. 그 외 사회적 악으로 취급받는 일간베스트라는 사이트 역시 악플 수준은 상상을 초월할 정도.

'내가 정말 일 하나 제대로 벌였구나.'

국가에서도 해결하지 못한 악플 문제를 깔끔하게 해결한 자신이 자랑스러웠다.

"참, 한 가지 질문드릴 게 있는데요."

최창수는 현재 자신이 겪고 있는 상황을 설명했다.

"이런 경우. 정당한 증거만 모으면 법정에서 이길 수 있겠죠?"

"당연하죠! 사장님 혼자였다면 알타프로스에서 돈을 먹여서라도 빠져나가겠지만, 미디어 패션과 함께라면 그깟 돈 몇 푼은 소용도 없을 겁니다. 오히려 일을 크게 벌이기 싫어서 중간에 먼저 사과할 수도 있겠네요."

"그럼 이길 수밖에 없는 싸움이겠네요."

"그렇죠. 참! 혹시 괜찮다면 제가 증거 수집이나 자잘한 문제는 저희 로컴에서 도와드릴까요? 무상으로 해드릴게요."

"정말요?"

"물론이죠! 제가 사장님한테 받은 게 얼마나 많은데, 꼭 한 번 빚을 갚고 싶었어요!"

로비스트가 눈을 빛내며 자신을 바라봤다. 그 모습에 최창수가 웃으며 말했다.

"도와주신다면 거절 안 하죠."

착하게 살기를.

남을 도우면서 살기를.

편을 만들어두기를 정말 잘했다는 생각이 들었다.

· · · ◇ · · ·

한정오는 삶에 염증을 느끼고 있었다.

'돈이 모자란 것도 아닌데 그만둘까?'

한 때 알타프로스에 취직한 걸 가문의 영광으로 느끼고
무려 12년 동안 근무를 했다. 어느 사이 서른일곱이 됐고
남부럽지 않은 자리에 앉았다.

친구들과의 모임에서 연봉 얘기가 나오면 결코 져본 적
이 없다.

돈이 많으니 행복해야 할 텐데.

어째서인지 요즘 따라 삶이 지루했다.

'그만두고 자영업이나 해볼까?'

한숨과 함께 한정오가 중얼거렸다.

"새로운 삶이 필요해."

"마침 저도 새롭게 살려는 사람이 필요했는데. 서로 마
음이 좀 맞는 거 같습니다?"

늦은 저녁.

퇴근 후 단골 바에서 칵테일을 마시고 있자 누군가가 옆
자리에 앉았다. 고개를 돌리는 순간 누구인지 바로 알 수
있었다.

"……앤젤 쇼핑몰 대표님 맞으시죠?"

"모르실 줄 알았는데 알아보시네요?"

"이 바닥에서 요즘 핫한 분이시라……. 그보다 아까 하신 말씀은 뭔가요?"

"느낌상, 알타프로스 생활에 염증을 느끼고 계신 거 같은데 제안 하나 해드리려고요."

최창수가 서류 한 장을 건넸다.

술에 취해 흐릿한 시야로 서류를 읽은 한정오가 관자노리를 누르며 물었다.

"음, 그러니까. 스카우트 제의인가요?"

"네. 알타프로스보다 더 좋은 대우를 약속해드리겠습니다."

"어떡하지……."

"잘 생각해보세요. 아마도 정오 씨가 삶에 염증을 느끼는 이유는 더 이상의 스릴을 만끽할 수 없기 때문 아닐까요? 근무 경력이 길고 실력을 인정받았으니 해고 받을 걱정도 없고, 평소처럼 생활해도 안정적으로 많은 월급을 받을 수 있으니 삶에 무슨 재미가 있겠어요?"

최창수가 한정오의 마음을 움직이기 시작했다. 자신의 능력 발휘하면서.

"학계에 의하면 인간은 안정적인 생활보다 살짝 위태로운 인생에 큰 흥미를 느낀다고 합니다. 그 흥미, 느낄 수 있도록 제가 도와드리고 싶네요."

"······회사 사정이 안 좋나요?"

"아뇨. 좋습니다. 더할 나위 좋죠. 하지만 알타프로스보다는 더 근무하는 보람이 있을 겁니다. 그 회사는 이미 성장할 만큼 성장했지만, 앤젤 쇼핑몰은 성장할 일만 남았으니까요. 정체와 진행은 완전히 다르죠."

최창수의 얘기가 제법 솔깃했는지 한정오가 진지하게 고민을 하기 시작했다.

"월급도 더 드리고, 더욱 자유로운 근무생활을 보장해드릴게요. 그 외 바라시는 게 있다면 얘기해보세요."

"어······ 제가 술을 좋아하는데, 근무 중 술 마셔도 됩니까?"

"직원들에게 민폐 안 끼치고 한 달에 디자인 한 개만 주시면 상관없습니다."

"지, 진짜요?"

현재 회사에서는 페트병에 소주를 담아 몰래 마시고 있다. 회사에서 요구하는 도안도 한 달에 최소 세 개로 제법 고되다.

"가, 가겠습니다!"

월급은 줄어도 상관없다. 그 대신 자유만 보장된다면, 알타프로스보다 앤젤 쇼핑몰에 호감이 더 가는 건 당연했다.

"현명하시네요. 절대 후회 안 하실거고요. 빠르지만 계약서 작성할까요?"

"네. 내일 당장 사표 낼게요."

"아뇨. 그건 조금만 기다려주세요."

최창수가 계약서를 회수하며 말했다.

"제가 연락드리는 날. 그때 사표 내셔야 합니다."

· · · ◈ · · ·

알타프로스에서 제법 실력 있기로 소문난 한정오를 앤젤 쇼핑몰 디자이너로 영입했다.

'이걸로 만족하긴 아쉽지.'

최창수는 최정화가 건네준 직원 리스트를 확인하면서 손쉽게 영입이 가능할 거 같은 디자이너에게 계속해서 접근했다.

만난 디자이너는 총 열 다섯 명.

4단계 설득의 책이 인생 포인트 값을 톡톡히 해준 덕분에 한 명도 빠짐없이 모두 계약서를 작성했다.

"다들, 앤젤 쇼핑몰에 입사하고 싶으신 거죠?"

앤젤 쇼핑몰 회의실.

50명이 넘는 남녀가 모여 있었다.

다들 알타프로스 본사 직원.

본사 직원이라는 건 타 지역 직원들보다 능력이 우수하기 때문이었다.

그들이 현재.

알타프로스를 떠나 앤젤 쇼핑몰에 입사하기를 희망하고 있었다.

"네!"

"네. 우선 말씀드리자면, 저는 여러분을 한 명도 빠짐없이 입사시킬 겁니다. 그전에, 알타프로스에서 받은 부당한 대우를 여기에 적어주세요."

알타프로스 직원들이 한 명씩 나와 펜을 움직였다.

그들이 적은 사유는 다양했다.

회사에 중요한 일이 있으면 사전공지도 없이 월급을 미루거나 줄였고, 눈앞에서 도안을 찢었다.

도움이 될 때는 잘해주다가 필요 없어지면 무시하기 일쑤였고, 임원들마저도 직원에 등급을 나눠 편파적 취급을 했다.

게다가 한 직원의 실수로 같은 직급이더라도 월급이 세부적으로 다르다는 게 밝혀졌다.

"다들 알타프로스가 좋은 회사인 줄 알지만, 말 그대로 직원을 갈아서 그런 거예요. 그에 비해 저희에게 돌아오는 건 미미하고요."

"회사가 정말 양심이 없어요. 좋은 회사인 척 연기하면서 직원은 막대하죠. 회사 이미지를 실추하면 바로 법적조치를 취하니까 참고 근무하는 거죠."

"이런 회사에서 다들 어떻게 근무하신 거예요?"

최창수의 질문에 직원들이 힘없이 대답했다.

"사회적 평판이란 게 있잖아요."

사회적 평판.

타 국가에 비해 대한민국은 특히나 더 남의 시선을 의식한다. 이상하게 보이기 싫어서, 불쌍하게 보이기 싫어서 자신을 포장해 좋은 시선을 받으려고 한다.

아무리 괴로워도 좋은 대학을 나왔고, 아무리 힘들어도 좋은 회사에서 참고 근무하면 주변에서 자신을 바라보는 시선이 달라진다.

한 번 그 시선을 받으면 더 이상 다른 시선은 참을 수 없게 된다.

이들도 마찬가지였다.

알타프로스라는 알아주는 회사를 다니면 사람들이 자신을 좋게 봐준다. 대신 알려지지도 않은 회사에서 디자이너로 근무하면 돈도 안 되는 일 뭐하러 하냐고, 정작 도움도 주지 않을 사람들에게 욕을 먹는다.

그래서 참았던 거다.

회사에서는 힘들지만, 사회에서는 인정을 받을 수 있으니까.

"약속드리겠습니다."

그들을 향해 최창수가 말했다.

"스트레스 안 받는 직장 생활. 회사에서도 사회에서도 인정받을 수 있도록, 최고의 대우를 해드리고 여러분들이 삶에 보람을 느낄 수 있도록 해드릴게요."

그로부터 2주일 후.

최창수는 한석구로부터 미디어 패션 본사 근처에 위치한 5층짜리 건물 중 3층과 4층과 사무실로 사용하라는 소식을 전해 들었다.

'자리가 부족한 일은 없겠군.'

현재 앤젤 쇼핑몰의 직원은 자신을 포함해서 총 열 명. 이번에 새로 65명이라는 직원을 한 번에 영입하게 된다.

'회사 자금 중 일부를 건물 매매로 사용하면 직원들 월급에 문제가 생겼겠지만, 이거라면 각자에게 약속한 월급을 전부 지불할 수 있어.'

게다가 한석구로부터 사업자금 5억을 받은 상태다. 여유가 되면 갚으라했으니 조바심 가지지 않고 차근차근 앞으로 나아가면 된다.

"왔군."

창밖을 바라보니 직원들이 이삿짐센터와 함께 도착한 걸 봤다.

'이제 시작해도 되겠지'

최창수가 휴대폰을 꺼내 단체문자를 발송했다.

· · · ◆ · · ·

띠리링.

오늘도 직원들 몰래 페트병에 담긴 소주를 마시고 있자

휴대폰이 진동했다.

'이제야 그만둘 수 있구나.'

문자를 확인한 한정오가 페트병을 잠그고 자리에서 일어났다.

"어라, 10분 후에 회의인데 어디 가세요?"

"잠깐 볼 일이 있어서. 아마도 안 돌아올 거니까 너희끼리 진행해."

부하 직원이 고개를 갸웃거렸지만 인사과로 향하는 한정오의 걸음은 망설임이 없었다.

'이게 다 뭐야?'

인사과에 도착한 한정오의 눈이 휘둥그레졌다.

총 서른 명.

그들 모두가 인사과에 줄을 지어 서 있었다.

그게 다가 아니었다.

시간에 흘러감에 따라 한 명 두 명, 인사과에 용건이 있는 직원이 늘어났다. 최종적으로 65명이 됐을 때, 한정오의 휴대폰에 한 통의 문자가 다시 왔다.

발신자는 최창수.

문자 내용을 확인한 한정오는 그제야 어째서 이토록 많은 직원이 인사과에 방문한지 알게 됐다. 더불어 자신이 이들을 지휘해야 한다는 것도.

그들을 대표해 한정오가 인사과 문을 두들겼다.

그리고 갑작스러운 난관에 부딪히게 됐다.

"한정오 디자이너? 일 안하고 여기는 왜 왔어?"

인사과 임원이 그에게 말을 걸었다. 예상치 못한 그 때문에 함께 사표를 내기로 한 직원들이 수군수군거렸다.

'내가 대표니까 쫄면 안 되겠지?'

각오를 다진 한정오가 인사과 임원에게 사표를 건넸다.

"이게 뭐야? 나 용돈주려고?"

"아뇨. 사표입니다."

"……내가 방금 잘못 들었나?"

"잘 들었습니다. 사표 맞고요. 제 뒤에 있는 직원들, 얘네 전부 사표 내러왔으니까 이 자리에서 처리해주세요."

한정오가 옆으로 한 발자국 물러서자 직원들이 차례대로 인사과 임원에게 직접 사표를 건넸다.

"이 회사에 정 떨어져서 더 이상은 못 있겠네요. 수고하세요."

"사표입니다. 앞으로 승진빌미로 저한테 뭐 요구할 생각하지도 마세요. 공짜 밝히다 얼마 안 남은 그 머리카락 다 빠집니다."

"야! 이, 임원이면 직원 막 해대도 되냐?! 사표나 받아!"

어차피 떠나는 길. 그동안 무서워서 못 했던 말과 행동을 인사과에 보이며 제각기 사표를 제출했다.

"다, 다들 왜 이래?!"

처음에는 한 장, 그 다음은 두 장. 최종적으로 다 쥘 수 없을 만큼 사표가 계속 들어오자 인사과 임원이 당황했다.

"보면 모르십니까? 다들 여기서 근무하기 싫으니까 사표 낸 거지."

"맞아요. 저희들, 알타프로스에 정 완전 떨어졌거든요~. 어차피 저희 없어도 잘 굴러갈 텐데 수고요~."

"자, 잘 굴러가긴 뭐가 잘 굴러가? 다들 우리한테 섭섭한 일 있었어? 나, 나가지 말고 우선 얘기를 해보자고 얘기를!"

이런 경우는 살면서 처음이었다. 그 어떤 회사가 이토록 많은 직원이 한 번에 그만두는 경우를 생각했겠는가.

"얘기할 거 없습니다."

"그래도 얘기를 해보자고! 응? 한 두 명도 아니고 이렇게나 많은 직원이 갑자기 사라지면 회사 꼴이 어떻게 되겠어? 다들 맡은 프로젝트나 업무도 있을 거 아냐?"

"퇴사하는 마당에 그걸 왜 신경 씁니까? 게다가 이제 와서 대화는 너무 늦었어요. 언제 직원들이 불만 토로할 때 회사가 신경 쓴 적 있습니까?"

"이, 있지 않나?"

"없습니다. 없으니까 우리가 나가는 거고요. 만약 지금 사표 철회하더라도 분명히 임원님께서 저희 얼굴 다 기억해두고 나중에 불이익만 줄 텐데 미쳤다고 철회합니까?"

"에이, 내가 왜……."

"됐고요. 우리 모두, 오늘부로 그만둡니다. 이미 이직할 곳도 알아놨으니까 수고하세요."

한정오가 직원들을 데리고 함께 밖으로 나갔다.

그 후.

알타프로스 본사는 발칵 뒤집어졌다.

65명의 직원이 사표를 낸 지 불과 30분 만에 회사 전체에 얘기가 돌기 시작했고, 제대로 방아쇠를 당긴 덕분에 그만둘까 고민하던 직원들 사이에서 사직서 얘기가 오가기 시작했다.

한 두 명도 아니고.

이만한 수의 직원이 하루아침에 사라지면 짧아도 한 달 동안은 회사가 제대로 돌아갈 리가 없다. 분위기에 취해 또 사직 의사를 밝히는 직원도 있을 테고.

알타프로스 회장은 물론 임원들까지도 비상이 걸려 사표를 제출한 직원들에게 전화를 걸어 다시 돌아오라고 손이 발이 되도록 비볐다.

"진짜 이게 무슨 일이래요?"

한편, 알타프로스에서 떠날 마음이 없는 정규현은 동료인 박찬규와 함께 커피를 마시고 있었다. 월급만 똑바로 지급하면 회사의 문제는 알 바가 아닌 둘이라 이 소란 속에서도 느긋했다.

"나라고 알겠냐? 다들 입 맞춰서 회사에 엿 먹이려 했나 보지."

"그런가?"

"그것보다 너. 잠깐 집 가서 이번 제품 도안이나 가져와.

상부에서 갑자기 가져오라고 하네."

"그래요? 앗싸, 잠깐이지만 회사 떠날 수 있다고 생각하니 기분 좋네. 1시간 안에 올 게요~."

콧노래를 부르며 회사 밖으로 나간 정규현은 생각했다. 아슬아슬할 때까지 게임이나 즐기다가 돌아가겠다고. 그때는 몰랐다.

이게 자기 인생의 마지막 즐거움이 될 거라고는.

"……어?"

도안이 있는 장롱.

그 문을 열었을 때 자신을 반긴 건 도안이 아닌 한 장의 쪽지였다.

– 양심 있게 삽시다.

· · · ◈ · · ·

알타프로스에서 대거 사표를 수리하게 된 사건은 인터넷 뉴스에도 오르게 됐다.

"회사에 무슨 일 있었나?"

"너 그거 안 봤냐? 누가 익명으로 알타프로스 내부 고발했잖아. 그거 보니까 완전 쓰레기 기업이더라. 난 이제 알타프로스 옷 안 사려고."

"내 친구는 이번에 알타프로스 옷 다 버렸다 하더라.

이런 회사 옷은 더 이상 못 입겠대."

알타프로스의 진상이 사회에 퍼진 지 벌써 한 달.

열 번의 성공보다 한 번의 실패가 대중에게는 더 선명하게 기억된다는 걸 보여주기라도 하듯, 오랫동안 쌓아온 알타프로스의 이미지는 무서운 속도로 추락했다.

그러다 보니 서유라의 디자인을 무단 도용한 신제품이 나왔음에도 주가가 상승하기는커녕 천천히 추락하는 중이었다.

"이런 시발! 이게 말이 돼?! 어! 말이 되냐고!"

알타프로스 회장실.

회장인 문석주가 명패를 던졌다. 무서운 속도로 날아가 벽에 부딪힌 명패는 크게 울었고, 그 소리에 정규현과 디자인 임원은 오늘이 제삿날이라고 생각했다.

"야, 정규현! 별 능력도 없는 새끼야! 사람과의 정을 생각해서 팀장 자리에 앉혀줬으면 일을 똑바로 해야 할 거 아냐! 할 게 없어서 2년짜리 디자이너 도안을 훔쳐?"

"죄송합니다……."

"그리고 너도 문제야! 임원이란 새끼가 대체 뭐하는 건데? 최창수 그 새끼 미디어 패션이랑 손잡은 새끼인데 그 새끼 신경을 왜 긁냐고!"

"하지만 손해가……."

"손해는 지금이 더 크지! 그때 사실대로 말하고 공장 멈췄었어 봐. 직원 잃고! 이미지 실추되고! 주가 떨어지고!

이 사단이 났겠냐고!"

"드릴 말씀이 없습니다……."

"그야 시발 당연히 없겠지! 기껏 미디어 패션 뒤꽁무니다 따라잡았다고 생각했는데 이게 뭐야! 그 사이 직원은 더 사라진 거 알지? 걔들 지금 어디 있는 지 알아? 앤젤 쇼핑몰이랑 미디어 패션에 있대 이 새끼야! 다 실력 좀 있는 놈들만 데려갔으니 우리 회사 제품 퀄리티가 갑자기 확 떨어지지! 그리고 이것 봐 봐."

문석주가 노트북 화면을 보여줬다.

앤젤 쇼핑몰 및 미디어 패션 본사 홈페이지.

"이게 뭔지 알아?"

"모르겠습니다……."

"디자인 임원이란 새끼가 그것도 몰라! 전부 우리 회사에서 나오려고 했던 제품이잖아! 너희들이 일처리 똑바로 안 한 바람에 직원들이 제품 승인나기 전에 도안 갖고 나갔다고 이 자식아! 이게 손해가 얼마인 줄 알아?"

만약 이 제품들의 평가가 별로였다면 이 정도로 화가 나지도 않았을 거다.

하지만 알타프로스의 이미지가 깎이고, 자연스레 앤젤 쇼핑몰과 미디어 패션이 떠오름에 따라 예전 같으면 무난했을 옷도 지금의 소비자 눈에는 엄청난 물건처럼 보이게 됐다.

"대체 이 사단을 어떻게 책임질 거야? 너희 둘 전 재산을

다 가져와도 모자란데 무슨 수로 책임질 거냐고!"

"어, 어떻게든 돈으로 막거나. 아니면 법적조치라
도……."

"야. 넌 임원이면서 머리가 그렇게 안 돌아가냐? 지금
언론이 전부 우리한테 화살을 쏘고 있는데 이 상황에서 모
르쇠로 일관하고 법정에 서면 잘도 우리 편 들어주겠다.
법정에서만 승리하면 다가 아냐, 중요한 건 소비자가 우리
에게 등을 돌리냐 마냐지! 게다가 증인도 저쪽이 훨씬 많
고! 여차하면 미디어 패션도 나설 텐데 우리가 무슨 수로
이겨!"

이러나저러나 답이 없는 상황.

정규현과 디자인 임원은 입을 다물었다. 자신들이 무슨
말을 하더라도 그건 지뢰니까.

"하아. 안 되겠다. 최창수라고 했지? 걔 불러 와."

"네?"

"그 새끼 불러오라고! 안 봐도 걔가 너희한테 복수하려
고 알타프로스 자체를 건드린 거 같은데. 데려와서 어떻게
든 합의 봐."

오랜 사회 경험이 말하고 있었다.

자연스레 시간이 지남에 따라 문제는 해결되겠지만. 최
대한 빨리 해결해서 더 이상의 손해를 줄이려면 최창수가
등판해야 한다는 걸.

"우리가 졌어. 걔한테 완전히 깨졌다고!"

알타프로스의 숨통을 조른 인물만이 유일한 희망.

참으로 아이러니한 상황이었다.

· · · ◈ · · ·

그로부터 며칠 후.

"이야. 높으신 분들이 한 분도 빠짐없이 절 만나러 모이신 건가요?"

상대방의 신경을 긁듯 최창수가 능청스럽게 말했다.

그에 알타프로스 회장과 전 임원들은 심기가 불편해졌지만, 현 상황에서 무기를 쥔 건 최창수였기에 다들 침묵할 뿐이었다.

"잘 오셨습니다, 최창수 사장님."

문석주가 일어나 허리를 숙였다.

대한민국 패션 트렌드를 주도하는 한 회사의 회장이 중소기업 사장에게 허리를 숙인다.

주객전도가 따로 없었다.

"우선 사과 먼저 드리겠습니다. 저희 회사 직원, 그리고 임원 때문에 심기를 불편하게 해드리고 금전적 손해를 입게 만든 점. 진심으로 죄송합니다."

"죄송합니다!"

한 때 최창수를 무시했던 디자인 임원이 자리에서 일어나 허리를 숙였다.

하지만 최창수의 반응은 냉담했다.

"사과하려고 부른 건 아니신 거 같은데요?"

"……예리하시군요. 그럼 단도직입적으로 묻겠습니다. 이번 사건. 최창수 사장님이 벌인 일, 맞으시죠?"

"잘 모르겠군요."

"알타프로스에 반감을 갖고 있는 회사는 미디어 패션과 앤젤 쇼핑몰 밖에 없습니다. 그래서 드리는 제안입니다."

문석주가 디자인 임원을 바라봤다. 그러자 그가 다급하게 최창수에게 서류 몇 장을 건넸다.

"이 사태를 막을 수 있는 분은 최창수 사장님 밖에 없습니다. 빼돌리신 저희 회사 직원, 돌려달라는 말은 안 하겠습니다. 아마 그들도 돌아오지 않겠죠. 대신, 그들을 시켜 알타프로스와 관련된 얘기가 모두 거짓이라고만 해주십시오. 그리고 가급적이면 앤젤 쇼핑몰과 미디어 패션도 저희 편을 들어주셨으면 합니다."

문석주의 얘기를 들으며 서류를 읽었다.

내용은 간단했다.

입막음 비용으로 5억. 차후 1년 간 앤젤 쇼핑몰에게 총 열 개의 도안을 제공. 그리고 3개월 간 자사 공장을 무상으로 제공.

'전부 솔깃한 제안이군.'

첫 번째 제안은 한석구에게 바로 빚을 갚을 수 있게 도와준다. 두 번째 경우에는 공돈을 얻은 거나 마찬가지였고,

세 번째 역시 만만치 않은 공장가동비용을 절감하게 도와
준다.

득보다 실이 많은 제안.

그 제안에 최창수가 한 가지를 덧붙였다.

"요구사항이 있습니다."

· · · ◈ · · ·

이 정도 파격적인 제안이면 분명히 넘어올 거라 생각했
다. 하지만 그들의 생각보다 더 최창수는 올바르고 현명한
사내였다.

"알타프로스의 이미지가 실추된 이유는 두 개입니다. 하
나는 저희 회사 디자이너의 도안을 무단으로 사용했다는
것. 두 번째는 소비자를 기만했다는 사실이고, 아마도 이
점이 가장 크게 작용했겠죠."

사람 심리라는 게 그렇다.

비양심적인 사람은 얼마나 뒤통수를 쳐도 그러려니 한
다. 쟤는 원래 그런 놈이니까. 하지만 양심적인 사람이 알
고 보니 뒤에서는 더러웠다는 사실이 알려지면 더욱 큰 실
망을 하게 된다.

자신의 믿음이 깨진 거니까.

이번 알타프로스 건도 이와 비슷했다.

"하지만 그 어느 대기업을 가더라도 비슷한 문제는 존재

합니다."

"남이 그러니까 우리도 그래도 되겠지. 저는 이 사상이 사람을 좀 먹는 가장 큰 이유라 생각합니다."

"사업을 하다보면 어쩔 수가 없습니다."

"그럼 재작년에 뒷돈을 받은 것도 어쩔 수 없던 겁니까?"

갑작스러운 그 발언에 문석주가 크게 놀랐다.

"이 사실까지 밝혀지면 소비자는 한 명도 남지 않겠죠?"

"대체 어디까지 알고 있는 겁니까?"

"하나부터 열까지. 모두 다요."

알타프로스에서 스카우트한 직원. 그리고 전 알타프로스 소속 현 미디어 패션 소속인 임원으로부터 다양한 얘기를 들었다.

그 사실을 알게 되자 칼 한 자루 쥐고 있는 걸로만 보였던 최창수가 이제는 언제든지 자신들을 낭떠러지로 떨어트릴 수 있는 존재로 비춰지기 시작했다.

"첫 번째 요구사항입니다. 듣자 하니 직원들의 월급이 정상 지급되지 않거나, 인센티브가 계약서에 명시된 것보다 훨씬 적다고 들었는데요. 제게 주실 5억. 전부 직원들에게 돌려주십시오."

"알겠습니다……."

"두 번째. 저희 회사에게 1년 간 건넬 도안은 반드시 최상품으로. 그리고 해당 도안을 디자인 한 디자이너에게는

보다 많은 인센티브를 주세요. 노력한 만큼의 정당한 대가
는 받아야하지 않겠습니까?"

"맞습니다……."

"세 번째. 공장은 6개월 동안 빌리겠습니다. 이 부분은
속죄라 생각하세요."

"6개월…… 후, 알겠습니다."

"네. 그리고."

"더 있습니까?"

"듣기 싫으면 이만 가보겠습니다."

최창수가 자리에서 일어나 회장실 문을 열었다.

"가, 가시긴 어딜 가십니까! 요구사항은 전부 말씀해주
셔야죠!"

"맞습니다! 전부 얘기해보십시오!"

"제가 다 잘못했으니까 부디!"

화들짝 놀란 문석주가 바로 최창수에게 달려와 그를 붙
잡았고, 임원들도 최창수에게 매달려 어디에도 못 가게 움
직임을 봉쇄했다.

대기업 회장과 임원이 자신에게 매달려 있는 모습이 상
당히 통쾌했다.

"높으신 분들이 이러시는데 가는 것도 예의가 아니겠네
요. 마지막 요구사항을 말씀드리겠습니다."

최창수가 담담히 말을 이었다.

"알타프로스가 그동안 보여준 이미지는 깨끗한 기업이죠.

직원을 존중할 줄 알고, 노력한 만큼의 대가를 받게 해주는. 그 말을 사실로 만드세요. 그래야 제 실드가 거짓이 아니게 되니까요."

"그, 그게 끝입니까?"

"그리고 어느 기업보다 먼저 앞서서 노력의 대가를 받게 만드는 사회가 될 수 있도록 홍보에 힘써주세요. 만약 정말로 알타프로스가 이 약속을 지키면, 등 돌렸던 소비자들도 돌아올 테니까요."

최창수가 하는 말에는 무엇 하나 틀린 게 없었다.

회사 이익만 조금 줄인다면 노력의 대가를 제대로 보장해줄 수 있고, 비록 처음에는 이미지를 세탁하려한다는 언론의 뭇매를 맞겠지만 꾸준하게만 나아가면 소비자들은 알타프로스가 정신을 차렸다면서 다시 돌아올 것이다.

"약속, 하실 거죠?"

"당연히 해야죠!"

안 하면 죽는 상황.

비록 최창수의 제안이 여태껏 자신이 쌓아온 사업관과는 많이 달랐지만, 듣지 않으면 정말로 경영위기에 처하게 된다.

"좋습니다. 이렇게까지 해주신다는 데 계속 공격하는 것도 마음이 괴롭네요."

본래 자신의 적은 정규현과 디자인 임원.

도안 문제만 따지면 알타프로스는 그 둘 때문에 휘둘렸다

봐도 무방하지만, 알타프로스의 악행을 생각하면 또 아니었다.

'대기업이 직접 나서야 국민도 움직일 테니까.'

한 무리가 있다.

그 무리에서 보잘 것 없는 인물이 아무리 옳은 소리를 하더라도 사람들은 신경 쓰지 않는다.

하지만 그 무리에서 가장 뛰어난 사람이 옳은 소리를 하면 모두 군중심리에 취하게 된다.

'노력한 사람 모두가 정당한 대가를 받았으면 해.'

앤젤 쇼핑몰과 미디어 패션. 그리고 알타프로스까지 노력에 정당한 대가가 돌아올 수 있도록 힘써서 나선다. 분명히 기업 이미지가 좋아질 테고, 타 대기업도 그 효과를 함께 누리기 위해 이 캠페인에 참여할 게 분명하다.

대기업의 움직임에 따라 국민도 함께, 이윽고 정부도 함께 움직일 당연했고 결과적으로 최창수가 꿈꾸는 그림이 그려진다.

"이번 일은 책임지고 제가 어느 정도 무마하겠습니다. 제 노력이 헛되지 않게 해주세요."

"약속합니다!"

"감사합니다!"

문석주와 임원들이 일제히 최창수에게 고개를 조아렸다.

＊ ・ ・ ・ ◆ ・ ・ ・ ＊

　그로부터 2년이 흘렀다.

　최창수와 미디어 패션이 함께 알타프로스를 보호해주고, 겨우 회복하기 시작한 이미지를 다시 잃고 싶지 않던 알타프로스는 약속도 지키고 직원들에게 전과 다른 모습을 보여주면서 차츰차츰 정상 궤도로 돌아왔다.

　만약 처음부터 잘 했다면 지금쯤 더욱 성장했고, 원래대로 돌아왔으니 다시 예전으로 돌아와도 되지 않겠냐고 밥그릇 줄어든 임원 몇 명이 말했지만 문석주의 태도는 완고했다.

　"또 망하면 너희가 책임질 거야? 최창수 걔가 폭탄을 쥐고 있는데 미쳤다고 반기를 들어?"

　지난 2년 동안 문석주는 죽을 만큼 힘들었다. 업계 사람들에게 노골적으로 무시 받고, 회사에 실망한 직원들은 계속해서 하나 둘 떠나가고, 본사도 타 지역 회사에서도 인력이 부족한 경우가 발생했다.

　결국 예전에는 거들떠보지도 않은 실력의 디자이너를 영입했고, 중소기업 시절 때처럼 일일이 디자이너에게 붙어 노하우를 전달하는 등 과거의 전철을 다시 밟게 됐다.

　그 고생 끝에 알타프로스가 다시 2년 전 상황과 비슷하게 됐다.

　같은 실수를 반복할 만큼, 문석주는 어리석은 인간이 아니었다.

"예, 최창수 사장님."

지난 2년 간 한 번도 빼먹지 않고 일주일에 한 번씩 직원들에게 근황을 물었다. 오늘이 바로 그 날이라서 순례를 돌고 있자 최창수로부터 전화가 걸려왔다.

"잘 지내십니까?"

"하하. 저야 잘 지내죠."

최창수가 전화만 걸면 괜히 겁이 들고 작아지는 문석주. 반 년 만에 연락한 이유가 궁금했다.

"2년 사이에 알타프로스가 정말 많이 바뀌었다고 들었습니다. 약속, 지켜주셔서 감사합니다."

"사업가끼리의 약속은 지켜야죠."

"그런 회장님께 작은 선물을 하나 드리고 싶습니다. 10분 후, 통장을 확인해보세요."

통장을 확인하라.

문석주는 하던 일을 마저 마무리하고 비서를 시켜 개인통장 잔고를 확인하도록 시켰다. 그리고 놀랐다.

"······정말 무서운 놈을 건드렸군."

통장에는 알타프로스가 2년 전 건넸던 5억이 고스란히 돌아와 있었다.

그는 알고 있던 거다.

알타프로스가 정상 궤도를 되찾았더라도 여전히 힘든 상황인 건 마찬가지라는 것을. 그래서 예전에 받았던 돈을 돌려줬다. 아직 어수룩한 사업가라면 단순히 최창수가 좋은 사람이라고만 생각했겠지만, 문석주는 잔뼈가 굵은 사업가다.

이 돈을 받는 순간, 알타프로스는 사실상 앤젤 쇼핑몰의 밑으로 들어가는 거나 마찬가지다.

하지만 도저히 거절할 수가 없었다.

미래를 담보로 현재를 살려야 했으니까.

· · · ◆ · · ·

"잘 들어갔군."

은행에서 나온 최창수가 통장잔고를 확인했다. 돌려준 5억은 30분 넘게 돌아오지 않고 있었다.

'이걸로 알타프로스에 언제든지 요구를 할 수 있겠어. 그 요구가 이미지 세탁에 도움이 되는 거라면 무조건 수락하겠지.'

최창수가 고개를 높이 들었다. 그러자 2년 전 이사했던 사무실이 보였다. 그때와 바뀐 점이 있다면 더 이상 3층과 4층만 앤젤 쇼핑몰의 건물이 아니라는 것.

"이 건물이 내 거라니."

흐뭇하게 웃으면서 건물 안으로 들어갔다.

1년 동안 알타프로스가 준 도안은 정말로 최상품이었다. 거기에 미디어 패션의 마케팅까지 합쳐지니 엄청난 이슈를 일으켜 일확천금을 갖다 줬다.

그뿐만 아니라 직원이 늘어난 만큼 한 달에 출시할 수 있는 제품의 수도 무섭게 늘어났다.

언제나 그래왔듯, 최창수의 최대 전략은 박리다매였고 패션 사업에서도 그 수가 통했다.

양질의 제품이 끊임없이 쏟아지니 소비자들은 좋다고 지갑을 열었다.

그 결과 한석구에게 빌린 돈도 갚았고, 서울에 위치한 5층짜리 건물까지 매매하게 됐다.

스물여덟이라는 젊은 나이.

남들은 사회 초년생일 그 나이에 최창수가 쌓은 업적은 상당했다.

미디어 패션과 알타프로스를 사실상 주무를 수 있을 만큼의 힘을 가지게 됐고, 규모와 매출은 이미 대기업 반열에 슬슬 진입해도 좋을 만큼 성장했다.

거기에 서울권에 5층짜리 건물까지.

사회에 뛰어들고, 고작 3년 만에 이룬 결과물이었다.

"사장님 오셨습니까!"

"촬영은 잘 하고 오셨나요?"

최창수가 나타나기가 무섭게 직원들이 하나 둘 근황을 물었다.

본래 회사에서 사장은 함부로 말을 걸기도 부담스러운 존재. 하지만 앤젤 쇼핑몰 직원들에게 있어 최창수는 친구 같은 사장이었다.

"여러분들 사장인데 당연히 잘 하고 왔죠."

최창수가 웃으면서 말했다.

미디어 패션과 알타프로스, 그들과 함께 노력의 대가를 받는 사회가 될 수 있도록 함께 힘써서 홍보를 했다.

소비자들로부터 좋은 평가를 받게 되자 그의 예상대로 각 대기업에서도 최창수를 따라 하기 시작했다.

그리고 오늘.

국가의 부름을 받아 공익광고를 촬영했다.

'노력의 대가를 말하는 공익광고에서 출연료를 전혀 받지 못한 건 아이러니하지만.'

그래도 충분한 의미는 있었다.

이로 인해 최창수라는 인물을 더욱 널리 알리게 된 거니까.

'이제 한 30%정도 왔으려나.'

목표 달성에 한 발자국 한 발자국 가까워지고 있었다.

'게다가 운수 대통령도, 상당히 발전했고.'

알타프로스 문제를 해결하고 최창수는 사업과 함께 트로피 획득에 집중했다.

'앞으로 47%. 47%만 더 트로피를 획득하면 정식 판을 손에 넣게 돼. 과연, 그때는 무슨 일이 있을까?'

마음 같아서는 트로피 획득에만 집중하고 싶었다.

하지만 자신을 믿고 따르는 300명의 직원이 있다. 앤젤 쇼핑몰의 제품을 기다리는 수많은 고객이 있다.

욕심보다는 그들과의 신뢰를 지키고 싶었다.

"저기, 사장님."

사장실에 들어가려 하자 앤젤 쇼핑몰 초창기부터 함께 일했던 이창현이 다가왔다.

"아, 창현 씨. 왜요?"

"그게, 드릴 게 있습니다."

이창현이 쑥스럽다는 듯 웃으며 청첩장을 건넸고, 최창수는 눈이 휘둥그레졌다.

"결혼하세요?"

"하하, 네 그렇게 됐습니다. 정신 차리고 나니 33살이더라고요. 교제하던 여자도 있어서, 다음 달에 결혼식 올리기로 했습니다."

"아니! 그걸 왜 이제야 말씀하세요! 좀 더 빨리 알려줬다면 뭔가 해드렸을 텐데. 아니다, 지금도 늦지 않았네. 20평이어도 괜찮다면 전세금 정도 대신 내드릴까요? 부담스럽다면 직급 상승? 뭐가 좋으세요?"

"네, 네?"

초창기부터 앤젤 쇼핑몰에 몸담으면서 최창수가 자기 사람에게는 한없이 친절하다는 걸 알고 있었지만, 설마 전세금 얘기까지 꺼낼 줄은 몰랐다.

"어, 그게…… 직급 상승만 받겠습니다……."

아무리 생각해도 전세금은 너무 부담스러웠다.

"그게 편하시다면야 뭐."

최창수가 방긋 웃으며 사장실로 들어갔다. 그리고 자신의 자리에 앉아 있는 한석구를 봤다.

　　"회장님?"

　　"제법 늦었군. 오래 기다릴 줄 알았다면 여유롭게 오는 거였는데 말이지. 하긴, 떠오르는 신인이니 바쁠 만도 한가?"

　　한석구가 사장실 한곳에 쌓인 상장을 바라봤다.

　　올해 최고의 중소기업 상장 두 개와 국무총리 상장 한 개가 눈에 들어왔다.

　　"연락도 없이 어쩐 일이세요?"

　　"음? 설마 잊은 건 아니지? 얘기를 먼저 꺼낸 건 최 사장이었을 텐데."

　　한석구가 두툼한 서류를 꺼냈다.

　　"150평짜리 토지. 확보했다."

송근태 현대 판타지 장편소설

여섯 번째 이야기
내가 애들을 지켜야지

운수 대통령

운수 대통령

한석구가 토지 계약서를 테이블에 올려뒀다.

방금 전까지 즐겁기만 하던 최창수는 감격에 눈물이 흐를 것만 같았다.

"드디어……."

7개월.

이 토지를 확보하느라 무려 7개월이나 걸렸다.

어떻게 하면 앤젤 쇼핑몰과 미디어 패션의 이미지를 지금보다 더욱 좋게 만들면서, 사회적 약자를 구원하는데 힘을 쓸 수 있을까. 고민하던 나날 최창수는 길거리에서 어린애 몇 명이 구걸하는 모습을 봤다.

아무리 봐도 초등학생 고학년 정도.

부모님 품에서 즐겁게 웃고 떠들면서 건강하게 자라야 할 그 나이에 그 애들은 사람들의 멸시를 받고 있었다. 사정을 들어보니 현재 신세지는 보육원이 경영위기에 빠져서, 집이 사라지면 안 돼서 구걸을 하고 있다고 했다.

그 말에 마음이 괴로워졌다.

대체 국가는 고아를 봐주지 않고, 보육원을 도와주지 않고 무얼 한단 말인가?

나라에서 지원금을 줘봤자 경영 위기는 피해가지 못하는 게 현 보육원이다.

만약 국가가 뒷돈을 챙기지 않고 사회적 약자에게 투자를 했다면 대한민국은 지금보다 훨씬 더 좋은 나라였을 게 분명했다.

국가가 해결해주지 않으면, 자신이 해결할 뿐이었고 한석구에게 이 얘기를 전해 함께 보육원 설립을 해보자고 제안을 건넸다.

그 역시 딸내미를 세간에 밝히지 못하는 입장으로 큰 공감을 받았고, 이 사업에 투자하기로 했다.

"자네 말대로 돈 못 버는 사업이지만, 대신 마음이 풍요로워지겠지."

"그렇죠. 현재 미디어 패션, 그리고 앤젤 쇼핑몰의 자금만 있다면 적어도 저희가 설립한 보육원만큼은 경영위기에 빠지지 않게 할 수 있습니다."

"그렇지. 기업 이미지도 좋아질 터니, 최 사장이 먼저 얘기를 꺼내줘서 다행이야. 나 혼자였다면, 아마 이런 결정을 내리지 못했겠지."

"토지를 구해주신 것만으로도 충분합니다."

토지는 미디어 패션에서 매매했다.

그 후 보육원 설립부터 경영에 관한 모든 책임은 최창수가 지기로 했다.

두 사람은 바로 보육원이 설립될 장소로 이동했다.

토지가 위치한 곳은 경기도 수원.

150평 규모의 부지가 그들을 반겼다.

"저 뼈대는 뭐죠?"

"중간에 취소됐지만 공장을 설립하려 했다더군. 재공사 예정까지 엎질러진 걸 지인을 통해서 매매했지."

"그렇군요."

최창수가 부지 땅을 밟았다. 그리고 주변을 둘러봤다.

'차로 20분이면 바로 번화가로 나갈 수 있으니 좋네. 주변 풍경에 잘 동화되려면 너무 화려한 디자인은 피해야겠지.'

바닥에서 나뭇가지를 주웠다.

"뭐하는 가?"

"내부를 어떻게 하면 좋을지 한 번 그려보고 있습니다."

실제 평수를 생각하며 나뭇가지로 선을 그었다.

상당히 열정적인 모습에 한석구는 생각했다.

'정말 올곧은 친구군.'

사업가는 정말 많은 사람을 만나는 직업이다. 여태껏 만난 사람 중 가장 가능성이 있고, 그 누구보다 신념이 뚜렷하면서도 올바른 사업가가 바로 최창수였다.

사업을 하면, 필연적으로 잘못된 길을 한 번 걸을 수밖에 없건만.

최창수는 단 한 번도 그러지 않았다. 그러면서도 성공가도를 달리고 있으니 이제야 한아름의 말이 하나 둘 이해됐다.

어째서 곁에서 계속 지켜보고 싶다 말했는지.

"뭐하세요?"

보육원 부지와 근처 사진을 찍고 돌아가려고 하니 아줌마 무리가 최창수에게 말을 걸었다. 손을 보니 다같이 장이라도 보고 돌아오는 길인 듯 했다.

"아, 혹시 이 동네 주민이세요?"

"네. 그런데요. 뭔데 여기 들어갔다 오세요?"

"훈이 엄마, 혹시 공장 사람들 아냐?"

"진짜 공장 사람들이에요? 몇 번이나 말하지만 여기에 공장 설립되는 거 반대에요. 만날 시끄러울 테고 외노자 때문에 치안도 나빠질 거 아니에요."

"게다가 매연 때문에 공기도 나빠질 거 아니에요. 이 근처에 학교가 얼마나 많은데, 우리 애들 폐암 걸리면 어떡해요."

"상식적으로 공장은 시골에 세워야지. 무슨 도시에 세워요?"

대답을 할 사이도 없이 계속해서 치고 들어오는 아줌마들의 얘기.

자신들이 생각하는 문제점이 시골은 전혀 느끼지 않을 거라 생각하는 저 뻔뻔한 태도가 정말 마음에 안 들었지만, 굳이 적을 만들어야 할 필요성은 못 느꼈다.

"오해마세요. 저희는 공장 관계자가 아닙니다."

"그래요? 그럼 뭐지?"

"이런 사람입니다."

최창수가 명함을 꺼내 아줌마 무리에게 건넸다. 그 모습에 한석구도 똑같이 행동했다.

공장을 반대하는 저 모습을 보아하니, 지금은 권력 자랑을 아끼면 안 될 듯 싶었다.

"앤젤 쇼핑몰? 어머, 여기 우리 딸내미가 자주 이용하던데 사장님이세요?"

"훈이 엄마, 이쪽 분은 미디어 패션 회장님이야. 대박이다, 저기요. 우리 아들이 아직 고2지만 디자이너가 꿈이거든요? 자리 좀 만들어주면 안 돼요?"

전형적인 대한민국 극성 아줌마의 모습.

어색하게 웃으며 최창수는 말을 이었다.

"이번에 이 토지에 보육원을 설립하려고 합니다."

"보육원이라고요?"

"네. 전국 각지에서 경영 위기 때문에 오갈 데 없는 고아를 데려와서 성인이 될 때까지 옆에서 지켜봐주려고요. 근처에 학교가 많다면 그 애들이 적응하기도 더 좋겠네요. 공장이 아니니까 걱정하신 문제점은 없겠죠?"

"이, 이게 무슨 소리에요!"

아줌마 무리가 갑자기 노발대발했다.

"누구 마음대로 보육원을 세워요?"

"맞아요! 부모도 없이 못 배운 애들이 근처에 있으면 우리 애들 수준도 떨어질 거 아니에요! 자연스레 땅값도 떨어질 텐데, 우리는 반대에요!"

반박할 틈도 없이 아줌마들이 계속해서 언성을 높였다. 마치 피리 부는 사나이가 피리 소리로 애들을 모으던 것처럼, 그 목소리에 동네 주민이 점점 몰려들었다.

"글쎄, 이 사람들이 보육원 설립한대요!"

"뭐? 여기에 무슨 보육원이야? 공사 내내 시끄러울 텐데 안 돼."

"고아 애들은 좀…… 더럽고 무식하지 않나?"

총 스무 명.

그 중 보육원 설립에 호의적인 반응을 보이는 사람은 한 명도 없었다.

모두 동네와 자신들의 평판만 생각하면서 일방적으로 고아를 무시하기 일쑤였다.

그때 느꼈다.

편견이란 게 얼마나 무서운지. 부모가 없을 뿐, 자신들이 기르는 자식들과 다른 점 하나 없는 애들이건만.

"다들 말씀 좀 가려서 하시죠?"

안 그래도 힘들 애들이 사회 시선 때문에 더 힘들 거라 생각하니. 마치 자신이 고아가 된 것만 같았고, 더 이상 뇌 내 필터링을 거치지 않고 내뱉는 말을 참을 수 없었다.

"사회적 약자를 보살펴주지 못하고, 오직 자신들의 이득만 챙기는 당신들의 모습이 더욱 못 배운 것처럼 보입니다."

"뭐, 뭐라고요?!"

"길게 얘기하고 싶은 생각 없습니다. 전 보육원을 설립할 겁니다."

더 이상 그 애들이 사회의 편견 때문에 자신의 가능성을 피우지 못하는 모습을 지켜볼 수 없었다.

편이 없다면.

자신이 되어주면 되는 일이다.

· · · ◈ · · · ·

그 날 새벽.

최창수는 사장실 컴퓨터 앞을 떠나지 않았다.

'설득해야 해.'

어차피 운수 대통령의 능력 덕분에 수면은 하루 2시간이면 충분하다. 그 외 시간은 사회를 개벽시키는데 투자할 수 있다.

약 3일에 걸쳐 최창수는 동네 주민을 설득할 자료를 만들었다.

마치 영업직이라도 된 듯 죽을 각오로 동네를 샅샅이 뒤지면서 주민들을 찾아갔다. 작성한 자료를 토대로 본격적인 설득에 나섰다.

"보육원이 설립되면 아이들이 많아지니 이 근방에 더욱 활기 넘칠 겁니다. 게다가 자녀분들에게도 친구가 늘어나니 좋겠죠? 동네 땅값이 떨어지기 보다는 이 동네 주민은 다들 따뜻한 사람이구나 싶어서 오히려 늘어날 게 분명합니다."

"자녀분이 디자이너를 꿈꾼다고 했죠? 제가 미디어 패션과 얘기해서 반드시 한 자리 드리겠습니다. 안 되면 저희 쇼핑몰에라도 취직시켜드리겠습니다."

"제 팬이라고 하셨죠? 소원 하나 이뤄드릴 테니까 어머님 좀 잘 설득해주세요."

공장 관계자였다면 듣지도 않았을 말.

하지만 최창수에게는 상대방을 설득시킬 수 있는 능력이 있다. 때문에 한석구에게도 자신감을 표출했고, 쪽팔릴 일 따위는 없었다.

"전부 다 설득했다니, 그게 사실인가?"

일주일 후.

한석구에게 사실을 알리자 그가 감탄을 터트렸다.

"무슨 마법을 부렸지?"

"조목조목 말하니까 대화가 통하더라고요. 예정대로 진행하면 될 거 같습니다. 지금 건설 계약하러 가는 길인데, 페이는 의논 나눴던 금액으로 진행하면 되겠죠?"

"애들 사는데 불편함만 없다면 상관없네."

"알겠습니다."

전화를 끊은 최창수는 한석구에게 고마움을 느꼈다.

'사업판에 잔뼈가 굵은 사람이라서 돈 안 되는 일은 거절할 줄 알았는데, 이토록 열정을 보여주다니.'

투자금이 아깝지 않도록 훌륭한 보육원을 설립해야 하고 싶어졌다.

잠시 후.

목적지에 도착한 최창수가 기업 문을 열었다.

"오랜만입니다. 반재현 이사님."

오늘 최창수가 방문한 곳은 바로 철강산업이었다.

"오, 창수 씨! 정말 오랜만이군요. 잠시 못 본 사이에 살이 조금 빠진 거 같은데 바빠서 식사를 거르는 건 아니겠죠?"

"하하. 요 며칠만 걸렸습니다. 건강에는 이상 없으니 걱정 안 하셔도 괜찮아요."

반재현과 처음 알게 된 게 20살 때. 벌써 8년이나 이어지는 인연이었고, 그 사이 반재현은 이사 총괄 자리에 올랐다.

"음, 그래. 보육원을 설립한다 했었죠?"

"네. 다른 곳에 공사를 맡길 바에야 믿음직스러운 철강 산업이 좋을 거 같아서 연락드렸습니다."

"하긴, 철강산업만큼 깨끗하면서도 완벽하게 일하는 곳이 없죠. 연락 잘 주셨습니다. 잘 주셨는데⋯⋯."

반재현의 표정이 갑자기 어두워졌다.

"정말 아깝군요."

"⋯⋯뭐가 아깝다는 거죠?"

"창수 씨 말입니다. 이만한 인재를 놓쳤다는데 아직도 아쉽습니다."

대학생 때부터 반재현에게 계속해서 러브콜을 받았다. 그 러브콜은 앤젤 쇼핑몰을 설립할 때까지 끊이질 않았지만 최창수는 번번이 거절했다.

"남 밑에서는 성장의 한계가 있다 생각했거든요."

"한계라⋯⋯ 맞습니다. 창수 씨 만한 인물은 독자적인 길을 걷는 게 더 어울리는 인물이죠."

아쉬운 얘기를 하니 더 아쉬워졌고, 반재현은 바로 공사 얘기로 들어갔다.

"제가 생각한 내부 디자인은 이렇습니다."

최창수의 도안을 살펴봤다.

100평 중, 20평은 보육원 교사들이 사용할 장소였고 나머지 80평은 고아만을 위한 장소였다. 방 배분도 골고루 잘 된 편이어서 흠잡을 곳이 없었다.

"옆에 이 50평은 뭔가요?"

"아. 그곳은 마트를 만들려고 합니다."

"마트라고요?"

"네. 보육원 근방을 살펴보니 편의점은 많았지만 대형마트가 없었습니다. 차를 타고 20분이나 나가야 AK프라자가 나오죠. 그래서 생각한 건데, 50평짜리 마트를 만드는 겁니다."

"과연. 제법 수요가 있겠군요."

"네. 수익은 전부 보육원에 투자하고, 직원도 보육원에서 구하려고 합니다. 미리 사회를 경험하고 싶은 애들에 한해서 일거리를 주는 거죠. 이거라면 보육원 애들이 성인이 된 후에 걸어야 할 미래에 불안함을 느낄 일도 없을 겁니다. 마트에 취직하면 되니까요!"

그 외에도 패션 쪽에 관심 있는 애들은 앤젤 쇼핑몰과 미디어 패션에서 영입할 생각도 있었다. 게다가 보육원 설립은 앞으로도 꾸준히 할 생각이다. 그때마다 보육원 옆에다가 수요 있는 아이템을 추가할 생각하니 일거리 창출에도 가능하다.

"단지 보살핌 받아야 할 장소가 없을 뿐이지, 다들 가능성이 무궁무진한 애들입니다. 그 꽃을 무사히 피도록 제가 도우려고 합니다."

"그렇군요. 역시 창수 씨. 첫 만남 때, 거침없이 몸을 던져 절 구하는 걸 보고도 올곧은 사내라 생각했지만, 성인이 되고 사회를 경험하면서도 변함없는 그 마음. 저로서는 도저히 따라할 수 없군요."

"반재현 이사님도 충분히 좋은 분이십니다. 단지, 제가 좀 더 좋은 사람일 뿐이죠 하하!"

넌지시 농담을 건넸고, 반재현도 맞는 말이라고 화답했다.

"그럼 공사는 저희 쪽에서 좀 더 얘기를 나누고 최대한 빨리 진행하도록 하겠습니다."

"네. 시일은 얼마나 걸릴까요?"

"회장님께서도 가능한 만큼 인력을 창수 씨에게 투자하라고 하셨으니, 길어봤자 반 년 일겁니다."

길어봤자 반 년. 그 말은 훨씬 더 빨리 끝날 수 있다는 얘기였다.

공사 전까지 해야 할 일이 산더미 같으니 조급해 할 필요는 없다.

"잘 부탁드립니다."

"그럼요. 아이들이 지내는데 불편함이 없도록 최선을 다하겠습니다."

반재현과 악수를 나누고 밖으로 나왔다. 그리고 차에 올라타 조수석에 놓인 서류를 집었다.

서류에 적힌 건 전국에 위치한 보육원 리스트.

분석과 조사의 결과물인 듯 글씨가 정신없이 적혀 있었다.

"보육원 설립한다는 보육원 실체를 모르면 말이 안 되지."

아직 자신은 보육원 운영의 고충과 그들의 심정을 모른다.

더 좋은 운영을 하려면 미리 알아둘 필요가 있다.

"네. 거기 맥도날드죠? 푸름 보육원으로 가장 비싼 햄버거 세트 100개 갖다 주세요."

주문을 끝낸 최창수가 며칠 전 연락을 나눴던 보육원으로 향했다.

· · · ◈ · · ·

푸름 보육원은 충남 천안시에 위치해 있었다.

'내 고향에도 보육원이 있었구나.'

어릴 적에는 관심도 없던 것.

어른이 되어 관심분야가 바뀌자 자연스레 쌓게 되는 지식의 형태가 완전히 바뀌었다.

'그때랑 비교하면 정말 많이 변했네. 벌써 28살이니까, 어른이 된 거겠지.'

게다가 이번 년도도 반 년 밖에 안 남았다. 머지않으면 스물아홉 살. 정신없어 달려왔고, 그만큼 이뤄낸 것도 많았지만 세상은 만족할 만큼 바뀌지 않았다.

'육십 정도 되면 목표를 달성했으려나.'

무려 절반을 지금까지처럼 똑같이 달려야 한다 생각한다. 타인이었다면 신물을 느낄 상황이지만 최창수는 기대가 됐다.

자신의 힘으로 세상을 바꿔나가는 게 즐거웠으니까.

'여기지?'

마침내 푸름 보육원에 도착했다.

70평 남짓의 낡은 건물.

보육원 부지에 있는 20평 남짓 공원에서 애들이 신나는 얼굴로 뛰어놀고 있었다. 하지만 뛰어노는 건 아직 세상물정을 모르는 초등학생 뿐, 중학생이나 고등학생쯤으로 보이는 애들은 표정이 좋지 못했다.

"아저씨 누구에요?"

"와! 엄청 잘 생겼다!"

초인종을 눌렀는데도 대답이 없어 전화를 걸려고 하자 뒤에서 목소리가 들렸다. 고개를 돌리니 초등학생 몇 명이 서 있었다.

"아저씨 여기 볼 일 있어요?"

"혹시 여기 애들이니? 원장님 좀 보려고 하는데 문 좀 열어줄래? 그리고 아직 아저씨 아니란다."

20대 초중반 때까지만 해도 아저씨 소리를 들어도 신경 쓰지 않았다. 하지만 점점 아저씨 나이가 가까워지자 슬슬 신경이 쓰이기 시작했다.

"원장님한테 무슨 볼 일 있는데요?"

"음, 그게 말이지."

그때였다.

부르릉.

골목에서 오토바이 한 대가 뛰쳐나오더니만 라이더가 주변을 두리번거리고 휴대폰을 꺼냈다. 그리고 최창수의 휴대폰이 울렸다.

"아 혹시 햄버거 100개 주문하셨나요?"

마침 딱 좋은 타이밍에 배달이 도착했다.

"너희랑 원장님 햄버거 먹으라고 사왔거든. 문, 열어 줄거지?"

애들이 서로를 바라봤다. 그리고 환호성을 지르면서 보육원 출입문을 열었다.

"얼마죠?"

"62만원이요."

"생각보다 얼마 안 나왔네. 카드 되죠? 제가 다 들고 갈 테니 조심히 돌아가세요."

결제를 끝낸 최창수가 두 개로 나눠진 박스를 두 손으로 번쩍 들었다. 엄청난 괴력에 직원은 입이 쩍 벌어졌다.

햄버거를 갖고 바로 원장실로 향했다.

"누구…… 시죠?"

40대 중반으로 보이는 중년 여성. 그녀가 고개를 갸우뚱거렸다.

"며칠 전에 연락드린 최창수라고 합니다. 원장님 맞으

시죠? 애들 먹으라고 햄버거 사왔습니다."

"아! 최창수 사장님이시군요. 어머, 나도 참. 잠깐 자리 비웠는데 그 사이 애들이 문 열어줬나 보네요. 빈손으로 오셔도 되는데……."

"아뇨. 햄버거라서 제가 더 죄송하네요. 더 영양가 있는 걸로 사왔어야 했는데."

뒤늦은 후회에 최창수가 어색하게 웃었다.

그 모습에 원장은 큰 호감을 느꼈다.

처음에 찾아가도 되냐는 전화가 왔을 때는 사업가인 걸 알고는 돈이 되는 뭔가를 발견하러 온 줄 알았는데, 방금 전 그 말에서 좋은 뜻을 갖고 왔다는 게 느껴졌다.

"애들아~ 멋진 오빠가 너희 먹으라고 햄버거 사오셨단다. 다들 차례대로 하나씩 가져가고, 선생님들도 와서 드세요."

"와아! 햄버거다, 햄버거! 잘 먹겠습니다!"

"근데 저 아저씨 뭐하는 사람이에요?"

"앤젤 쇼핑몰이라고 거기 사장님이셔."

"쇼핑몰이면 그거죠? 옷 파는데! 와, 아저씨. 나도 옷 그릴 줄 알아요!"

햄버거를 받으려던 한 여자애가 급하게 어딘가로 달려가더니 스케치북을 갖고 왔다. 크레파스로 그린 듯한 공주님 드레스가 보였다.

"예쁘죠?! 저 나중에 취직시켜주세요!"

"초등학생 같은데 벌써 취직 생각을 해?"

"네! 저 돈 빨리 많이 벌어서 원장님 도와줄 거예요!"

여자애가 코를 훌쩍이며 활짝 웃었다. 가슴이 찡해진 최창수는 알겠다 말하면서 머리를 쓰다듬었다.

'귀엽네. 애 보니까 나도 어서 애가 갖고 싶은 걸. 그전에 유라가 먼저 마음을 열어야겠지만.'

아직도 자신의 뒤를 따라잡았다는 생각이 전혀 안 드는지 서유라는 예전과 똑같았다. 물론 연인미만 친구이상의 관계는 더욱 끈적끈적해지고 있다.

그 사이 신소율도 남자 친구를 사귀었고, 초민아도 8년 동안 최창수와 반응이 한결같아 지쳤는지 요즘은 소개팅을 나간다고도 했다.

더 이상 마음 불편할 일도 없으니, 서유라만 넘어오면 되는데 좀처럼 쉽지가 않았다.

보육원 애들이 맛있게 식사하는 모습을 지켜보다가 원장과 함께 원장실로 돌아갔다.

살짝 열린 문 사이로 보육원 여교사들이 최창수를 훔쳐보는 게 느껴졌지만 익숙한 반응이라 신경 쓰지 않았다.

"애들이 다들 착하네요."

"네. 다른 보육원은 문제아가 제법 있다던데 저희 애들은 착해서 편해요."

"다들 부모 밑에서 자랐어도 속 하나 안 썩였을 거 같은데, 건강한 모습을 보니 다행이면서도 마음이 조금 불편하네요."

"부모를 그리워하는 애들도 있지만, 아닌 애들이 더 많아요. 어리지만, 일찍 철이 든 거 같아요."

원장은 보육원 운영과 관련된 이런저런 얘기를 늘어놨다. 그 속에는 이런저런 고충과 보람이 많이 담겨 있었다.

"20년 전에 결혼했지만 2년도 안 돼서 이혼했어요. 제가 불임이었거든요. 애를 갖지 못한다는 걸 알자 남편 쪽에서 절 거절했죠. 그 후 학원 강사를 그만두고 이 보육원 교사로 취직했어요. 비록 제 핏줄은 못 가지지만, 이제는 보육원 모두가 제 애들 같아서 보람을 느껴요. 처음 만났을 때는 작았던 애가 점점 커지는 걸 보면 정말 뿌듯해요."

"상상만 해도 즐겁네요."

"그렇죠? 그만큼…… 성인이 되면 제 마음이 더 무거워져요. 이제 이곳을 떠나야 하니까……."

보육원 원장의 눈시울이 붉어졌다.

"그때마다 생각해요. 제 소유 건물이 많다면 그 애들에게 일자리를 줄 수 있을 텐데, 나가서 잘 살면 다행이지만 간혹 안 좋은 소식을 들으면 그 날은 하루 종일 우울해요."

그녀의 심정을 최창수도 이해할 수 있었다. 함께 했던 직원이 사직서를 제출하면 하루 종일 자신에게 무슨 잘못이 있었는지 고민했고, 더 잘 해주지 못해 미안했으니까.

"국가에서 지급해주는 보조금이 교사 1인당 20만 원 정도예요. 보육원 애들은 나이에 따라 다른데 평균 30만 원 정도고요. 물론 교사들에게는 따로 월급이 지급되지만, 애들은 그것조차 없으니 다들 여유롭지 못해요."

1인당 평균 30만 원.

용돈을 주고, 옷을 사주고, 배를 채워주기에는 턱 없이 부족한 금액이었다.

"그 외 보육원 관리비도 결코 만만치 않아요. 그나마 이 근처 교회 목사님들로부터 부조를 자주 받고 있어서 버티는 거지. 다른 곳은 정말 힘들 거예요."

보육원 원장은 계속해서 고충을 털어놨다.

가장 큰 건 애들에게 더 잘해주고 싶지만 국가의 보조금도 적고, 자신의 능력도 부족해서 좀처럼 쉽지 않다는 얘기였다.

'역시 금전적인 문제가 제일 크구나.'

단순히 얘기만 들었을 뿐인데 실제 운영 시 어느 정도의 예산이 꾸준히 필요할지 감이 잡혔다. 예상보다 더 많았지만 보육원 설립을 번복할 마음은 없었다.

'그만큼 더 벌면 되잖아?'

최창수는 믿고 있다.

인생에 목표가 있다면 성공한다는 걸.

그 목표를 위협하는 존재가 있다면 더욱 필사적이 된다는 걸.

만약 스스로 자초한 보육원 때문에 망하게 된다면 피해 보는 건 자신뿐만이 아니다. 미디어 패션도, 보육원 관계자도 모두 피해를 입게 된다.

'내 실수에 남이 피해보는 건 참을 수 없어.'

이번에 보육원 설립을 결심한 건 사회적 약자를 지켜주고 싶은 이유도 있었지만, 자기 자신을 지금보다 더욱 더 채찍질하기 위함도 있었다.

필요한 만큼의 정보를 얻은 최창수는 회사로 돌아갔다. 그리고 어김없이 컴퓨터 앞에 앉았다.

'사립 보육원이지만 국가로부터 보조금은 받을 수 있으니 신청하고, 그 외 기부재단에도 연락을 넣어야지. 마트는 개인으로 운영해야 보육원 수익이 늘어나겠지. 남은 건 물자를 계약할 곳인가? 어디가 좋을 지 한 번 알아봐야겠군.'

최창수의 손이 바쁘게 움직였다.

· · · ◈ · · ·

그로부터 3개월이 흘렀다.

그 사이 최창수는 전국을 돌아다니며 보육원이란 보육원은 전부 다 돌아다녔다.

그 중 경영위기에 처한 보육원에 적당한 금액을 기부하면서 그들이 처한 현실을 두 눈으로 똑똑히 지켜봤다.

"선반은 그쪽에 놔주시고요. 배선 작업은 어느 정도나 진행됐죠?"

철강산업에서 많은 인력을 투자한 덕분에 공사는 벌써 마무리 작업에 돌입했다. 사실상 남은 건 인테리어 작업 뿐, 여기서부터는 최창수가 직접 나서야 하는 부분이었다.

"아, 아름 씨 왔어요?"

보육원 옆 마트에서 한 차례 작업을 마치고 나오자 신소율과 마주하게 됐다.

"어머, 창수 씨도 작업 돕고 계셨나요?"

"총 책임자인 제가 노는 게 말이 됩니까? 게다가 다들 바쁜데 저만 노는 것도 마음이 불편하고요."

"명색의 사장님이신데, 이런 모습 볼 때마다 느끼는 건데 창수 씨는 정말 인간적인 분 같아요."

"다 똑같은 사람인데 갑을 관계 나눌 필요가 뭐 있나요. 서로 돕고 사는 게 세상인데."

최창수가 장갑을 벗고 이마에 흐르는 땀을 닦았다. 얼굴에도 옷에도 먼지가 잔뜩 묻은 그 모습은 도저히 사업가 같지 않았다.

"그런데 저는 왜 불렀나요? 일손이 부족해 보이지는 않은데 말이죠."

"아. 한 가지 부탁드릴 게 있어서요."

"부탁이요?"

"네. 회장님한테 들으니까 혼자 지낸다고 하더라고요. 그래서 드리는 부탁인데, 괜찮다면 보육원 원장님 하지 않으실래요?"

"원장이요?"

예상치 못한 부탁에 한아름이 크게 당황했다.

"네. 아름 씨는 상냥하니까 애들하고도 잘 어울릴 거 같고, 그 넓은 집에서 적적하게 지내는 것보다 보육원에서 더 활발하게 지내는 게 즐거울 거 같아서요. 어떠세요?"

"어, 그게……."

"아! 싫으면 거절해도 괜찮습니다. 이래저래 힘든 일도 있을 텐데, 아름 씨 건강 생각하면 조금 힘들겠네요. 그래도 굳이 제 욕심을 말하자면 해줬으면 해요."

최창수가 뒤를 돌아 보육원을 바라봤다. 비교적 규모가 작은 마트는 인테리어만 남았지만, 보육원은 외벽도 칠해야 하고 할 일이 많이 남아 있었다.

"아름 씨가 혼자 지낸다는 얘기를 들었을 때 마음이 많이 불편했어요. 제가 같이 지내줄 수는 없는 입장이니, 어떻게 하면 아름 씨가 저 이외 딴 사람하고도 행복을 공유할까 고민하니 보육원 자리가 어울릴 거 같았어요."

보육원 원장과 교사들은 죄 다 입을 모아 말했다.

비록 월급도 짜고, 힘들지만 이만큼 보람이 느껴지는 일은 없을 거라고. 좁은 한아름의 세상에 그 보람을 추가해주고 싶었다.

"보육원 총원은 200명 정도로 생각하고 있어요. 그만큼 보육 교사도 많이 둘 예정이고, 대부분의 일도 전부 제가 처리할 테니까 아름 씨가 할 일은 좀 더 사람의 온기만 느끼면 충분해요."

그 말에 한아름은 진지하게 고민하기 시작했다.

요 몇 년 사이 병원에 입원하는 일이 엄청나게 줄어들었다. 의사는 건강이 점점 좋아지고 있다고도 했다. 그녀는 그 이유가 최창수를 만났기 때문이라 생각했다.

점점 건강이 좋아지자 바깥 세상이 궁금해졌다.. 하지만 최창수도 바빠서 만나기 힘들었고, 연락을 나누는 친구들도 죄 다 직장인이거나 전업주부라서 좀처럼 얼굴을 보기 힘들었다.

무료한 나날에 유일한 말동무는 경호원이 전부였다.

"할 게요."

때문에 최창수의 제안에 바로 수락을 하려 했다. 뜸을 들인 건 단지 그가 어떤 식으로 자신을 설득할 지 궁금했기 때문이었다.

"혼자 지내는 것보다는 훨씬 즐겁겠죠? 창수 씨를 돕는 일이라면 보람도 클 테고요."

그러던 와중에 보육원 원장 제안이 왔다.

나쁘지 않다. 오히려 좋다. 이걸 계기로 자신의 세상이 넓어진다는 것만으로도 충분히 해볼 만한 도전이었다.

········◆········

한 달이란 시간이 훌쩍 지나갔다.

마트도 보육원도 벌써 공사가 끝나 이제는 개장할 일만 남은 상황.

부우웅.

앤젤 보육원 주차장으로 수십 대의 차가 들어왔다.

평범한 자가용부터 언론사 차량, 보육원 차량 등등 그 종류는 다양했다.

"최 사장님은 언제 오시는 거지?"

"기부단체 회장님이신가요? 간단한 인터뷰 가능한 가요?"

"이렇게 많은 보육원 선생님들이 모인 건 처음보네요. 다들 힘든 처지인데 힘내서 잘 버텨 봐요!"

차에서 내린 이들이 각자의 목적에 맞게 이런저런 사람과 교류하기 시작했다. 그러면서도 그들의 시선은 꾸준히 보육원 출입문으로 향했다.

'언제 오시는 거지?'

다들 최창수를 기다리고 있었다.

········◆········

모두가 자신을 기다리고 있건만, 최창수는 좀처럼 컴퓨터 앞을 떠나지 못했다.

"취업경쟁이 정말 치열한가 보구나."

회사에 취직한 경험 없이 바로 사업의 길에 뛰어들은 최창수로서는 이해할 수 없었지만, 지원자가 얼마나 필사적인지는 자기 소개서로부터 충분히 알 수 있었다.

현재 보육원에서 지낼 교사는 다섯 명 구해둔 상태다. 그들은 한 명도 빠짐없이 전 보육원 교사였고, 몇 몇은 경영위기에 처한 보육원에서 스카우트 한 경력자들이었다.

하지만 현재 입소 예정인 70명의 애들을 생각하면 교사를 몇 명 더 구해야 했다.

"전부 합해도 최종 합격자는 8명밖에 안 되는데 지원자만 500명이 넘는다니."

보육원 교사 두 명, 마트 직원 세 명, 전문적으로 원생을 가르칠 강사 두 명. 각각 월급은 160만 원, 140만 원, 150만원으로 타 업체에 비해 높게 임금을 측정했다.

거기에 직원복지는 앤젤 쇼핑몰과 똑같다.

괜찮은 월급과 좋은 직원복지. 거기에 최창수라는 명품이 만들어 낸 조화 덕분인지 최강대 학생들의 지원서도 드물지 않게 보였다.

'내가 돈을 많이 벌어서, 더 많은 사업에 뛰어들어서 한 곳도 빠짐없이 대한민국 최고의 기업으로 만든다면 이 과열된 취업경쟁도 사라지겠지.'

사장이기에 모르는 문제점들.

또 다른 사회를 접하면서 하나 둘 깨달아가고 있었다.

"선생님~"

집중해서 지원자를 선별하고 있자 누군가가 사장실 문을 열었다.

이소영이었다.

고등학교 졸업 후, 그녀는 인턴도 좋고 열정페이도 좋으니까 앤젤 쇼핑몰에 취직시켜달라고 울고 빌며 졸랐다.

거기에 최창수는 말했다.

만약 네가 무사히 4년제 대학 패션디자이너 과를 졸업하면 정직원으로 취직시켜주겠다고.

아무리 친해도 열정페이를 주는 건 자신의 신념에 어긋났고, 무엇보다 이소영이 조금이라도 더 사회를 경험하면서 실력을 쌓아줬으면 했다.

그리고 올해.

이소영은 대학교 졸업식도 빼먹고 앤젤 쇼핑몰로 달려왔다.

'그때는 정말 꼬맹이였는데.'

중학생 때는 철없던 그녀가 지금은 제법 싹이 보이는 디자이너로 성장했다.

이토록 열정 넘치는 동생을 거절하는 건 손해여서 바로 정직원으로 채용했다. 낙하산이라고 수군거리는 이들도 간혹 있었지만, 이소영은 귓등으로도 안 듣고 서유라 옆에서 디자이너로서의 일을 열심히 배우는데 집중했다.

정말 보기 좋은 모습.

한 가지 불편한 점이 있다면 호칭이 아직까지 고쳐지지 않았다는 거였다.

"야. 회사에서는 대표님이라 부르랬지?"

"앗차! 헤헤, 선생님이 워낙 입에 붙어서요. 밖에 한석구 회장님 차 왔는데 슬슬 시간이 됐다 하더라고요. 안 가세요?"

"시간? 헉! 어느새 3시 됐냐? 야, 소영아 잠깐 와 봐."

"왜요?"

"나 대신에 괜찮은 지원자 골라둬. 알겠지?"

"네?! 그, 그럼 저 이제 인사과에요?"

"헛소리 마라. 디자이너는 디자인을 해야지. 나중에 다시 재 선별할 거니까 부담 갖지 말고 해. 그럼 난 간다!"

급하게 양복 재킷을 챙긴 최창수가 밖으로 뛰쳐나갔다.

· · · ◈ · · ·

잠시 후.

1년 가까이 공을 들인 보육원에 도착한 최창수가 급하게 차에서 내렸다.

"죄송합니다! 다들 오래 기다리셨죠?"

주변을 쩌렁쩌렁하게 울리는 그의 목소리.

순식간에 사람들의 시선이 최창수에게 몰렸다. 그와 동시에 기다렸다는 듯 사람들이 일제히 달려들기 시작했다.

　"최창수 씨! 현재 쇼핑몰 사업도 충분히 잘 되고 있는데 갑자기 보육원을 설립하게 된 계기가 뭔가요?!"

　"최 대표님 다시 만나서 기쁩니다! 이것저것 잔뜩 가지고 왔는데 마음에 드시려나 모르겠군요!"

　"저, 저희 애들 잘 봐주실 거죠? 믿고 맡기는 거니까 절대 힘들게 하면 안 돼요! 참, 이건 원생 리스트인데요……."

　"아! 잠깐, 잠깐만요! 한 분씩 차례대로 다 얘기 나눠드릴 테니까 우선 물러나주세요. 저기 애들 안 보입니까? 언제까지 차에 있게 할 생각이세요?"

　사람들이 보육원 차량을 확인했다.

　경영위기에 쳐했거나, 기존 보육원에서 잘 어울리지 못한 나머지 앤젤 쇼핑몰에 입소하게 된 원생들.

　나이는 제각각 달랐지만 다들 지루하다는 듯 하품을 하고 있었다.

　"음, 그러네요. 애들이 먼저죠."

　"이해해줘서 감사하고요. 기부단체 여러분들! 저와 함께 원생들 챙겨주세요."

　앞으로 가족이 될 원생을 챙기면서 최창수가 보육원 문을 열었다.

　"와아……."

등 뒤에서 원생과 보육원 교사들의 환호성이 들려왔다. 그 소리에 최창수는 어깨에 제법 힘이 들어갔다.

100평 중 50평은 거실로 사용했고, 5평은 원장실. 나머지 45평은 쉼터 및 공부방으로 설계했다. 최대한 편안하게 느껴지도록 초록색 벽지를 사용했고, 놓인 가구도 전부 최신식 제품이었다.

"짱이다! 여기가 이제부터 우리 집이야?!"

"와! 선생님 이것 봐요! 게임기도 있어요! 책도 엄청 많아!"

아직 초등학생 저학년인 애들이 급하게 신발을 벗고 보육원 안으로 뛰어 들어갔다.

"너희도 들어가. 이제부터 여기가 너희 집이니까."

눈치를 보는 중고등학생 원생들에게 상냥한 미소를 지었다. 그제야 경계심이 풀렸는지 조심스레 신발을 벗었다.

"다행히도 마음에 든 모양이군."

어느 사이 옆에 선 한석구가 뛰어노는 원생을 흐뭇하게 바라봤다. 한 가정의 아버지로서, 마치 이 원생 모두가 한 아름처럼 보여 가슴이 뿌듯해졌다.

기존 보육원 교사와 마지막 시간을 보내는 원생을 뒤로 하고 최창수는 언론사 및 기부단체 사람들과 인사를 나눴다.

"아까 드린 질문인데요. 한창 사업이 최고조인데 갑자기 보육원을 설립하게 된 이유가 있나요?"

"대한민국의 희망인 아이들을 제 손으로 지켜주고 싶었기 때문입니다. 우선은 이 보육원에 최선을 다 하고, 여유가 될 때마다 그 수를 하나 둘 늘려갈 생각입니다."

"보육원 유지비가 만만치 않을 텐데요?"

"그만큼 제 수익을 줄이면 되는 문제이기도 하고, 유지비가 신경도 안 쓰일 만큼 사업을 더 확장시킬 예정이니 걱정 없습니다. 무엇보다 사회적 약자에게 쓰는 돈은 전혀 아깝지 않습니다. 기부단체에서도 많은 도움을 받기로 했고요."

BJ로서 엄청난 수익을 올릴 때부터 한 기부단체에 지속적인 기부를 해왔다.

자신의 노력으로 누군가가 밥을 굶지 않고, 추위에 떨지 않고, 하고 싶은 걸 한다. 상상만 해도 즐거운 일을 현실로 만들었다.

기부단체에 꾸준히 많은 금액을 기부하는 최창수는 더할 나위 없이 소중한 존재였고, 결정적으로 기부단체 회장을 자신의 편으로 만들었기에 많은 금액을 지원받을 수 있었다.

언론사가 물러난 후, 최창수는 기부단체 직원들과 함께 아직 정리되지 못한 부분을 깔끔하게 정리하거나 추가 가구를 보육원에 배치했다.

저녁시간이 되자 사랑의 밥 차가 찾아와 모두의 배를 든든하게 채워줬다.

"다들, 이곳이 마음에 드니?"

이윽고 저녁 아홉 시.

방문객이 전부 돌아가고 보육원에는 최창수과 교사, 그리고 원생만 남게 됐다.

"저희 오늘부터 여기서 사는 거예요?"

"응. 알고 지내던 선생님과 헤어진 건 아쉽겠지만, 더 행복하게 해줄 테니까 너무 걱정하지 마렴."

최창수도 그렇고, 곁에 있는 원생도 그렇고 대부분 초면이라 다들 말을 아끼고 있었다. 그 어색한 분위기를 녹이기 위해서 최창수는 평소보다 더 목소리를 높였다.

"서로를 알아볼 겸, 자기소개나 해볼까? 우선 나부터! 난 최창수. 올해 스물아홉이고 앤젤 쇼핑몰의 대표이자 이 보육원의 총 책임자야. 오늘부터 이곳이 너희 보금자리이고, 의류 쇼핑몰 대표이니만큼 옷 걱정은 하지 마. 가장 예쁘고 멋있는 옷만 입게 해줄 테니까."

"네."

"그리고 비록 결혼은 안 했지만, 난 너희 모두를 내 자식처럼 생각하면서 함께 지낼 거야. 잘못한 게 있으면 혼내고, 잘한 게 있으면 칭찬하고! 너희가 무사히 성인이 되는 그 날까지 내가 옆에서 도와줄 테니까 고민이 있거나, 갖고 싶은 게 있으면 부담없이 말해!"

"휴대폰도 사줘요?"

"휴대폰? 아, 너희들은 휴대폰이 없겠구나. 좋아! 이번

주 안에 너희 모두 휴대폰 한 대 씩 사줄 게. 좋지?"

최창수가 활짝 웃었다.

분위기가 조금 누그러들었는지, 원생들이 서로 모르는
사이임에도 휴대폰이 생기면 뭐부터 할 지 어떤 기종으로
살 지 드문드문 얘기를 나누기 시작했다.

"참! 다들 봤을까 모르겠는데 바로 옆에 마트 있지?"

"네."

"혹시 이 중에서 일찍 사회를 경험하고 싶다! 그런 친구
있으면 개인적으로 와서 말해. 형 오빠가 취직시켜줄 테니
까. 물론 월급도 제대로 챙겨줄 거야."

"얼마나 주는데요?"

"150만 원. 노동에 대한 정당한 대가는 있어야겠지? 단,
너희는 노동보다 공부가 먼저라 생각하니까 아무나 뽑지는
않을 거야. 정말 뭔가 뜻이 있는 친구만 오도록 해. 알겠
지?"

"네~."

"그래! 그럼 다들 이부자리 깔자!"

"……대표님도 여기서 주무세요?"

"응. 너희랑 친해지려고 일주일 동안은 여기서 먹고 자
고 할 거야. 그리고 딱딱하게 대표님이라 부르지 말고, 편
하게 형 오빠라고 불러~."

"네, 네. 오빠……."

여자애들이 먼저 호칭을 바꿨다. 다들 최창수에게 큰

호감을 느끼고 있었고, 다른 원생들도 서서히 최창수에게 벽을 허물기 시작했다.

앞으로 자신들의 집이 될 보육원에서의 첫 날 밤.

최창수는 애들이 긴장하지 않도록 밤새 얘기를 나누며 서로를 알아갔다.

그리고 모두 잠이 들었을 때.

'얘 이름이 민지고, 얘는 민호. 만화책을 좋아하는 애들이 많네. 조만간 인기 있는 걸로 전권 싹 들여놔야겠어.'

홀로 원장실에 앉아 전 보육원 교사들이 건네준 원생 리스트를 죄 다 암기하고 있었다.

'내가 데려온 애들이니까. 처음부터 마지막까지, 최선을 다 해 돌봐줘야지.'

그의 입가에 훈훈한 미소가 지어졌다.

· · · ◈ · · ·

보육원이 세워지고 두 달이 흘렀다.

"이야, 손님 장난 아니네요?"

한아름과 어깨를 나란히 하고 마트를 바라봤다. 근처에 대형마트도 없는데다가 주말이라 그런지 동네 주민이 전부 다 모여 있는 느낌이었다.

"그쵸? 주말에는 선생님들도 도와야 할 만큼 바쁠 때가 있어요. 평일에도 손님이 제법 있는 편이고요."

"이 정도면 매출도 상당하겠는데요?"

이 정도라면 마트 수익으로만 보육원 운영이 가능할 듯 싶었다.

"저도 가끔 일손을 돕는데 의외로 서비스직이 재밌더라고요~. 애들하고 함께 지내는 것도 생기발랄해서 즐겁고요."

한아름이 기분 좋게 웃었다.

"창수 씨 덕분에 또 다른 세상을 알게 됐어요. 역시 창수 씨라는 생각이 들 정도예요. 제 마음을 어떻게 표현하면 좋을 지 모를 정도로 창수 씨를 만나서 다행이에요."

"제가 괜한 권유를 한 게 아니라서 다행이네요. 그래도 너무 무리하지는 마세요. 좋아진 건강을 다시 놓칠 수는 없잖아요?"

"걱정 마요~. 창수 씨가 사준 비타민도 매끼마다 챙겨먹고 있거든요."

"그럼 다행이네요. 음. 바빠 보이는데 저도 가서 일손 좀 돕고 올 게요. 슬슬 점심시간이니까 선생님들이랑 같이 식사 준비 해주세요."

"네. 파이팅하세요!"

기운차게 응원 한 마디를 던진 한아름이 보육원으로 돌아갔다.

'정말 많이 건강해지셨네.'

처음 만났던 시절의 한아름은 더 이상 없었다. 그래서

기뻤다. 친한 사람이 아프면 자기까지 아파지는 기분이었으니까.

"아, 오빠!"

카운터는 꽉 찬 터라 모자란 상품을 창고에서 꺼내 가져오고 있자 보육원 원생 한 명이 활기차게 다가왔다.

"오, 그래 민지. 일주일 못 본 사이에 더 예뻐졌는데?"

"저, 정말? 헤헤, 한참 예쁠 나이라 그런 거 같아!"

"그런 거 같다. 일은 많이 익숙해졌어?"

마트 지원자는 중학생 한 명과 고등학생 세 명을 받았다. 첫 한 달은 기초적인 일을 배웠고, 두 달 째부터는 사수 없이 홀로 맡은 일을 처리하고 있다.

"응! 나 이제 계산도 실수 안 하고, 물건 딱 보면 어디에 둬야 하는 지도 다 안다? 대단하지?"

"오우~ 진짜? 장한데? 우리 민지 상 줘야겠어. 뭐 갖고 싶은 거 있어?"

"에잉~ 됐어. 오빠가 우리한테 얼마나 잘 해주는데 뭘 또 받아. 이번 달 월급으로 사면되니까 괜찮아!"

정민지가 손가락으로 브이를 그리며 웃었다.

그 모습에 최창수는 가슴이 따뜻해졌다.

두 달이란 시간 동안 보육원 원생은 전부 최창수에게 마음을 열었고, 서로를 형제처럼 생각하면서 사이좋게 지냈다. 작은 다툼조차 한 번 없었고, 최창수의 영향을 크게 받았는지 다들 착해도 너무 착했다.

'진짜 부모가 된 거 같네.'

보육원을 운영하는 요즘.

진짜 애 아빠가 되고 싶다는 생각이 절실하게 들었다.

· · · ◈ · · ·

몇 시간 정도 마트 일을 돕고 보육원으로 돌아갔다.

"수업 끝났나요?"

노크하고 공부방 문을 조심히 열었다. 강사와 원생들의
시선이 최창수에게 쏠렸다.

"아, 대표님. 10분 후면 끝납니다."

"그래요? 마트에서 간식 좀 사왔으니까 끝나면 애들하고
드세요."

총 세 곳의 공부방에 음료수와 과자를 뒀다. 전 보육원에
서는 좀처럼 간식을 먹지 못했는지, 앤젤 보육원에서 두 달
을 생활했음에도 원생들은 간식만 오면 엄청나게 환호성을
지르며 좋아했다.

"가르치는 건 어떻습니까?"

수업이 끝나고, 강사 두 명을 불렀다.

담배 한 대가 피우고 싶었지만, 강사 중 한 명은 비흡연
자인 여성이라 음료로 심심함을 달랬다.

"보육원 애들 대부분이 공부를 썩 잘하는 편은 아니네
요. 다들 본인 나이보다 2~3년씩은 배움이 뒤쳐져 있어요.

그래도 배우려는 의지는 제법 있어서 수업이 힘들지는 않아요."

"저 강사님 말도 맞는데, 간혹 흡수력이 빠른 애들이 있더라고요. 자발적으로 숙제를 달라 하는 애들도 많고요."

"다행이네요. 잘 가르쳐주세요. 다들 배움에 목이 말라 있으니까요."

"그래 보이더라고요. 학원이나 학교 다니는 애들보다 학구열은 훨씬 뛰어난 거 같아요. 다들 성인이 되고 어디 가서 무시 안 받도록 저희가 똑똑이로 만들게요!"

"하하! 역시 두 분을 뽑기를 잘 했다는 생각이 드네요."

보육원 원생을 가르치려면 단지 공부만 잘해서는 안 된다. 인성이 좋아야만 그들의 아픔을 이해하고, 조급해하지 않으면서 즐겁게 가르칠 수 있으니까.

두 강사는 최강대 출신이었고, 덕분에 최강대 교수를 통해 어떤 학생이었는지 엿 들을 수 있었다.

'다들 잘 지내서 다행이야.'

오늘도 보육원에는 별 문제가 없다는 걸 확인하고는 이제 그만 회사로 돌아가려고 했다.

그때 보육원 원생 하나가 눈에 들어왔다.

"근데 저 뒤에 있는 애들은 뭐지?"

다른 보육원은 원생들끼리만 생활하게 하려고 타인의 출입을 금지하는 편이다. 원생들이 사회의 편견에 상처받는 걸 원하지 않으니까.

최창수도 그 룰을 따르려 하다가, 누구나 들어올 수 있도록 보육원을 활짝 개방했다. 최창수의 설득 때문에 동네 사람들은 다들 보육원을 좋게 보고 있으니까.

그 덕인지 간혹 아이를 맡기러 오는 주민도 있었고, 먹을거리를 갖고 와 원생과 놀아주는 노인도 존재했다.

그 외 타 학교 학생들도 간혹 찾아 와 친구를 만들고 돌아가기도 했다.

보육원만이 세상의 전부가 아니란 걸 원생들에게 알려주고 싶었고, 지금까지는 다행히 긍정적으로 작용하고 있었다.

하지만 간혹, 눈살이 찌푸려지는 상황이 발생하기도 했다.

"야야, 너 여기 살아? 부모님 없냐?"

"귀엽게 생겼는데 부모님이 없네, 불쌍하다. 부모 없이 어떻게 사냐? 맞아, 너 여기 살면 마트 물건은 다 공짜겠다? 돈 줄 테니까 담배 좀 훔쳐와 봐."

"……싫어."

"싫긴 왜 싫어! 부모도 없는 개 말도 안 듣……."

팍!

조롱과 함께 은근슬쩍 손을 여자 원생의 허벅지로 향하던 고등학생의 시야가 갑자기 심하게 흔들렸다. 그뿐만 아니라 돌에 맞은 듯 뒤통수가 얼얼했다.

"아, 뭐야!"

그 아픔을 참고 소리를 빽 질렀다. 그리고 바로 맹수 앞에 선 초식동물이 됐다.

"뭐냐고? 얘 아빠다."

최창수가 사납게 말했다.

"너희 뭐야?"

"예, 예?"

"너희 뭔데 내 자식 상처 주냐고."

"어……."

"얘들아."

최창수가 고등학생 두 명과 어깨동무를 했다. 그리고 목소리를 쫙 깔았다.

"남자가 쪽팔리게 약자 앞에서만 강해지냐? 강자 앞에서도 강할 줄 알아야지. 안 그래? 그러니까 대답해 봐, 너희 뭔데 쟤 상처 줘?"

"그, 그게…… 죄송합니다……."

"사과는 나한테 할 게 아니지."

"미, 미안해……."

"그래. 알았으면 조심히 밖으로 나가고, 다음부터는 이 근처 얼씬도 하지 마. 또 내 자식 괴롭히는 거 눈에 띄면 그때는 나도 너희 괴롭힌다. 알겠지?"

"네, 네!"

바로 꼬리를 내린 고등학생 두 명이 저리는 오금을 참고 밖으로 도망치듯 나갔다.

"우리 수정이, 괜찮아?"

"오빠……."

"아이고, 우리 수정이 외모가 예뻐서 쟤들이 관심 생겼나 보다. 쟤들이 한 말 다 잊어. 부모가 없긴 왜 없어, 내가 너희 부모인데."

최창수가 활짝 웃으면서 소수정의 머리를 쓰다듬었다. 애써 참던 울음이 가슴을 치고 올라왔는지 그녀의 눈시울이 붉어졌다.

"슬프면 울어. 참으면 다 병 된다."

"후에엥, 오빠……."

"그래, 그래. 쟤들 말 전부 무시해. 내가 너희 부모고, 너희가 보육원을 떠나도 난 계속 부모야. 힘든 일 있고, 필요한 거 있으면 언제든지 말 해. 이곳에서 지낼 때도, 밖에 나가서도 당당히 살 수 있게 내가 적극적으로 도와줄 테니까."

"고마워요……."

"고맙긴. 부모가 자식을 위하는 건 당연한 거지."

지금은 비록 60명의 자식 밖에 없지만.

언젠가는 그 애가 늘어날 게 분명하다. 하지만 몇 명이 되든 간에 좋은 부모가 될 자신이 있었고, 최종적으로 보육원이란 존재가 필요 없는 세상을 만들 예정이었다.

"주가가 떨어지질 않네. 이게 곧 내가 올바르게 나아가고 있다는 증거겠지?"

회사로 돌아온 최창수는 컴퓨터 앞에서 흐뭇하게 웃었다.

앤젤 쇼핑몰이 상장을 받은 지도 시간이 제법 흘렀다.

그 사이 주가가 찔끔찔끔 상승했고 최종적으로 현재 앤젤 쇼핑몰의 주가는 1주당 45만원이었다.

꾸준히 증자를 하고 있음에도 주가는 결코 40만원 밑으로 내려오지 않았다.

'하긴, 앤젤 쇼핑몰만큼 단기간에 성장한 기업이 전후무후하니까. 미리 사두면 큰 목돈이 된다 생각했겠지.'

이토록 많은 주주로부터 앤젤 쇼핑몰은 미래가 밝은 기업이란 인상을 심어준 게 뿌듯했다.

'직원들이 열심히 해준 것도 있지, 이번 달은 보너스 좀 줘볼까?'

얼마나 주면 좋을까.

그걸 고민하면서 회사 전체를 돌아다녔다. 예전에는 사장실 문만 열면 직원이 다 보였는데, 이제는 1층부터 5층까지 2시간은 돌아다녀야 직원들의 상황을 전부 파악할 수 있다.

"일 하다 말고 옥상은 왜 가?"

5층까지 다 살피고 사장실로 돌아가려 하자 옥상 계단을 밟으려는 서유라와 마주하게 됐다.

"아, 창수야. 잠깐, 바람 좀 쐬러."

"표정을 보아하니 일이 잘 안 풀리나 봐? 아직 두 달이나 남았으니까 너무 조바심 가지지 마."

"어떻게 안 가지니. 한 달을 구상하면 나머지 한 달 안에 완벽하게 제작해야 하는데……. 아으으, 학생 때는 창작의 고통을 몰랐는데."

"네가 모르는 분야니까 어쩔 수 없지."

등을 두들기며 그녀의 옆모습을 바라봤다.

고등학생 때의 모습은 어디로 갔는지 하루가 멀다 하고 피곤에 쩌 든 직장인이 되어가고 있다.

"고생이 많다. 디자이너 총괄 팀장 하느라, 이번 패션쇼에 선보일 디자인 짜느라."

두 달 후, 모델 패션쇼가 강남에서 진행된다.

대한민국 패션 대기업 세 곳과 각각 대기업에서 러브콜을 받은 타 기업이 무대에 자신의 작품을 올린다.

미디어 패션에서 러브콜을 받은 앤젤 쇼핑몰에서는 총 두 명의 디자이너가 참가하고 그 중 한 명이 바로 서유라였다.

"힘들겠지만 힘내. 이번 패션쇼에 유명한 디자이너랑 외국 기업도 많이 참석하니까. 네 디자인이 눈에 띄면 너도 나도 큰 수혜를 받아. 물론 날 버려서는 안 된다?"

"뭐래, 바보. 내가 널 버리고 어딜 가냐."

말하고도 창피했는지 서유라가 다급하게 옥상으로 향했다. 그녀의 손목을 최창수가 낚아챘다.

"왜 이러세요, 대표님."

"우리도 내년이면 서른인 거 알지?"

"우울해지니까 나이 얘기하지 마……. 언제까지고 젊을 줄 알았는데."

"너도 나도, 서른이 다 될 때까지 이성경험이 한 번도 없는 게 말이 된다 생각하냐?"

날카로운 질문에 서유라의 얼굴이 붉어졌다.

"게다가 난 잘 나가는 사업가야. 그 동안 비밀로 했는데 이곳저곳에서 맞선보라고 얘기 나오고 있어. 전부 재벌가 딸들이고. 그 중 한 명만 잡아도 내 인생은 더 승승장구하게 돼, 근데 다 거절했어. 왜 그런지 알아?"

"바빠서……?"

"너 때문이야."

"……."

"네가 내 뒤를 얼마나 따라왔는지는 모르겠는데, 솔직히 난 네가 정말 많이 성장했다고 생각해. 이제 그만 사귀자."

"……갑자기 왜?"

"왜긴 왜야! 더 이상 기다리기 답답하니까 그렇지! 친구들한테 넌 능력도 좋고 얼굴도 잘 생긴 게 왜 아직도 결혼을 못했냐는 얘기 들을 때마다 얼마나 창피한 지 아냐?"

최창수가 성큼성큼 계단을 밟고 올라갔다. 그리고 서유라와 얼굴을 가까이한다. 화들짝 놀란 서유라가 눈을 감았지만 시간이 흘러도 입술에 뭔가가 덮어지지 않았다.

"키스는 나중에 하고."

"응……?"

"괜히 책임감 느끼고 도망치지 말고, 오늘부터 사귀는 걸로 하자. 어차피 너랑 나랑은 서로를 잘 아니까, 길게 보지 말고 이번 년도 말이나 내년쯤에 결혼 계획 잡자."

"너, 너무 빠른 거 아냐……?"

"널 6년이나 기다렸어. 하나도 안 빠르고, 보미 씨."

최창수가 뒤를 바라봤다.

서비스팀 여직원 두 명이 어쩔 줄 몰라 하는 눈빛으로 자신을 바라보고 있었다.

"회사에 소문 쫙 내주세요. 대표랑 서유라랑 조만간 결혼한다고. 아셨죠?"

"아…… 네……."

"자, 이제 회사에 소문 도는 것도 금방이니까 누가 물어보면 맞다고 대답해. 그럼 난 이만 가본다~."

순식간에 일사천리로 일을 진행한 최창수가 손을 흔들며 밑층으로 내려갔다.

5층에 남은 건 서유라와 여직원 두 명뿐.

"서, 서유라 디자이너님?"

"창피해……."

서유라가 얼굴을 가리고 바닥에 주저앉았다.

"남들 앞에서 뭐하는 짓이야……."

하지만 스스로도 느낄 수 있었다.

얼굴이 화끈거리고, 창피해서 어디 숨고 싶었지만, 최창수의 고백이 계속 귓가를 맴돌고 있다는 걸.

그게 너무 즐겁다는 것도.

· · · ◈ · · ·

'잘한 거지?'

기세를 모아 쌓아뒀던 말을 다 내뱉고, 때마침 직원에게 발각된 상황을 이용해 모든 활로를 막아 놨다.

그리고 조금 고민하게 됐다.

고백한 걸 후회하는 건 아니었다.

"고백이란 게, 그런 식으로 하는 게 맞던가?"

고백을 받아본 적은 있어도 해본 적은 없다. 어디까지나 지식은 드라마에서 배운 것 뿐.

"뭘 해봤어야 알지."

하지만 후회는 없다.

사업이 잘 됐을 때보다 지금 이 순간이 더 행복했으니까.

쇠뿔도 단김에 빼라는 말처럼 최창수는 일거리는 잠시 뒤로 미뤄두고 결혼 준비에 관한 자료를 조사하기 시작했다.

'돈이야 넘쳐나니 전문 업체에 맡기면 되겠네. 삶에 한 번 밖에 없을 결혼이니, 가장 좋은 곳에 맡겨서 화려하게 열어야지.'

벌써부터 기대가 됐다.

"아 맞아. 가장 중요한 일을 빼먹었네."

결혼에서 중요한 게 뭔가.

서로의 마음? 돈? 물론 그것도 중요하지만, 양가의 허락만큼 중요한 것도 없다.

최창수는 바로 서유라의 아버지에게 전화를 걸었다.

"네, 아저씨. 잘 지내셨어요?"

"창수구나. 어쩐 일로 전화를 다 했니? 혹시 유라가 사고라도 친 게냐?"

"사고라 하면 사고네요."

"그, 그게 진짜냐? 우리 딸내미가 무슨 실수를……!"

"저랑 결혼한 다네요."

"……엉?"

"유라. 저랑 올해 말이나 내년 초에 결혼한대요. 허락해 주실 거죠?"

· · · ◈ · · ·

서유라의 발걸음이 뚝 멈췄다.

"지, 진짜 여기서 해?"

그녀가 고개를 들었다.

역대 중화식이란 간판의 중화요리 전문점.

상류층만 사람만 손님으로 받는다고 소문이 난 유명한 중화요리 전문점이었다.

"여기는 자장면도 3만원이 넘는다 하던데……."

"중요한 날인데 돈이 문제냐? 자, 어서 들어가자."

"자, 잠깐만! 나 진짜 엄청 긴장된단 말이야!"

"그래서 청심환 사줬잖아."

"먹고도 진정이 안 되니까 그렇지, 바보야. 어휴…… 넌 어쩜 그렇게 태연하니?"

연달아 한숨을 쉬면서 서유라가 핀잔을 줬다.

며칠 전, 최창수는 서유라의 아버지에게 결혼 사실을 밝혔다.

그녀의 집 입장에서는 쌍수를 들고 환영할 일이었고, 최창수의 부모님도 언젠간 둘이 그렇고 그런 사이가 될 거라 생각했었는지 마음대로 하라 말했다.

"나도 너희 부모님 10년이 넘게 봤고, 그건 너도 마찬가지잖아. 모르는 사람도 아닌데 왜 긴장을 해?"

"친구 때랑은 다르잖아……. 이제 너랑 나는…… 결혼할 사이니까."

"결혼할 사이니까 더 좋은 거지. 넌 안 기쁘냐? 난 너랑 결혼할 생각하니 좋은데."

최창수가 아이처럼 웃었다. 부드러운 그 미소에 서유라도 긴장이 조금 풀렸다.

"나도 좋긴 한데……."

"좋으면 가자!"

최창수가 서유라를 번쩍 들고 거침없이 상견례가 있을 곳으로 향했다. 몇 번 반항하던 서유라도 포기하고 그냥 이 순간을 즐겼다.

최창수로부터 상견례 얘기를 듣고, 중학생 때부터 염원하던 소원이 이뤄져 밑층에서 시끄럽다고 올라올 때까지 침대를 방방 뛰어다니며 소리를 질렀으니까.

"안녕하십니까!"

상견례가 이뤄질 방문을 활짝 열며 최창수가 목청을 높였다. 서로 얘기를 나누던 양가 부모님도, 계속 안겨 있던 서유라도 화들짝 놀랐다.

"우리 아들 왔니?"

"어우, 우리 창수. 한동안 못 본 사이에 더 늠름해졌구나. 근데 유라는 왜 안겨 있는 거니?"

"못 올라가겠다 말해서 제가 억지로 끌고 왔어요."

그제야 최창수가 서유라를 내려놨다.

자리에 앉은 서유라는 벌써 그런 사이냐는 부모님의 질문에 계속 창피함을 느껴야 했다.

"맛있게 드십시오."

이윽고 예약했던 음식이 하나 둘 테이블을 채우기 시작했다. 양가 집안 부모님 모두 생애처음으로 보는 진귀한 음식에 한동안 말 없이 식사만 했다.

그리고 어느 정도 배가 불렀을 때…….

"음, 그래. 결혼은 정확히 언제쯤이 좋니?"

서유라의 어머니가 질문했다.

"얘기가 나와서 말인데, 창수야. 결혼은 너무 이른 거 아니니? 너희 사귄 지도 일주일 밖에 안 됐다면서?"

"사귄 기간이 중요한가요? 서로 좋아하는 게 중요한 거죠."

"그렇긴 한데, 친구로 지냈을 때랑 연인으로 지냈을 때랑은 또 다르단다."

"너무 걱정하지 마세요. 잘 못 지낼 거 같았으면 막무가내로 밀지도 않았어요."

최창수가 옆에 앉은 서유라의 어깨를 확 끌어당겼다. 화들짝 놀란 서유라는 얼굴이 붉어져 최창수를 바라봤지만 그는 웃고만 있었다.

"자 봐 봐요. 이렇게 잘 어울리고 사이도 좋은데, 이 기세를 모아서 빨리 결혼하고 조금이라도 더 행복하게 살아야죠. 그치 유라야?"

"어? 어…… 웅. 저희 빨리 결혼할 게요."

"허…… 너희 뜻이 그렇다면야. 솔직히 우리 집 입장으로는 창수만한 남자를 거절할 이유도 없고 말이다."

"얼굴 잘 생겨, 돈 잘 벌어. 요즘 세상이 탐내는 사업가가 우리 집 사위로 들어온다는 소식을 듣고 이 아줌마가 얼마나 놀랐는지 아니?"

"하하! 좋게 봐주시니 기쁘네요. 그쵸 엄마 아빠?"

최창수가 부모님을 바라봤다.

일이 바빠서 한 달에 한 번 보기도 힘든 부모님. 자신이 아직 능력이 없을 때에는 하루가 멀다하고 늙어가셨는데, 어느 정도 사업이 안정된 뒤로 부모님에게 이런저런 투자를 많이 했다.

그 덕인지 지금은 동년배보다 훨씬 더 젊은 모습이다.

"우리 아들, 아직도 애인 줄 알았는데 벌써 상견례까지 하고 정말 많이 컸구나."

"저희가 보기에는 아직도 모자란 아들놈입니다만. 잘 부탁드리겠습니다. 절 닮았으니 아내 고생은 안 시킬 겁니다."

"아이고, 저희야 말로 귀한 집 아들을 사위로 받아들이게 해줘서 감사합니다."

양측 부모님이 서로 고개를 조아렸다.

· · · ◈ · · ·

양가 상의 끝에 결혼은 올해 크리스마스 날 진행하기로 했다.

"반 년 밖에 안 남았네."

"너무 긴가? 그냥 다음 달에 바로 할까?"

"아니! 그전까지 준비할 게 얼마나 많은데, 반 년도 촉박해!"

"전문 업체에 맡기면 되지, 굳이 더 할 게 있나?"

"얼마나 많은데! 청첩장도 써야 하고, 너랑 내가 입을 양복이랑 드레스도 직접 디자인해서 만들어야 하고. 아! 패션쇼 준비도 해야 하는데, 아으으…… 왜 하필 한창 바쁠 때……"

"싫어?"

"……바보, 누가 싫대냐."

입술을 삐죽 내민 서유라가 최창수의 팔을 꽉 붙잡았다. 절대 도망가지 못하게 하려는 듯.

"잘 해줘야 해."

"당연히 잘 해주지."

"나중에 버리기 없기다?"

"내가 사랑하는 사람인데 왜 버려."

"……고마워."

"고맙긴, 내가 더 고맙지."

최창수가 서유라의 볼을 꼬집으며 웃었다. 살짝 아팠는지 서유라도 복수를 했지만 그저 간지러울 뿐이었다.

"그러고 보니 우리가 살아야 할 집도 알아봐야 하네."

"응. 창수 너 아직도 고시원에 살지?"

"혼자서 넓은 집은 필요 없으니까. 근데 이제는 둘이니까 구해야겠네. 원룸이 좋냐? 아님 아파트? 원하면 아예 땅을 사서 건물을 새로 지을까?"

"돈 많다고 너무 팍팍 쓰는 거 아냐?"

"쓰는 것보다 벌리는 게 더 많은데 뭐 어때?"

"사치 별로 안 좋아하니까 집은 남들처럼 아파트면 충분해. 남는 돈으로 사업을 더 해."

"사업. 맞아, 얘기가 나와서 하는 말인데 다음 사업은 어떨 게 좋을 거 같냐?"

최창수가 명단을 꺼냈다.

요식업, IT산업.

운수 대통령의 행운을 빌려 고른 아이템이었다.

"지금 앤젤 쇼핑몰은 대기업 절차 하나 둘 밟고 있어. 내년쯤에 정식으로 대기업 등록이 될 거고, 그때가 되면 각 지역에 계열사도 세우면서 명품도 판매하기 시작할 거야. 패션 계통에서는 충분히 자리를 잡았고 성장할 일만 남았으니까 판을 더 넓혀보려고 해."

"그래서 이 둘을 고른 거야?"

"응. 알아보니까 요식업이랑 IT산업 쪽이 임금문제로 얘기가 많더라고. 내가 그걸 해결하려고 해."

"무슨 소리야?"

"참, 너는 모르던가."

최창수는 자신의 최종목표를 알려줬다.

"대한민국의 부당한 걸 바꾸려면 국회의원이나 대통령이 돼야 하는데, 솔직히 정치권에는 관심 없거든. 그 사람들 만날 거짓말만 하는 걸 보면 되어봤자 큰 소용도 없을 거 같고. 그럼 어떡하면 좋냐. 고민 끝에 내린 결론인데, 알아서 변하지 않겠다면 내가 억지로라도 변하게 하려고."

"……너무 큰 꿈 아냐?"

"뭔 소리야~."

최창수가 서유라의 등을 살짝 때렸다.

"사나이가 꿈은 크게 가져야지."

그 후.

최창수는 약 한 달에 걸쳐 요식업과 IT산업 쪽 정보를 살살이 조사했다.

'요식업이 낫겠어.'

자신이 가장 자신 있는 것.

실수 없이 한 번에 변화를 줄 수 있는 것.

동시에 돈이 되는 것.

'IT산업이 떠오르고 있지만 아쉽게도 이 업계는 내 지식이 너무 적어. 이쪽은 공부를 하고 뛰어들기로 하고, 한 차례 경험이 있는 요식업이 성공가능성이 높겠지.'

복권식당과 대학 축제 때 열었던 주점.

물론 그 둘과 사업에는 어마어마한 차이가 있지만 최창수는 자신이 있었다.

'내수경제의 활성화랑 가장 큰 연관이 있는 게 요식업이지. 그만큼 업체랑 직원도 가장 많고, 자연스레 사회의 부당함도 많이 들어있겠지.'

결정을 내렸다.

어떤 종목으로 승부수를 던질 건지는 좀 더 생각해봐야겠지만, 그전에 결정할 게 존재했다.

"어떤 부당감을 안고 사느냐. 이걸 알아야지."

한 달 동안 요식업 업계 정보를 구하면서 그들이 겪고 있는 부당함을 조사했다.

요식업은 대부분이 아르바이트생. 요즘처럼 취업 전쟁이 과열된 사회에서는 그들의 대우가 더욱 안 좋다.

3개월 후부터 최저임금을 맞춰주고, 야간 및 주말 수당은 절대 챙겨주지 않는다. 싫다 하면 해고한다. 일한다는 사람은 널려 있으니까.

점점 기형적으로 변해가는 사회가 곧 자영업자들의 마인드를 안 좋게 바꾸고, 그 영향은 고스란히 직원이 받게 된다.

그럼에도 국가에서는 이렇다 할 정책을 늘어놓지 않는다.

한 국회의원은 근로계약서 미작성 및 제대로 임금을 주지 않는 업자에게는 강력한 처벌을 해야 사회가 변한다는 말에 그러면 범법자가 늘어서 안 된다며 오히려 이 기형적인 사회를 보호하기까지 했다.

'사회가 안 바뀌면, 내가 바꾸면 되는 일이야.'

전국에 음식 가게를 잔뜩 세운다. 그리고 제대로 된 직원 복지를 해준다. 그러면 사람들은 자연스레 자신의 가게로 몰릴 테고, 위기를 느낀 타 업체도 똑같은 조건을 제시할 거다.

그렇게 해서라도 사회를 변혁시켜야 한다.

· · · ◈ · · ·

"오늘 이 자리에 오신 예비 투자자 여러분들, 소중한 시간 내주셔서 감사합니다."

앤젤 쇼핑몰 회의실.

단상에 선 최창수가 가볍게 고개를 숙였다. 총 오십 명의 투자자들. 그들이 일제히 박수를 쳤다.

자신의 계획을 실현하려면 생각보다 많은 돈이 필요했다. 조금만 무리하면 혼자서도 진행이 가능했지만, 양보다 질을 선호하는 성격이라 투자자를 모집하기로 했다.

그로부터 일주일.

최창수에게 미래를 걸려는 사람이 엄청난 속도로 몰려들었다.

"앤젤 쇼핑몰과 최창수의 이력은 다들 알고 계시겠죠? 바로 본론으로 들어가겠습니다. 우선 저희 앤젤 쇼핑몰은 내년에 대기업으로 정식 등록이 되며 AG기업이라는 이름으로 변합니다. 동시에 패션뿐 아니라 이런저런 분야로 판을 넓히려고 합니다. 그 두 번째 사업은 바로 요식업입니다."

최창수가 프로젝터 전원을 켰다.

"분야는 다양합니다. 상류층을 위한 고급 레스토랑부터 시작해서 국민 모두가 찾아올 수 있는 고기집과 분식 등. 요즘 핫한 건 전부 건드리려고 합니다."

"이미 경쟁이 과열된 분야도 있는 거 같은데요?"

"그 부분을 해결할 방안이 있습니다."

최창수가 컴퓨터를 조작해 사업 계획서 페이지를 몇 장 뒤로 넘겼다.

"바로 복권 시스템입니다. 현재 저희 부모님이 천안에서 복권 식당을 운영하고 있는데, 정해진 횟수만큼 식사를 하면 최대 2만원까지 현금으로 돌려주는 복권을 긁게 해줍니다."

"설마 그걸 도입한다는 건가요? 업자의 부담이 너무 클 거 같은데."

"네. 그래서 변경하려고 합니다. 현금이 아니라 할인 쿠폰을 주는 거죠. 할인율은 최대 5천원까지. 설령 맛이 타 업체와 비슷하더라도 할인 요소가 있다면 소비자들의 발걸음은 당연히 저희에게 몰릴 수밖에 없습니다."

일리 있는 말에 투자자들이 고개를 끄덕였다.

자기들도 비슷한 제품이 있다면 좀 더 싼 걸 고르니까.

"물론 그렇다 해서 맛을 포기할 생각은 없습니다. 최고의 맛과 최고의 서비스, 그리고 최고의 직원복지를 실현시킬 꿈. 그 꿈을 함께 이뤄갈 투자자 분을 구하고 있습니다. 이 중, 딱 서른 명 만요."

그 말에 투자자들의 눈이 휘둥그레져 서로를 바라봤다.

운을
대통령

"AG기업의 진정한 가치를 알아보실 분만을 필요로 합니다. 저와 함께 성공을 향해 걸어가실 분은 여기에 연락처를 적어주시길 바랍니다."

최창수가 빈 테이블에 종이 한 장과 펜을 놨다.

그리고…….

"가, 같이 하겠습니다!"

"저도요!"

"제발 같이하게 해주세요!"

서로 눈치만 보던 투자자들이 무서운 기세로 뛰쳐나와 서로 펜을 잡으려고 난리법석을 피웠다.

최창수 만한 사업가는 여태껏 없었고, 이만한 사업가가 벌이는 사업이 실패할 일은 없을 거라고 확신하고 있었으니까.

잔뼈가 굵은 사업가와 예비 사업가 사이에서도 최창수는 좋은 롤모델로 알려지고 있다. 지금처럼만 활동하면 대한민국을 휘어잡는 건 일도 아니라는 얘기가 나올 정도다.

사업계의 보증수표.

그게 바로 최창수였다.

〈5권에서 계속〉

권능의 반지

권능의 반지로 인해 변화되는 지훈의 인생역전기!
'권능을 당신의 손 안에!'

김종혁 현대판타지 장편소설

NEO MODERN FANTASY STORY

차원 왜곡으로 이세계와 지구가 연결 된 세상.
종족 전쟁 후 서로의 존재를 이해하며 교류가 시작됐고,
인류은 언제 터질지 모르는 폭탄을 안은 채
불안전한 황금기를 맞이한다.
꿈과 희망 그리고 신세계 개척이 가득한 이세계!

하지만 모든 사람이 그런 것은 아니었으니!
"꿈, 희망? 지랄하고 앉아있네. 좆이나 까잡숴."
그게 바로 김지훈이다.

암울한 생활 속에 우연히 얻게 된 권능의 반지.
'권능을 당신의 손 안에!'
반지에 새겨진 문구처럼

로또보다 더한 행운을 가져다 준 반지로 인해
그의 인생 역전이 시작된다!